司马温公

李金山 著

作家出版社

序 一

张 平

　　为了深入贯彻落实习近平总书记视察山西重要讲话和重要指示精神，山西省运城市委宣传部策划编撰了"典藏古河东丛书"，共十一本。本丛书旨在反映河东的悠久历史和文化底蕴，传承和弘扬河东优秀传统文化，为推动经济社会发展提供强大的价值引导力、文化凝聚力和精神推动力，提升运城的知名度、美誉度。

　　运城，位于黄河之东，又称"河东"。河东是一片古老而神奇的土地，数千年来，大河滔滔，汹涌奔腾，物华天宝，钟灵毓秀，人杰辈出，群星灿烂，孕育了悠久而灿烂的历史文化，具有厚重的人文历史积淀，构成了中国传统文化的重要基因，植根于中国人的血脉，不愧为中华文明的摇篮。

　　关于"河东"的说法，最早来源于《尚书·禹贡》的记载。《禹贡》划分天下为九州，首先是冀州，其次分别为兖州、青州、徐州、扬州、荆州、豫州、梁州、雍州，皆以冀州为中心。冀州，即古代所谓的"河东"。当时的河东是华夏文明的轴心地带。河东，在战国、秦汉时指今山西西南部，后泛指今山西省，因黄河经此由北向南流，这一带位于黄河以东而得名。战国中期，秦国夺取了魏国的西河和韩国的上党以后，魏国为加强防守，遂置河东郡，国都在今运城市安邑镇。公元前290年，秦昭王在兼并战争中迫使魏国献出河东地四百里给秦。秦沿袭魏河东郡旧名不变，治所在安邑（今山西夏县西北禹王城）。秦始皇统一六国，设三十六郡，运城属河东郡，治所安邑。汉代的河东，辖今山西阳城、沁水、浮山以西，永和、隰县、霍州市以南地区。东晋义熙十四年（418年），河东郡移治蒲坂（今山西永济市蒲州镇），辖境缩小至今山西西南汾河下游至王屋山以西一角。隋废，寻复置。唐改河东郡为蒲州，复改为河中府。唐天宝、至德时又曾改蒲州为河东郡。宋为河东路，辖山西大部、河北及河南部分地区，至金朝未变。元、明、清与临汾同为平阳府，治所平阳（今临汾尧都区）。民国三年至十九年，运城、临汾及石楼、灵石、交口同属河东道。古代，由于河东位于两大名都长安和洛阳之间，其他州郡对其形成众星捧月之势，因此，河东无论在政治、经济、文化上都具有重要的地位。河东所辖的地区范围不断发生变化，但其疆界基本上以现代的山西运城市为中心。今天的河东地区，特指山西运城市。

河东，位于山西西南部，是中国两河交汇的风水佳地。黄河滔滔，流金溢银，纵横晋陕峡谷；汾水漫漫，飞珠溅玉，沃育河东厚土。在今天之运城，黄河从河津寺塔西侧入境，沿秦晋峡谷自北向南，出禹门口后，一泻千里，由北向南经河津、万荣、临猗、永济，在芮城县的风陵渡曲折向东，过平陆、夏县，到垣曲县的碾盘沟出境，共流经运城市八个县（市）。汾河是山西的母亲河，发源于宁武管涔山脉，从南至北流经河东大地。汾河自新绛县南梁村入境，经新绛、稷山、河津、万荣四县（市），由万荣县庙前汇入黄河，灌溉着河东万顷良田。华夏民族的始祖在河东繁衍生息，中国古代第一部诗歌总集《诗经》里的许多诗篇歌吟过河东大地。黄河和汾河交汇之处——山西运城市，吸吮黄河和汾河两大母亲河的乳汁，滋生了悠久灿烂的华夏文明，源远流长。在朝代的兴替与岁月的更迭中，河东大地描绘了多少华夏儿女的动人画卷，道尽多少人间的沧桑变化！

河东，地处晋、豫、陕交会的金三角地区。山西省运城市、河南省三门峡市、陕西省渭南市，区域总面积约五万二千平方公里，总人口约一千七百余万，共同形成了晋陕豫三省边缘"黄河金三角区域"，构成了以运城市为核心的文化经济圈。这个区域，位于我国中、西部交界地带，接通华北，连接西北，笼罩中原，位置优越，不仅是华夏文明的发祥地，而且在全国经济发展中具有承东启西、贯通南北的作用。该区域的历史文化、资源禀赋、旅游优势、经济协作，可以发挥重要的经济文化互相促进的平台效应，具有"以东带西、东中西共同发展"的战略价值。研究河东历史文化，对于繁荣黄河金三角地区的文化，打造区域经济圈，都具有非常重要的现实意义。

河东，是"古中国"的发祥地。河东地区，属于人类最早活动的区域之一。这片美丽富饶的大地上，远古时期气候温和，土地肥沃，山脉起伏，河汉纵横，绿草丰茂，森林覆盖，飞鸟鸣啾，走兽徜徉，是人类栖息的理想地方。著名考古学家苏秉琦教授在其《华人·龙的传人·中国人》一文中指出："晋南地区是当时的'帝王所都'。帝王所都为'中'，故曰'中国'。而'中国'一词的出现正在此时。'帝王所都'，意味着古河东地区曾经是华夏民族的先祖创建和发展华夏文明的活动中心。"自从盘古开天地、三皇五帝到今天，从远古文明到石器时代，从类人猿到原始人、智人的进化，河东这块土地都充当了亲历者和见证者。

人类的远祖起源于河东。1995年5月，中美科学家在山西省垣曲县寨里村，发现了世界上最早的具有高等灵长类动物特征的猿类化石，命名为"世纪曙猿"。它生活在距今四千五百万年以前，比非洲古猿早了一千多万年。中美科学家在英国权威科学期刊《自然》杂志上联合发表论文，证实了人类的远祖起源于山西垣曲县寨里村，推翻了"人类起源于非洲"的论断。

人类文明的第一把圣火燃烧于河东。西侯度遗址位于山西省芮城县西侯度村，考古学家发掘出土的石器有石核、石片、砍斫器、刮削器和三棱大尖状器，动物化石有巨河狸、山西披毛犀、中国野牛、晋南麋鹿、步氏羚羊、李氏野猪、纳玛象等，尤其在文化层中发现了带切痕的鹿角和动物烧骨，这是中国最早的人类用火证据。证明远在二百四十三万年前，人类就在这里生活居住，并已经掌握了"火种"。

中国的蚕桑起源于河东。《史记》记载了"嫘祖始蚕"的故事。河东地区有"黄帝正妃嫘祖养蚕缫丝"的传说。西阴遗址位于山西省夏县西阴村。1926年，考古学家李济主持发掘该处遗址，出版了《西阴村史前遗存》一书。该遗址属于新石器时代，西北倚鸣条岗，南临青龙河，面积约三十万平方米。此处发掘出土了许多石器和骨器，最具震撼力的是发现了半枚经人工切割过的蚕茧壳。这为嫘祖养蚕的传说提供了有力实证。2020年，人们又在山西夏县师村遗址出土了仰韶文化早期遗物，主要有罐、盆、钵、瓶等。尤为重要的是，还出土了四枚仰韶早期的石雕蚕蛹。西阴遗址和师村遗址互相印证，意味着至迟在距今六千年以前，河东的先民们就掌握了养蚕缫丝的技术，成为中华文化的重要标识之一。

远古时代，黄帝为首的华夏族部落生活在河东一带。黄帝的元妃嫘祖是河东地区夏县人，宰相风后是河东地区芮城县风陵渡人。黄帝和蚩尤大战于河东地区的盐池一带。传说黄帝取得胜利后尸解蚩尤，蚩尤的鲜血流入河东盐池，化为卤水，因而这里被命名为"解州"。今天运城市还保存着"解州镇"的地名。盐池附近有个村庄名叫蚩尤村，相传是当年蚩尤葬身的地方。后来人们将蚩尤村改名"从善村"，寓弃恶从善之意。黄帝战胜蚩尤之后，被各诸侯推举为华夏族部落首领。《文献通考》道："建邦国，先告后土。"黄帝经过长期战争后，希望国泰民安，天下太平，得到大地之神——后土的护佑。于是，黄帝带领部落首领来到汾阴雁上，扫地为坛，祭祀后土，传为千古佳话。明代嘉靖版《山西通志》记载："轩辕扫地坛在后土祠上，相传轩辕祭后土于汾雁之上。"

河东地区是中华民族的先祖尧、舜、禹定都的地方。文献记载："尧都平阳（今临汾）、舜都蒲坂（今永济）、禹都安邑（今夏县）。"据史料记载，尧帝的都城起初设在蒲坂，后来迁至平阳。清光绪十二年（1886年）的《永济县志》记载："尧旧都在蒲。"《水经注》："雷首，俗亦谓之尧山，山上有故城，又曰尧城。"阚骃《十三州志》："蒲坂，尧都。"如今运城永济市（蒲坂）遗存有尧王台，是当年尧舜实行"禅让制"的见证地。舜亦建都于蒲坂。史籍载：舜生于诸冯，耕于历山，陶于河滨，渔于雷泽，都于蒲坂。远古时期，天地茫茫，人民饱受水灾之苦。禹的父亲鲧治水失败。禹吸取教训，从冀州开始，踏遍九州，改"堵"为"疏"，三过家门而不入，历经十三年最终治水成功。《庄子·天下》记载："昔禹之湮洪水，决江河而通四夷九州也。名山三百，支川三千，小者无数。"禹治水有功，舜把天子之位禅让给禹。禹建都安邑，其遗址在山西夏县的禹王城。《括地志》道："安邑故城在绛州夏县东北十五里，本夏之都。"禹王城遗址出土了东周至汉代的许多文物，其中有"海内皆臣，岁丰登熟，道无饥人"十二字篆书。从尧舜禹开始，河东便是帝王的建都之地。

运城盐池是中国古代重要的食盐产地，被田汉先生赞为"千古中条一池雪"。它南倚中条，北靠峨嵋，东邻夏县，西接解州，总面积一百三十二平方公里。盐湖烟波浩渺，硝田纵横交织，它与美国犹他州澳格丁盐湖、俄罗斯西伯利亚库楚克盐湖并称为世界三大硫酸钠型内陆盐湖。据《河东盐法备览》记载，五千多年前，我们的祖先在运城盐池发现并食用盐。《汉书·地理志》："河东，地平水浅，有盐铁之饶，唐尧之所都也。"黄河和汾河两河交汇的地理优势、丰富的植被和盐业资源，为古人类提供了良好的生活条件。当年，舜帝曾在盐湖之畔，抚五弦之琴，吟唱《南风歌》：

南风之薰兮，
可以解吾民之愠兮。
南风之时兮，
可以阜吾民之财兮。

运城在春秋时称"盐邑"，汉代称"司盐城"，宋元时名为"运司城""凤凰城"等。因盐运而设城，中国仅此一处。河东人民在千百年的生产实践中总结出的"五步法"产盐工艺，是全世界最早的产盐工艺，被英国科学家李约瑟称为"中国古代科技史上的活化石"。

万荣县后土祠是中华祠庙之祖。后土祠位于山西万荣县庙前镇，《水经注》道：河东汾阴"有长阜，背汾带河，长四五里，广二里有余，高十余丈，汾水历其阴，西入河"。孔尚任总纂《蒲州府志》记载："二帝八元有司，三王方泽岁举。"尧帝和舜帝时期，确定八个官员专管后土祭祀，夏商周三朝的国君每年在汾阴举行祭祀后土仪式。遥想当年，汉武帝在汾阴建立后土祠，写下了传诵千古的《秋风辞》。从汉、南北朝、隋、唐、宋至元代，先后有八位皇帝亲自到万荣祭祀后土，六位皇帝派大臣祭祀后土。万荣后土祠，堪称轩辕黄帝之坛、社稷江山之源、中华祠庙之祖、礼乐文明之本、黄河文化之魂、北京天坛之端。

河东是中国农耕文明的发祥地之一。河东地处黄河流域、黄土高原腹地，远古时代气候温润，物产丰富，具有发展农业生产的优越的自然地理环境。舜耕历山，禹凿龙门，嫘祖养蚕，后稷稼穑，这些历史传说都发生在河东大地。《晋书·天文志上》："稷，农正也，取乎百谷之长以为号也。"后稷是管理农业的长官、百谷之长。《孟子》："后稷教民稼穑，树艺五谷；五谷熟，而民人育。"意思是，后稷教民从事农业，种植五谷，五谷丰收，人民得到养育。传说后稷在稷王山麓（在今山西稷山县境）教民稼穑，播种五谷，是远古时代最善种稷和粟的人，被称之为"稷王"。人们把横跨万荣、稷山、闻喜、运城东西二十里、南北三十里的山脉，叫作"稷王山"。迄今为止，在河东已发现石器时代遗址四百余处，出土的农耕工具有石斧、石锛、石锄、石铲等；粮食加工工具有石磨盘、石磨棒、石杵等；收割工具有半月形石刀、石镰、骨铲、蚌镰等。万荣县保存有创建于北宋时期的稷王庙，是我国现存唯一一座宋代庑殿顶建筑。

大江东去，浪淘尽，千古风流人物。五千年的中华文明史，孕育了无数杰出人物，史册的每一页都有河东的亮丽身影。

荀子，名况，战国晚期赵国郇邑（故地在山西临猗、安泽和新绛一带）人，在历史上属于河东人。他一生辉煌，兼容儒法思想；贡献杰出，塑形三晋文化。中国古代社会，先秦两汉之际是一个巨大的转折点，开启了新型的大一统时代。荀子继承和发扬了孔孟以来的儒家思想，提出儒、法融合，把道德修身、道德教化、道德约束之政治结合在一起，强调以先王之道、圣人之道和仁义之道治理天下，主张思想统一、制度统一，对秦汉以后的中国古代政治制度建设起了重要作用。从对社会现实和历史进程的影响来看，荀子是中国古代最有贡献的思想家之一。

关羽，东汉末年名将，被后世崇为"武圣"，与"文圣"孔子齐名。《三国志·蜀书》道："关羽，字云长，本字长生，河东解人也。"东汉末年朝廷暗弱，军阀混战，百姓流离失所，在兵燹战火中煎熬挣扎。时天下大乱，各种政治势力分合不定，各个阵营的人物徘徊左右。选择刘备，就是选择了艰难的人生道路；忠于汉室，就意味着奋斗和牺牲。关羽一生堂堂正正，坦坦荡荡，报国以忠，为民以仁，待人以义，交友以诚，处事以信，对敌以勇，俯仰不愧天地，精诚可对苍生。关羽身上体现了中国传统道德的忠义孝悌仁爱诚信。古代以民众对关公的普遍敬仰为基础，以朝廷褒封建庙祭祀为推动，以各种艺术的传播为手段，以历史长度和地域广度为经纬，产生了体现中华传统文化核心价值和民族道德伦理的关公文化。

卢纶，字允言，河中蒲州（今山西永济市）人。唐玄宗天宝末年进士，历官秘书省校书郎、监察御史、检校户部郎中等。唐代杰出诗人。明王士禛《分甘余话》道："卢纶，大历十才子之冠冕。"卢纶存诗三百三十九首，是处于盛唐到中唐社会动乱时代的诗人。他的《送绛州郭参军》，至今读来，仍有慷慨之气：

> 炎天故绛路，
> 千里麦花香。
> 董泽雷声发，
> 汾桥水气凉。
> ……

卢纶无疑是大历时期最具有独特境界的诗人，他的骨子里流淌着盛唐的血液，积极向上，肯定人生；不屈不挠，比较豁达；关心社会民生，不斤斤计较个人得失，一生都在努力创作诗歌。卢纶的诗歌气魄宏伟，境界广阔，善于用概括的意象，描绘盛唐的风韵。他在唐诗长河中的贡献与孟郊、贾岛等相比丝毫不弱。他的诗歌不仅在大历时期，在整个唐代也具有独特的价值。

司马光，字君实，陕州夏县（今山西夏县）涑水乡人。他历仕仁宗、英宗、神宗、哲宗四朝，是北宋伟大的政治家、史学家、文学家。司马光主政期间，提出"兴教化，修政治，养百姓，利万物"的治国理念，加强道德教育，改变社会风气；严格选用人才，严明社会法治；倡导"轻租税，薄赋敛，已逋责"的民本思想，希望实现"致中和，天地位焉，万物育焉"的天下大治的理想社会。他主持编纂的中国最大的一部编年体通史《资治通鉴》，与《史记》并列为中国古代史家之绝笔。全书共二百九十四卷三百万字，上起周威烈王二十三年（前403年），下迄五代后周世宗显德六年（959年），共记载了十六个朝代一千三百六十二年的历史，历经十九年编辑完成。清代学者王鸣盛评价《资治通鉴》说："此天地间必不可无之书，亦学者必不可不读之书。"司马光的著作另有《司马文正公集》《稽古录》《涑水纪闻》《独乐园集》等。

河东历史上的许多大家族，代有人杰，长盛不衰。河东的名门望族主要有裴氏家族、薛氏家族、王氏家族、柳氏家族、司马家族等。闻喜县裴氏家族为世瞩目，被誉为"宰相世家"。裴氏自汉魏，历南北朝，至隋唐、五代是其最兴盛时期。据《裴谱·官爵》载，裴氏家族在正史立传者六百余人，大小官员三千余人；有宰相五十九人，大将军五十九人，尚书五十五人。比较著名的有：西晋地理学家裴秀撰《禹贡地域图序》，提出了编绘地图的"制图六体"，在世界地图史上占有重要地位。西晋思想家裴頠著有《崇有论》，是著名的哲学家。东晋裴启的《语林》，是我国文学史上最早的一部志人小说。南北朝时的裴松之、裴骃（松之之子）、裴子野（裴骃孙），被称为"史学三家"。唐代名相裴度，平息藩镇叛乱，功勋卓越，被称为"中兴宰相"。欧阳修《新唐书·宰相世系表》，将裴氏列为天下第一家族，感叹"其才子贤孙不殒其世德，或父子相继居相位，或累数世而屡显，或终唐之世不绝"。

习近平总书记在党的十九大报告中指出："深入挖掘中华优秀传统文化蕴含的思想观念、人文精神、道德规范，结合时代要求继承创新，让中华文化展现出永久魅力和时代风采。"中华优秀传统文化是"中华民族的基因""民族文化血脉"和"中华民族的精神命脉"，堪称中华民族的源头和根基。在具体撰写过程中，各位作者力求基于严谨的学术性、臻于文学的生动性，以史料和考古为基础，以学术界的共识为依据，不作歧义性研究和学术考辨，采用文化散文体裁，用清朗健爽、流畅明丽的语言，梳理河东历史文化的渊源和脉络，挖掘河东文化的深厚内涵，探寻其在华夏文明中的重要地位，弘扬民族文化的自尊和自信。希望通过这套丛书，使人们更加了解和认识河东历史文化，深化对中华文明的认知与感悟，进一步增强文化自信，推动中华民族的伟大复兴。

序　二

李敬泽

运城是山西南部的一个地级市，也是我的老家所在。

说起运城，自然会想起黄河、黄土高原和中条山、吕梁山以及汾河、涑水。黄河经壶口的喷薄，沿着吕梁山与陕北高原间逼仄的晋陕峡谷，汹涌奔腾，越过石门，冲出龙门，然后，脚步骤然放缓，犁开黄土地，绕着运城拐了个温柔的弯，将这片地方钟爱地搂抱在怀中。从青藏高原奔流数千里，黄河头一次遇到如此秀美的地方。

这里古称河东，北有吕梁之苍翠，南有中条之挺秀，两座大山一条大河，似天然屏障，将这片土地护佑起来，如此，两座大山便如运城的城垣，一条大河绕两山奔流，又如运城的城堑。两山一河之间，又有涑水与汾水两条古河自北向南流淌，中间隆起的峨嵋岭将两河分开，形成两个不同的流域——汾河谷地与涑水盆地。一片不大的土地上，各种地貌并存：山地、丘陵、平原、河谷、台地。适合早期先民生存的地理环境应有尽有，农耕民族繁衍发展的条件一应俱全，仿佛专门为中华民族诞生准备的福地吉壤。

我的祖辈、父辈都出生在这片土地上，我也多次在这片土地上行走，我热爱这片土地，即使身在异乡，这片土地上的山山水水，也经常出现在我的想象中。少年时代，我根本不会想到，这片看似寻常的土地，是中华民族最早生活的地方，山水之间，绽放过无数辉煌，生活过无数杰出人物。年龄稍长，我才发现：史书中，一件又一件的大事发生在河东；传说中，一个又一个神一般的华夏先祖出现在河东；史实中，一位又一位的名将能臣从河东走来；诗篇中，一个又一个的优秀诗人从河东奏出华章。他们峨冠博带，清癯高雅，用谋略智慧和超人才华，在中国的历史文化图景中，为河东占得一席之地。如此云蒸霞蔚般的文化气象，让我对河东、对家乡生出深厚兴趣。

这套"典藏古河东丛书"邀我作序。遍览各位学者、作家的大作，我对运城的历史文化有了更深入的了解。

华夏民族的早期历史，实际是由黄河与黄土交融积淀而成的，是一部民间传说、史实记载和考古发掘相互印证的历史。河东是早期民间传说最多的地方，司马迁《史记·五帝本纪》中提到的五帝事迹，多数都能在运城这片土地上找到佐证。尧都平阳（初都蒲坂），舜都蒲坂，禹都安邑，均为史家所公认。黄帝蚩尤之战、嫘祖养蚕、尧天舜日、舜耕历山、大禹治水、后稷教民稼穑，在别的地方也许只是传说，带着浓重的神话色彩，而在河东人看来都是有据可依、有迹可循的。运城大量的史前文化遗址，从另一方面证明了运城人的判断。也许你不能想象，这片仅一万四千平方公里的土地上，全国文物保护单位竟多达一百零三处，比许多省还多，位列全国地级市第一，其中新、旧石器时代遗址埋藏之丰富、排列之密集，被考古学家们视为史前文化考古发掘的宝地。为探寻运城的地下文化宝藏，中国田野考古发掘第一人李济先生来过这里，新中国考古发掘的标志性人物裴文中、苏秉琦、贾兰坡来过这里，参加夏商周断代工程的二百多位专家学者大部分都来过这里。西侯度、匼河、西阴、荆村、西王村、东下冯等文化遗址，都证明这里是中华民族的重要发祥地，这里的历史根须扎得格外深，枝叶散得格外开，结出的果实格外硕壮。

中条山下碧波荡漾的盐湖，同样是运城人的骄傲。白花花的池盐，不仅衍生出带着咸味儿的盐文化，还诞生了盐运之城——运城。

山西地域文化中有两个值得关注的生僻字：一个是醯（音西），一个是盬（音古）。山西人常被称作老醯儿，也自称老醯儿，但没人这样称呼运城人，运城人也从不这样称呼自己。醯即醋，运城人身上少有醋味儿，若把醯字拿来让运城人认，大部分人都弄不清读音。盬是个与醯同样生僻的字，但运城人妇孺皆识，不光能准确地读出音，还能解释字义，甚至能讲出此字的典故，"猗顿用盬盐起"，这句出自司马迁《史记·货殖列传》的话，相当多的运城人都能脱口而出。因为古色古香的盬街，是运城人休闲购物的好去处。盐池神庙里供奉的三位大神，是只有运城人才信奉的神灵。一酸一咸，两种截然不同的味道，不光滋润着不同的味蕾，也养育了两种不同的文化。作为山西的一部分，运城的文化更接近关中和中原，民俗风情、人文地理就不说了，连方言也是中原官话，语言学界称之为中原官话汾河片。

如此丰沛的源头，奔腾出波涛汹涌的历史文化长河，从春秋战国，到唐宋元明清，一路流淌不绝，汹涌澎湃。春秋战国，有白手起家的商业奇才猗顿，有集诸子大成的思想家荀况。汉代，有忠勇神武的武圣关羽。魏晋南北朝，有中国地图学之祖裴秀、才高气傲的大学者郭璞，有书圣王羲之的老师卫夫人。隋代，有杰出的外交家裴矩、诗人薛道衡。至唐代，河东的杰出人才，如繁星般数不胜数，璀璨夺目，小小的一个闻喜裴柏村，出过十七位宰相，连清代大学者顾炎武也千里跋涉，来到闻喜登陇而望；猗氏张氏祖孙三代同为宰辅，后人张彦远为中国画论之祖，世人称猗氏张家"三相盛门，四朝雅望"；唐代的河东还是一个诗的国度，自《诗经·魏风》中的"坎坎伐檀兮"在中条山下唱响，千百年间，河东弦歌不辍，至唐朝蔚为大观。龙门王氏的两位诗人，叔祖王绩诗风"如鸾凤群飞，忽逢野鹿"；侄孙王勃为"初唐四杰"之首，一句"落霞与孤鹜齐飞，秋水共长天一色"，奇思壮阔，语惊四座。王之涣篇篇皆名作，句句皆绝响，"欲穷千里目，更上一层楼"一联，足以让他跻身唐代一流诗人行列。蒲州诗人王维，诗中有画，画中有诗，田园诗的境界让人无限神往。更让人称道的是位列"唐宋八大家"的柳河东柳宗元，有他在，唐代河东文人骚客们可称得上诗文俱佳。此外，大历十才子之一的卢纶，以《二十四诗品》名世的司空图，同样为唐代河东灿烂的诗歌星空增添了光彩。至宋代，涑水先生司马光一部《资治通鉴》，与《史记》双峰并峙。元代，元曲四大家之一的关汉卿，一曲《窦娥冤》凄婉了整个元朝。明代，理学家、河东派代表人物薛瑄用理与气，辨析出天地万物之理。清代，

"戊戌六君子"之一、闻喜人杨深秀则在变法图强中，彰显出中国读书人的气节。

如此一一数来，仍不足以道尽运城历史文化底蕴的深厚，因篇幅原因，就此打住。

本丛书围绕习近平总书记 2017 年和 2020 年两次视察山西时提到的运城历史文化内容，遴选十一个主题，旨在传承弘扬河东的优秀文化传统，增强文化自信，为社会发展助力。

参与丛书写作的十一位作者，都是山西省的知名学者、作家，我读罢他们的作品，能感受到他们深厚的学术和文学功力，获益匪浅。

从这套丛书中，我读出了神之奇，人之本，天之伦，地之道，武将之勇猛，文人之风雅，仿佛看到河东先祖先贤神采奕奕，从大河岸畔、田野深处朝我走来。

好多年没回过老家了。不知读者读过这套丛书后感觉如何，反正我读后，又想念运城这片古老的土地了，说不定，因为这套丛书我会再回运城一次。

是为序。

目录

第一章 涑水先生

第一节 涑水河

在宋代，涑水是行政区划名称，称作涑水乡。后世尊称司马光为"涑水先生"，就是以籍贯来称呼他。司马光还有本书的名字叫作《涑水记闻》，也是以籍贯来命名。

涑水首先是一条河流。

我们知道，北魏人郦道元所著《水经注》，是对古书《水经》所作的注解。《水经》专门记载古中国的江河水道，全书共分三卷，作者不详，从书的内容判断，应该是王莽、东汉时代起草，三国时代成书。《水经》中关于涑水的记载如下："涑水出河东闻喜县东山黍葭谷，西过周阳邑南，又西南过左邑县南，又西南过安邑县西，又南过解县东，又西南注于张阳池。"涑水河的流向古今差异不大，变化的是地名，其中的安邑指今天山西省夏县。张阳池如今叫作伍姓湖，在山西省永济市东北，是山西省最大的淡水湖。

对"又西南过安邑县西"，郦道元作注解说：

> 安邑，禹都也。禹娶涂山氏女，思恋本国，筑台以望之，今城
> 南门台基犹存。余按：《礼》，天子诸侯台门，隔阿相降而已，未必

一如书传也。故晋邑矣，春秋时，魏绛自魏徙此。昔文侯悬师经之琴于其门，以为言戒也。武侯二年，又城安邑，盖增广之。秦使左更、白起取安邑，置河东郡。王莽更名洮队，县曰河东也。有项宁都学道升仙，忽复还此，河东号曰斥仙。汉世又有闵仲叔，隐遁市邑，罕有知者，后以识瞻而去。涑水又西南，迳监盐县故城。城南有盐池，上承盐水，水出东南薄山，西北流迳巫咸山北。《地理志》曰：山在安邑县南。《海外西经》曰：巫咸国在女丑北，右手操青蛇，左手操赤蛇，在登葆山，群巫所从上下也。《大荒西经》云：大荒之中，有灵山，巫咸、巫即、巫盼、巫彭、巫姑、巫真、巫礼、巫抵、巫谢、巫罗十巫，从此升降，百药爰在。郭景纯《注》曰：言群巫上下灵山，采药往来也。盖神巫所游，故山得其名矣。谷口岭上有巫咸祠，其水又迳安邑故城南，又西流，注于盐池。《地理志》曰：盐池在安邑西南。许慎谓之盬。长五十一里，广七里，周百一十六里，从盐省，古声。吕忱曰：夙沙初作煮海盐，河东盐池谓之盬。今池水东西七十里，南北十七里，紫色澄淳，潭而不流。水出石盐，自然印成，朝取夕复，终无减损；惟山水暴至，雨澍潢潦奔泆，则盐池用耗。故公私共堨水径，防其淫滥，谓之盐水，亦谓之为堨水。《山海经》谓之盐贩之泽也。泽南面层山，天岩云秀，地谷渊深，左右壁立，间不容轨，谓之石门；路出其中，名之曰径，南通上阳，北暨盐泽。池西又有一池，谓之女盐泽，东西二十五里，南北二十里，在猗氏故城南。《春秋》：成公六年，晋谋去故绛。大夫曰：郇瑕地沃饶近盬。服虔曰：土平有溉曰沃，盬，盐池也。土俗裂水沃麻，分灌川野，畦水耗竭，土自成盐，即所谓咸鹾也，而味苦，号曰盐田。盐盬之名，始资是矣。本司盐都尉治，领兵千余人守之。周穆王、汉章帝并幸安邑而观盐池。故杜预曰：猗氏有盐池。后罢尉司，分猗氏、安邑，置县以守之。

涂山，地名，所指不一。据《吴越春秋·越王无余外传》所载：古传说，禹年三十未娶，是个大龄青年，在涂山娶涂山女，名女娇。隅阿相降，边角层层下降。迳，经过。魏绛，即魏庄子，春秋时晋国大夫。文侯，即魏文侯（？—前396年），名斯，战国时魏国的创立者；前445—前396年在位。武侯，即魏武侯。武侯二年是公元前385年。从此升降，即在此上山下山。爰，于是。间不容轨，形容道路狭窄，容不下一辆车通过。成公六年即公元前585年。始资是，意思说池以盬为名，是由此开始的。

北魏郦道元《水经注》书影

郦道元的以上注释，是对古安邑地理历史比较详细的介绍。在郦道元生活的时代，安邑的管辖范围比现在大得多，治所在今天的山西省夏县。后来安邑一分而为夏县、安邑县，再后来安邑县降级为镇，即今天山西省运城市盐湖区安邑镇。禹都安邑，郦道元的时代这样说，这种说法还要久远得多。郦道元说城南门台基犹存，这个台基至今仍在，今天被称作"青台"，城却早已消失不见，城墙成为田埂，街道成为麦陇。古安邑还是战国七雄之一魏国的都城，魏武侯二年（前385年），扩建安邑城，城池规模空前。郦道元又说到盐池，就是今天的运城市盐池，绵延数十里，池盐层出不穷，在古代是重要的经济资源。周穆王、汉章帝都曾来安邑巡视盐池。猗氏县是临猗县的古称。不论是如今的运城市，还是曾经的安邑和猗氏，都是因盐而设，为了守护盐池。涑水河流经安邑西，然后又流经盐池，盐池在古安邑县西南。古安邑历史文化积淀深厚，古代的涑水河，从这片厚土上流过。

据《宋故赠卫尉卿司马府君墓表》所载，北宋初，乡人疏导涑水灌溉，土地大幅增产，但年深月久，河水冲刷，到了司马光族叔司马浩的时代，河床已经很深，无法引水灌溉了，涑水河两岸的水浇地，又重新变回了旱地。

土地日渐贫瘠，收获的粮食不够纳税。司马浩率乡人将这种情况报告给官府，建议在涑水河下游修筑堤坝，以抬高水位。这个建议得到了官府经济上的支持。涑水于是又成为当地的灌溉水源。直至宋神宗熙宁八年（1075年）九月，以上水利设施仍在发挥作用。

涑水河是一条古老的河流，它流过郦道元时代的安邑县，也流过司马光时代的涑水乡。涑水乡因涑水河而得名，又因司马光而驰名。

第二节　涑水先生

我们在前文说过，后世尊称司马光为"涑水先生"，是以籍贯来称呼他。

此外，后世还尊称司马光为"司马太师温国文正公"，"太师""温国公""文正"，是他去世后朝廷的封赠，"太师"是官职，"温国公"是爵位，"文正"则是谥号。

谥号是来自官方的总评价。宋人费衮在他的作品《梁溪漫志》里说："'谥之美者，极于文正。'司马温公尝言之而身得之。国朝以来有此谥者，惟公与王沂公、范希文而已。若李司空昉、王太尉旦，皆谥文贞，后以犯仁宗嫌名，世遂呼为文正，其实非本谥也。如张文节、夏文庄，始皆欲以文正易之，而朝论迄不可。"意思是说，"文正"是文官谥号的最高级，北宋一百六十七年里，得到这个谥号的，只有三位：司马光、王曾和范仲淹。李昉、王旦本来的谥号是文贞，因为宋仁宗名赵祯，为避讳才改称文正。夏文庄指夏竦，是宋仁宗的老师，宋仁宗要给他文正谥号，结果舆论反对，最终只好作罢。北宋的文正公只有三位，而北宋的宰相有七十二人，副宰相有二百三十八人，加起来三百一十人，真正是百里挑一。

"文正"中的"文"主要指文化修养，意思是学术成就高，或者文学造诣深。

中国历史素有"史界两司马"的说法，说的是中国历史上最伟大的两位史学家，一位是司马迁，他的《史记》被鲁迅先生称赞为"史家之绝唱，无韵之《离骚》"；另一位就是司马光，他主持编修的《资治通鉴》，是我国第一部编年体通史，记载了一千三百六十二年的历史，从周威烈王二十三年（前403年），到五代后周显德六年（959年），也就是北宋建立的前一年。今天我们关于历朝历代兴衰治乱的许多知识与见解，都是拜司马光之赐才得到的。《资治通鉴》是一部伟大的史学著作，是写给帝王的历史教科书，也被后来的史学家誉为中国传统史学的空前杰作。宋末

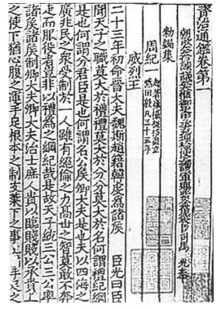

《资治通鉴》卷第一

元初学者胡三省评价说："《通鉴》不特记治乱之迹而已，至于礼乐、历数、天文、地理，尤致其详。读者如饮河之鼠，各充其量而已。"意思是说，《资治通鉴》博大精深，不仅记载兴衰治乱，天文、地理等也都有详细记载，读者可以各取所需。清代学者王鸣盛这样评价《资治通鉴》："此天地间必不可无之书，亦学者必不可不读之书也。"意思是说《资治通鉴》不可无，是学者的必读书。清代的文正公曾国藩则评价说："窃以先哲惊世之书，莫善于司马文正公之《资治通鉴》，其论古皆折衷至当，开拓心胸。"意思是说，先贤的惊世著述当中，《资治通鉴》首屈一指，对史事的评价无不公允，使人心胸开阔。毛泽东的床头则总是放着《资治通鉴》，有不少页都被读破了，用透明胶带粘着。仅凭一部《资治通鉴》，司马光就配得上"文正"这个谥号。

　　然而，司马光还不仅仅是一个史学家。他的学问比我们想象的要大得多，那个时代流行的所有学问，司马光基本上都有涉猎。《宋史·司马光传》说他"于学无所不通……"司马光对当时所有的学问无不通晓。

　　司马光著作颇丰，据苏轼所作《行状》，计有：《文集》八十卷、《资治通

鉴》三百二十四卷、《考异》三十卷、《历年图》七卷、《通历》八十卷、《稽古录》二十卷、《本朝百官公卿表》六卷、《翰林词草》三卷、《注古文〈孝经〉》一卷、《易说》三卷、《注系辞》二卷、《注老子〈道德论〉》二卷、《集注〈太元经〉》一卷、《〈大学〉〈中庸〉义》一卷、《集注〈扬子〉》十三卷、《文中子补传》一卷、《河外谘目》三卷、《书仪》八卷、《家范》四卷、《续〈诗话〉》一卷、《游山行记》十二卷、《医问》七篇。

《文集》指《司马文正公传家集》，前十五卷是诗歌，司马光还是个勤奋、多产的诗人。《资治通鉴》《考异》《历年图》《通历》《稽古录》《本朝百官公卿表》都是史学著作。《注古文〈孝经〉》是研究儒家经典《孝经》的；《易说》《注系辞》是研究儒家经典《易》经的；《〈大学〉〈中庸〉义》是研究儒家经典《大学》和《中庸》的，都属于经学范畴。《家范》是家规家训。《游山行记》是游记。《医问》是研究医学的，司马光对医学也有很深造诣。此外，又有笔记《涑水记闻》，该书杂录宋代旧事，起于宋太祖，迄于宋神宗，是为《资治通鉴后纪》所做的材料准备；司马光生前没有刊行，所以《行状》没有提到。

我们知道，宋明理学是北宋、南宋至明代的儒学。两宋是理学的形成时期，程颢、程颐兄弟俩创立的"洛学"，由南宋的朱熹继承和发展，在福建创立了"闽学"，形成居于正统地位的"程朱理学"。司马光是比"二程"更早的理学源头，《易说》《注系辞》可以说是理学的奠基之作。司马光比程颢大十三岁，比程颐大十四岁。司马光在洛阳期间，与"二程"多有交往，"二程"的思想必然受到司马光的影响；司马光晚年出任门下侍郎，就是副宰相，特别向朝廷举荐了程颐。

司马光的《续〈诗话〉》只有一卷，但后世学者的评价很高，清代学者纪昀说："光德行功业冠绝一时，非斤斤于词章之末者。而品第诸诗，乃极精密。"意思是说，司马光是做大事的人，品德成就独步当时，不是一个小作家，而品评诗歌也极为细密。司马光对诗歌是下过一番功夫的，当然他关注的重点不在诗歌。

司马光的学问有一个特点，就是他的学问都是为实用：在研究学问方面，司马光是实用主义的，没用的学问他不研究。苏轼所作《行状》中说："其文如金玉谷帛药石也，必有适于用，无益之文，未尝一语及之。"意思是说，司马光的学问好比粮食、布帛、医药，都有实际的用处。这一点我们从《资治通鉴》可以看得清楚，他花十九年编纂这样一部书，是要为治国理政提供借鉴。

《资治通鉴》在变成官修以前，是司马光业余时间完成的。司马光有很多诗写深夜所见、所想，大概他经常夜里晚睡，不是打牌玩游戏，而是在研究学问。即便《资治通鉴》变成官修以后，司马光仍然有别的工作，当然主要是闲职，实际工作不多，但名义上仍是官员。北宋没有专业学者，也没有专业作家，却出了第一流的学者，也出了第一流的作家，唐宋八大家中北宋就占了六位。这个问题值得深思。可能跟当时的社会风气有关系。比如谥号中的这个"文"，作为一个文官，对"文"这个谥号是梦寐以求，而想要得到这个谥号，就得是好学者、好作家。宋代的官员有"官"有"职"有"差遣"，"官"只是工资多少、品级高低的标志；"职以待文学之选"，"职"是授给出色的学者或者作家的；"差遣"才是货真价实的职务；此外又有"阶"有"勋"有"爵"，都是虚衔。官衔中都标着你是不是学者、作家，宋代没有专业的学者和作家，他们又似乎无处不在。这样就在社会上造成一种风气：当官的同时不忘治学，工作之余会花很多时间，去研究那个时代的学问，或者从事诗文的写作。那个时代的文官大概处理完公事都是急匆匆往家赶，关门闭户研究学问或者从事写作。这种风气成就了一流的学者和作家。

涑水先生真正不简单，他跻身北宋仅有的三个文正公，又是"史界两司马"之一，而且学问渊博著述宏富。

第三节　夏县司马氏源流

征东大将军司马阳墓地石兽

关于司马光的祖上，苏轼所作《司马文正公行状》说是西晋安平献王司马孚：司马孚的裔孙征东大将军司马阳，葬在了陕州夏县涑水乡（今山西省夏县水头镇），子孙于是在这里定居下来。

司马阳生司马林，司马林生司马政，司马政生司马炫，司马炫生司马池，司马池生司马光。

司马孚往上的世系，可以上推至高阳帝的儿子重黎。

高阳帝又称颛顼帝，是黄帝的孙子。那么，重黎就是黄帝的重孙。据司马迁《史记》卷一《五帝本纪》记载，黄帝正妃嫘祖生有两个儿子，一个叫玄嚣，一个叫昌意。高阳就是昌意的儿子。黄帝去世以后，没有立儿子，而是立了孙子高阳，是为高阳帝，即颛顼帝。颛顼帝去世以后，也没有立儿子，而是立了玄嚣的孙子高辛，是为帝喾。

重黎做过掌管火的官员。历经唐、虞、夏、商，子孙世代都做这个官。到了周朝，官名改为司马。后代中有个程伯休父，因为平定叛乱有功，周宣王准许他以官职作族姓，司马由此成为姓氏。

宋人邵伯温在他的作品《邵氏闻见录》卷第十八讲了个故事：熙宁五年（1072年）正月，司马光奏准朝廷，将编纂《资治通鉴》的书局，迁到了洛阳。一天，司马光从位于崇德寺的书局里出来，去洛水边散步，信步就到了理学家邵雍的家门口。司马光对看门人说：程秀才来访。两人见了面，邵雍觉得好奇怪，问为什么，司马光笑答："司马出程伯休父，故曰程。"意思是说，被赐姓司马以前本姓程，所以自称程秀才。司马光这里就提到了司马姓氏的来历。

《晋书》卷一《帝纪第一·宣帝》记载，秦朝末年，赵国将军司马卬，与诸侯一起攻打秦国。秦灭亡以后，司马卬被项羽封为殷王，都城在河内。到了汉代，河内成了郡，子孙就开始在这里繁衍生息。汉代的河内郡，位于今天的河南省北部、河北省南部和山东省西部。

司马卬的八世孙中，出了个征西将军司马钧，司马钧生豫章太守司马量。太守是郡的最高行政长官。三国时的豫章郡在今天江西省北部，初唐诗人王勃名篇《滕王阁序》中，第一句就是"豫章故郡"，滕王阁在江西省南昌市，南昌市在江西省北部。司马量生颍川太守司马俊，司马俊生京兆尹司马防。京兆尹是京兆地区最高行政长官，相当于今天的北京市市长。司马孚是司马防的第三个儿子。

司马孚有兄弟八人：大哥司马朗，字伯达；二哥司马懿，字仲达；司马孚，字叔达；四弟司马馗，字季达；五弟司马恂，字显达；六弟司马进，字惠达；七弟司马通，字雅达；八弟司马敏，字幼达。八兄弟当时都有名气，时号"八达"。

没错，司马孚是司马懿的亲兄弟。这里就有个问题：司马光祖上名人辈出，黄帝、高阳帝时代久远，不提也罢，而司马孚兄弟也有八人，其中司马懿名声最大，今天是这样，北宋也差不多，而且司马懿贵为宣帝，司马光为什么不提他呢？大概因为司马懿的名声不太好。司马孚与司马懿是亲兄弟，但彼此为人有天壤之别。兄弟俩形同水火，却没有水火不容。司马孚有自己的操守，他秉持自己的操守做到了最好。关于司马孚的为人，我们后边会详细说到。

据苏轼《司马文正公行状》，司马光的高祖、曾祖因为五代社会动乱，没有出来做官，祖父司马炫考取进士，官至县令，他们"皆以气节闻于乡里"，就是说他们以良好的个人修养闻名家乡。到了司马光的父亲司马池，真宗、仁宗两朝为官，任转运使、御史知杂事、三司副使，及凤翔、河中、同、杭、虢、晋六州知州，"以清直仁厚闻于天下，号称一时名臣"，司马池以清廉正直、仁爱宽厚闻名天下，是一时名臣。夏县司马氏从司马光的祖父开始，在走上坡路了。

然后，就到了司马光，官赠太师，位至宰相，谥号文正。

苏轼《司马文正公行状》中关于司马光的子孙这样说："子三人，童、唐皆早亡，康今为秘书省校书郎；孙二人，植、柏皆承务郎。"司马光有三个儿子，司马童与司马唐夭折了，司马康任秘书省校书郎；有两个孙子，司马植与司马柏，都任承务郎。

明嘉靖二年（1523年）吕柟撰《朱御史修复宋温国公司马先生碑祠记》中说："司马氏之后既西迁叙、南迁山阴矣……"叙，即叙州，治今四川省宜宾市东。山阴，今浙江省绍兴市。北宋末年，司马光的后人，西迁叙州，南迁山阴。《夏县志》上说："宋季，金虏挟温公侄孙兵部侍郎朴北去，悉取其挐，赵忠简为匿其长子倬于蜀，因家叙州。后高宗南渡，公曾孙吏部侍郎伋从迁，因家会稽。"会稽，即山阴。西迁叙州的是司马旦的曾孙司马倬，南迁山阴的是司马光的曾孙司马伋。

金人掳去司马朴及其儿女，司马倬西迁叙州，司马伋南迁山阴，但夏县仍有司马氏后人。

北宋结束，南宋开启，夏县归属金国。金皇统九年（1149年）六月所立《重立司马光神道碑记》中说："访寻旧本，乃于公曾侄二孙曰作曰通家得之。"当时，夏县至少有司马光的两位曾侄孙：司马作和司马通。他们应该是司马旦的曾孙。另外，还有族侄孙司马倚，碑文接下去说："公族侄孙曰倚者，与僧、匠见白曰：'不若横碑作小段二摸立之则可。如斯，则龟杏不损，俾后人之知其异焉'。"此人足智多谋，将残碑横截的方案，就是司马倚想出来的。碑文中还说："议之凡月余，不能决，将以候乃作乃通之来而订论之。则二子方冒暑毒，焚舟决战，取应于云、燕之间而未回。"王县令要与司马光的两位曾侄孙敲定方案，但二人北上云、燕未归。《金石记》说："考是时南北罢兵，疆域晏安，云、燕为金中京、西京地，所云'焚舟决战'者，竟不知为何事也。"王县令说得模糊，司马作、司马通决战什么，我们不得而知。碑末有"亲侄孙司马榩监刊"。当时的夏县，还有司马光亲侄孙司马榩。司马光的侄孙，看来除了司马朴以外，至少还有司马作、司马通、司马榩。

元代夏县司马氏的情况，碑文无载。

元代短暂，然后是明朝。明万历三十六年（1608年）韩爌撰《宋太师司马温国公祠碑》中说："两大夫又檄公裔孙来自越者、故孝廉晰之子诸生露，俾时省祀，无怠备已。"司马晰自绍兴迁回夏县，司马露是司马晰的儿子。明万历四十二年（1614年）□应凤撰《□□司马温国文正公祖茔周垣记》碑末有"温公十八世孙生员司马露顿首立石"。司马露是司马光十八世孙。那么司马晰就应该是司马光十七世孙。

清乾隆十一年（1746年）卢赞撰《重修余庆禅院碑记》中，详尽叙述了司马光后裔回迁夏县始末："逮明中叶嘉靖年间，有司马御史公讳相者，钦差山右，经过闻喜，始知文正公茔在夏蛾眉岭，即登坟祭奠扫除，不胜怵惕悽怆之至，因题'盛德岂无后，还乡自有期'之句。奈年寿不永，未遂厥志。临终，嘱子孙曰：'祖茔在夏，子孙无一人守坟，水源木本之谓何？我死之后，有能还夏奉祀者，即吾孝子慈孙也'。"蛾眉岭即鸣条岗。司马御史钦差山西，祭扫先茔，感慨万端，他打算回夏县定居，可惜未能实现；临终他留下遗言，要子孙回夏县守坟。于是，"隆庆元年，御史子讳祉、孙讳晰者，遂挟图籍、影像来夏。邑侯李公讳溥者，买地基，置祭田，兼造房屋，安置城中西街居住。万历元年癸酉科，……及秋闱榜放，晰果发解，祉果获隽。祉后成进士，宦游回浙，而解元公永留夏焉。"隆庆元年，即1567年。万历元年，即1573年。秋闱，明清乡试按惯例在八月举行，已是秋天，故称。明代隆庆元年，司马祉、司马晰叔侄二人，自浙江迁回夏县，居住在城内西街。我们要记住一个人李溥，李溥为司马叔侄买房置地，安排他们在夏县西街住下。李溥的行为完全出于自愿，他该是司马光的仰慕者，为使司马光后裔安居故里，他慷慨解囊义无反顾。明万历元年乡试，叔侄二人双双得中。后来，司马祉考中进士，宦游回到了浙江；司马晰就留在夏县了。《夏县志》上说：司马祉是司马相的次子，司马晰是司马相长子司马初的儿子。碑文中还说，司马衍是司马光的二十二世孙。碑末"督工耆老"中则有："温公二十世孙、奉祀生员司马沇；男奉祀生员训、诏；孙術、衍、衝。"及"温公二十二世孙、奉祀生员司马衔。"从司马祉叔侄迁回夏县的隆庆元年（1567年），到立碑的清乾隆十一年（1746年），其间一百七十九年，司马氏在夏县重新繁衍生息开枝散叶。如果不是因为司马光，司马祉叔侄不会从绍兴迁回夏县；换句话说，正是因为司马光，司马祉叔侄才跨越万水千山回到夏县，夏县司马氏又从无到有。

明司马相撰《积德事状》中说："迨我国朝，褒崇道学，即使从祀孔廷，仍录其后，百凡繇差，不使与编氓伍。访之夏，无人焉。"道学指理学，司马光是理学开创者之一。明代尊崇理学，司马光从祀孔子庙廷，塑像进了孔庙，与孔子一起被祭祀；朝廷又登记他的后人，计划免除他们的徭役，可是去夏县寻访，已无司马光后人。文中还说：司马康生司马植，司马植生司马伋；司马光十一世孙名叫司马竹，司马竹的儿子名叫司马恂；司马相是司马光的十五世孙。

清乾隆三十九年（1774年）李遵堂撰《移建宋太师司马温国文正公坟祠序》碑末有："温公二十一世裔孙司马诏，二十二世衍、奉祀生员衍、衙、衡，二十三世躽、牍、躯、躬、狼、躀、躶敬立石。"当时司马光后裔已传到二十三世。

清同治十一年（1872年）乔景山撰《重建忠清粹德碑楼记》碑末"经理人"有：二十四世孙司马愿、司马懋，二十五世孙司马鲤、司马鲸，二十六世孙司马鸿。当时司马光后裔又传至二十六世。

民国三年（1914年）马毓卯撰《重修余庆寺碑记》碑末"山主"中有："司马鲇、司马凤、司马凫、司马双锁。"司马鲇应为司马光二十五世孙，司马凤、司马凫应为司马光二十六世孙。

夏县司马氏可谓源远流长，从征东大将军司马阳直到如今，其间断绝，不久接上，他的后裔从浙江，跋山涉水奔赴夏县，奔向先祖司马光。人固有一死，但他的言行品德永久流传，西晋安平献王司马孚是司马光心中的先祖，宋温国文正公司马光则是后裔心中的先祖。

第四节　守孝多年

　　父母安葬后，司马光依照大宋礼制，在夏县为父母守孝。

　　双亲相继亡故，这是最悲哀的事情。父母终将先行离去，或迟或早，我们应该珍惜时间，认真尽孝每一天。人生是一次性的，不可能重来，遗憾无法弥补。司马光进入仕途刚一年，母亲就去世了，父亲悲伤过度，不久也去世了，父母的养育之恩还没来得及报答，子欲养而亲不待，报答的机会永远没有了。此事成为司马光最大的遗憾，他说自己平生一想起来，就心乱如麻。

　　宋仁宗庆历二年（1042 年）冬，父母刚安葬不久，司马光的情绪仍极低落，他为人写下一篇墓志铭。司马光一生中很少写这类文字，此次接受下来，原因之一是受朋友的嘱托；另外的原因，可能是被那家儿子的孝行所感动。那位孝子听到父亲去世的消息，痛哭不止，立即动身，七天赶路一千三百里，赶到父亲的身边。这个速度今天不值一提，但在北宋没有飞机没有高铁，最快的交通工具就是马，马还要吃草要休息，一天跑十二小时会要了命，这个速度已经是奇迹。逝者是位武官，在长沙（今湖南省长沙市，时为潭州州治所在）任上去世的，距离家乡迢迢千里。按照当时的惯例，都是将遗体火化，带着骨灰回去安葬。火化北宋就有了，不是今天才发明。可是这是位大孝子，坚决不同意那样做，他历尽千辛万苦，水陆跋涉千余里，将父亲遗体运回家乡。司马光悲伤的情绪外化为这篇墓志铭。逝者的儿子是位大孝子，司马光在墓志铭中记下他的事迹，司马光赞同孝行，他也是位大孝子。

　　儒家主张守孝期间，回归简单与质朴，这既是礼制的要求，也是感情的需求，哀痛时无心奢华；在简单与质朴当中，感受父母的养育之恩，完成向生命的致敬。因为守孝，司马光也得以长时间生活在夏县，这片古老的土地印满司马先人的足迹。司马光自出生以来，跟随父亲宦游四方，一直没有这样的机会。

夏县县尉孟翱是司马光的"同年"，县尉相当于县公安局局长。此人智商极高记忆力超群，当然更因为他做事认真：虽然担任县尉不久，却已经对境内山脉湖泊的地理分布、地势险易、道路远近、村落名称以及分布疏密了如指掌；县里的胥吏、士卒多达数百人，他们每人的品性善恶，县里人口超过万户，每家的财产多少、居住的地点、粮仓的数目等，孟翱说来都头头是道。司马光对孟翱十分佩服，认为他这样的本领只做县尉，就好比"激疾风以振鸿毛，委洪波以灭炬火"。意思是说好比烈风吹羽毛，大浪灭火把。果然，不久孟翱获得推举，升任知县。

我们看到，司马光总是乐于发现他人的长处，对他人的长处频频点赞毫不吝惜，这才是朋友相处之道。孟翱是再好不过的导游，在孟翱的引导下，司马光对家乡的基本情况，迅速得以了解，这是件惬意的事情。

但并非全是惬意。朝廷正在夏县征召"乡弓手"，哭声一片。北宋的乡弓手是义务的，负责抓捕盗贼，由百姓充当。

大宋与元昊的战争在继续。大宋军队败多胜少，士卒战死的动辄万计。宋仁宗康定元年（1040 年）六月二十一日，朝廷曾有诏书，令陕西、河北、河东、京东、京西等路，依据州县户口，登记百姓为乡弓手以防盗贼。北宋时夏县属河东路。诏书说是为防盗，但防盗只是幌子，实际是当作正规军的预备或补充，在正规军不足的情况下，顶上去。

此次征发，不论贫富等级，家有三个成年男子，就选其一充当乡弓手。朝廷的通告很明确，说只是守护家乡，绝不编入正规军或驻防边境。但通告还在城门楼上，前线形势突然吃紧，朝廷立即自食其言，将乡弓手全部刺面，补充进正规军，去边境驻防。北宋的正规军士兵要在脸上刺字。富有人家可以出钱雇人顶替，贫穷人家就没有这种便利了。正规军尚且动辄全军覆没，何况临时拼凑的乡弓手，基本等于白白送死。百姓听到这个消息，好像家家有丧事户户遭抢劫，哭声一片，此起彼伏。有人逃走，官府就扣留他们的父母妻儿，并加紧追捕，又把他家的田产出售，充作奖金，悬赏捉拿。编入正规军以后，有关人等开始打他们家产的主意。衣服、粮食不够，要到自己家里去取；等去了边境驻防，家里更要跋涉千里供应。祖辈、父辈辛苦积攒的财产，日销月铄，渐渐就没了，一家挨着一家，相继衰败。而这些乡弓手平生熟悉的，不过是种桑绩麻、耕田耘地，至于使用武器，即便天天训练，仍然不免生疏；加上生性愚直胆小怯懦，上阵对敌，一有机会就想逃走，不仅自己丢了性命，更影响整个战阵。后来朝廷看到他们没用，就大批淘汰，发给"公凭"，相当于退伍证，让他们自谋生路。可是他们游手好闲惯了，再也不肯辛苦务农；而且田产都没了，即便愿意辛苦，又上哪里辛苦去。这些人痛哭流涕，受饿挨冻，流离失所，不知所终。

司马光守孝在家，不能参与政事，他看到百姓的痛苦，当作自己的痛苦，默默记在心里。司马光的看见有选择性，他总是看见百姓疾苦，千方百计维护百姓利益，好像是百姓的代言人，百姓自然拥戴自己的代言人。

读书思考是学者的本业。在《司马文正公传家集》里，明确标注写于这段时间的文章有三篇：《十哲论》《四豪论》《贾生论》。

《十哲论》是一篇读书随笔。

孔子弟子三千，其中贤者七十

《司马文正公传家集》书影

二。当时流行"十哲"之说，就是从七十二贤人中，又选出突出的十人。国家祭祀孔子的时候，"十哲"供奉在堂上，其余则在东西两廊，祭祀所用礼器数目也有不同。司马光认为那不对，因为不是孔子本意。

司马光思考的问题很大，是儒家原则性的大问题，他不与流俗苟同，而是从儒家原典出发，来考察它的合理性。司马光思考的问题也实用，它关系到祭祀孔子，祭祀孔子实实在在，是国家的重大政治活动。

《四豪论》是一篇读史札记。

所谓"四豪"，就是战国时期的齐国孟尝君、魏国信陵君、赵国平原君，以及楚国春申君。这篇札记是考察四君当中，谁是最好的人臣。司马光提出标准："凡人臣者，上以事君，中以利国，下以养民。"意思是说，人臣的职责有三个：向上侍奉国君，向中有益国家，向下养育国民。司马光根据这个标准，一桩桩、一件件衡量了四君的所作所为，最后得出如下结论："当以信陵为首，平原次之，孟尝又次之，春申为其下矣。"信陵君第一，平原君第二，孟尝君第三，春申君最末。

战国四君当中，除了楚国春申君是因功受封，其余三位都是各国贵族。四君有自己的封地，财力雄厚，他们礼贤下士，招揽人才，国内对付政敌，国外对付敌国，形成重要的政治力量。在当时的政治格局当中，四君仍然属于人臣，但不是人人认得清，特别是势力膨胀的时候，司马光拨云见日直指本质。司马光提出的人臣标准，也适用于他自己，用这个标准要求自己，就可以做个合格的人臣，所以他的思考很实用。在司马光的心目中，一个合格的人臣，不仅要侍奉国君，而且对国家、国民都有责任。笔者认为这个标准，对我们公务员队伍的建设，具有建设性的指导意义：一个合格的公务员，不仅要执行领导意图，而且心中应该有国家和人民。

《贾生论》也是一篇读史札记。

贾生即汉代的贾谊。北宋，很多人认为贾谊才华横溢，只可惜生不逢时，没遇上好皇帝；否则，三代可复，盛世立现。三代指夏、商、周三个朝代，是古人心目中的黄金时代。司马光认为不见得：贾谊所学不纯，虽有才华，如果治国，未必有效。怎么知道呢？读他的文章知道的。贾谊多次上书汉文帝论当时形势，说值得痛哭的，是诸侯太强，好比脚趾比大腿还粗，小腿比腰还粗，若不及时处理，时间一长，必成祸患。司马光认为不对：治理天下，只怕政令与刑罚未确立，不怕诸侯过强；贾谊的建议未被采纳，文帝在位期间，诸侯也不曾作乱。贾谊又说值得流涕的，是匈奴不服。司马光认为也不对：匈奴是未开化的国家，与禽兽没什么区别，"天下治而不服，不足损圣王之德；天下弊而得之，不足为圣王之功。"天下太平人民富足，匈奴不服也没什么关系；天下大乱民不聊生，匈奴臣服也没什么意义。而且，治理天下的工具，以礼仪为先，安定天下的根本，以嗣君为先，贾谊却将两者列在后边，当作细枝末节。司马光发问："舍国家之纪纲，遗天下之大本，顾切切然以列国外夷为虑，皆涕泣之，可谓悖本末之统，谬缓急之序，谓之知治体何哉？"贾谊这样本末倒置，哪能叫知治国大体呢？司马光官职低微，思考的问题却大，他思考怎样做个好宰相，司马光的格局足够大。

第五节　皇祐二年回乡

宋仁宗皇祐二年（1050年）春，司马光休假返乡省亲，并祭扫先人坟墓。

骑马奔驰出京师，司马光即兴写下《出都日涂中成》（请告归陕及之汾阴省兄时所作）：

> 贱生习山野，愚陋出于骨。虽为冠带拘，性非樊笼物。扬鞭出都门，旷若解徽绊。是时天风恶，灵沼波荡汩。龙鬒互骞腾，鸥群远浮没。川原寝疏豁，烟火稍萧瑟。草木虽未荣，春态先往佛。桑稀林已斜，柳弱条可屈。蛛丝胃晴阳，鼠土壅新窟。徐驱款段马，放辔不呵咄。与尔同逍遥，红尘免蓬勃。（《传家集》卷二）

题目中的陕指陕州，治今河南省三门峡市陕州区，北宋时夏县归陕州管辖。汾阴指河中府，治今山西省永济市蒲州镇，当时兄长司马旦任职在汾阴，司马光专程去汾阴看望了兄长。

诗的意思是说，骑马扬鞭出汴京，好像解去绳索一样自由。"性非樊笼物"该是典出陶渊明《归园田居》："久在樊笼里，复得返自然。"中国文人的心中，都有一个陶渊明。这一天风比较大，湖水因风起浪，如果水中有龙，龙颈上的长毛该是起伏不定，视野的尽头有群鸥出没。离开汴京越来越远，大地更加开阔，人烟稍微稀少。正是早春天气，桑林、柳条、蛛丝、鼠窟等等，都在报告春天的讯息。骑马缓缓前行，放开了缰绳，不呵斥马，与它一起逍遥自在，享受这人间的好春光。

春天的时候，我们喜欢去郊游，冬去春来，自然景色给人苏醒的感觉，这种感觉叫人兴奋，郊野的空旷也给人脱去桎梏的轻松，司马光正感到这种兴奋和轻松。

但不全是兴奋和轻松。不久，司马光就痛哭流涕。他涕泪横流究竟为什么？来读《重经车辋谷》：

> 昔年道经车辋谷，直上七里盐南坡。今年行役复到此，方春流汗如翻波。中途太息坐磐石，涕泗不觉双滂沱。我生微尚在丘壑，强若麋鹿婴虞罗。人逾三十只有老，后时过此知如何？云泉佳处须速去，登山筋力行蹉跎。（《传家集》卷二）

车辋谷现在叫作车辋峪，是昔日河东潞盐外运的主要通道车辋路的一部分。据摩崖石刻记载，车辋路始凿于北周大象二年（580 年）。司马光诗的意思是说，往年经过车辋谷，长约七华里的盐南坡，一口气就到顶了，可是今年再上这盐南坡，才上到一半，又是早春天气还不热，就已经是大汗淋漓，找块大石头坐下来，不知不觉涕泪滂沱。为什么呢？过了三十岁身体走下坡路了，往后再过这里可怎么办？盛极而衰的规律让司马光很是感伤，但他很快调整好心态：旅游胜地赶快去，登山体力将不济。

人的生命是有限的，我们都会在某个时刻感受到衰老袭来，掉落的一颗牙齿，或者越来越多的白发，但人生有点像洗冷水浴，刚开始会一个激灵，觉得无法忍受，渐渐就会习以为常，接受这不完美的人生。

司马光此次待在家乡的时间比较长，直至盛夏，他仍然在夏县。那个夏天非常炎热，涑水完全干涸。

司马光此次还乡，除了祭扫先人坟墓，还建了新居一所。新居有"南斋",司马光拿它当书房。"南斋"前有树,树很高,还有草,早晚都有凉意。清扫完成后,司马光请人将自己的书搬进去。司马光安顿好书以后,他即兴写下一首诗,诗名叫作《新迁书斋颇为清旷偶书呈全董二秀才并示侄良富》。从诗名判断,帮忙的人应该包括姓全和姓董的两位秀才,以及两个侄子司马良和司马富。司马光在诗中勉励四人好好读书,不要荒废了光阴。

此次休假,司马光还办了一件大事,就是给十四个侄子取字。今天我们说"名字"和说"名"是一回事;但古人的"名"和"字"是两回事,各有不同的用处。总的来说,称名有限制,称字较广泛。名一种情况用于自称,比如《资治通鉴》里的"臣光曰",光就是他的自称;另一种情况是供长辈或尊者称呼,比如父母或者皇帝;需要注意的是,同辈或晚辈称名,是表示厌恶或者轻视。相对来说,字的用法比较宽泛,称字表示礼貌和尊敬。

夏县司马氏当时已是一个大家族,有十四位侄子到了取字的年龄,此事责无旁贷。司马光大概花了不少的时间,要给十四位侄子找到寓意深刻的字,绝非易事。他甚至专门写了一篇文章,即《传家集》卷六十九《诸兄子字序》。司马良和司马富我们都已熟悉,他们是司马光兄长司马旦的儿子。司马良,字希祖,司马光解释,诗云:"母念尔祖,聿修厥德。"《诗经》里这句话的意思是说,君子修德是为了祖先。既然修德是为祖先,怎么能不努力?司马富,字希道,司马光说,智者富于道,愚者富于财,你应勉力于道。在司马光眼里,只知道攒钱是愚笨,读书明理才算是智慧。其他还有:司马京,字亢宗;司马亮,字信之;司马禀,字从之;司马元,字茂善;司马育,字和之;司马齐,字居德;司马方,字思之;司马爽,字成德;司马衮,字补之;司马章,字晦之;司马奕,字袭美;司马裔,字承之。文章中,司马光对每人字的含义都有说明,末尾,司马光说:"呜呼,朝夕不离于口耳者,名字而已;尔曹苟能言其名,求其义,闻其字,念其道,庶几吾宗其犹不为人后乎!"尔曹,你们。意思是说名字早晚都在嘴边,你们如果呼唤名字就想到它们的意义,我们司马氏一定不会落在人后。

司马光三十二岁,任职馆阁校勘,是家族的杰出成员,他对后辈们寄予厚望,希望司马家族常常处于领先的地位。我们终有一天会明白,自己是家族绵延的一环，前边有无数的前人，后边有无数的后人，我们承前启后，连接着前人和后人。面对后人，我们除了羡慕他们的年轻，就是对他们寄予厚望，像司马光这样。

第六节 《涑水记闻》

前边我们提到，司马光著有笔记《涑水记闻》，该书杂录宋代旧事，起于宋太祖，迄于宋神宗，是为《资治通鉴后纪》所做的材料准备，生前没有刊行，苏轼所作《司马文正公行状》没有提到。

我们知道，《四库全书总目提要》由清代永瑢、纪昀主编，内容丰富，是研究古典文献的重要工具书，于乾隆四十六年（1781年）编就，二百卷，收录古籍计一万零二百八十九种；为便于翻检，次年另编《四库全书简明目录》二十卷。

《四库全书总目提要》称《涑水记闻》："杂录宋代旧事，起于太祖，迄于神宗，每条皆注其述说之人，故曰《记闻》。"是旧事不假，也确实比较杂；但有一个宗旨，就是为了资治，换句话说，所录旧事对治理国家，有借鉴的价值。我们不妨来看第一卷的目录：陈桥兵变黄袍加身，韩通被杀，太祖受禅，陶谷进禅文，民间喧言当立点检为天子，杜太夫人闻变言笑自若，太祖微行，小

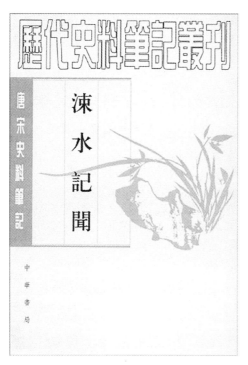

司马光《涑水记闻》书影

黄门损画殿壁，军校献手杖，乘快指挥而误，宝装溺器，因猎坠马，幽燕未定何谓一统，自悔醉酒，怒贬赵逢，曹彬平东南未得使相，太祖弹雀，李怀忠谏徙都，李筠谋反，太祖宠待赵普如左右手，金匮之盟，赵普举官，赵普固请赏功，杯酒释兵权……不难看出，所录不是柴米油盐，不是家常琐事，都与国家政治有关。从著书目的来看，《涑水记闻》可以说是北宋版的《资治通鉴》：同样是为了资治，但内容是北宋的。

以"宝装溺器"为例："太祖平蜀，孟昶宫中物有宝装溺器，遽命碎之，曰：'自奉如此，欲求无亡得乎？'见诸侯大臣侈靡之物，皆遣焚之。"这里的蜀指后蜀。宋太祖赵匡胤灭了后蜀，发现后蜀皇帝孟昶的宫里，竟然有个珠宝镶嵌的马桶，宋太祖命令捣碎，说孟昶如此奢侈，想不灭亡怎么可能？诸侯大臣们凡有类似的奢侈物件，宋太祖也派人烧毁。这里记录的是宋太祖对待奢侈的态度，他不要奢侈要俭朴，认为奢侈会亡国。司马光记录这些，不是无意，而是有心：他大概是想告诉后世的皇帝，特别是北宋的皇帝，奢侈可能亡国，应当保持俭朴。司马光的记录，是要有益于国家政治。

又比如"太祖弹雀"："太祖尝弹雀于后园，有群臣称有急事请见，太祖亟见之，其所奏乃常事耳。上怒，诘其故，对曰：'臣以尚急于弹雀。'上愈怒，举柱斧柄撞其口，堕两齿，其人徐俯拾齿置怀中。上骂曰：'汝怀齿，欲讼我邪？'对曰：'臣不能讼陛下，然自当有史官书之。'上悦，赐金帛慰劳之。"宋太祖某天在后园里打鸟，大概算休息，有一大臣称有急事求见，宋太祖赶忙召见，不过是些芝麻绿豆的小事。宋太祖就有些生气，质问为什么，回答说反正比打鸟急。宋太祖听了火冒三丈，举起柱斧柄，打掉了那人两颗牙。宋太祖平常柱斧不离手，就像今天某些人手上的串珠，柱斧是玉石质地的。那人也是好定力，想来该是满嘴流血，但他不慌不忙，从地上捡起那两颗牙，又不慌不忙揣进怀里。宋太祖骂道：你揣牙什么意思，是要告我吗？那人回答：我自然是不能告您，但会有史官记录的。宋太祖听了很高兴，赐给那人很多东西，算是精神补偿。宋太祖的高兴我觉得是假装的，他应该是敬畏史官，不想这件事载入史册，才不得不装出笑脸，又赏赐很多东西，表示道歉。司马光记录这件事，该不是要作为茶余饭后的谈资，而是要后世

明代刘俊《雪夜访普图》，此图描绘宋太祖赵匡胤雪夜访问赵普的故事。

的皇帝作为榜样，不是要学榜样打掉大臣的牙，而是要学榜样敬畏史官。

又比如"赵普固请赏功"："太祖时，尝有群臣立功，当迁官。上素嫌其人，不与，赵普坚以为请。上怒曰：'朕固不为迁官，将若何？'普曰：'刑以惩恶，赏以酬功，古今之通道也。且刑赏者，天下之刑赏，非陛下之刑赏也，岂得以喜怒专之？'上怒甚，起，普亦随之；上入宫，普立于宫门，久之不去。上寤，乃可其奏。"有个大臣立了功应当升职，但太祖向来讨厌那人，就不给他升职。赵普竭力为那人主张。太祖怒道：我就是不给他升职，你能把我怎么样？赵普说：刑罚是用来惩治罪恶的，赏赐是用来酬谢功劳的，这是古往今来的通理。况且，刑罚和赏赐都是天下的，不是陛下您个人的，岂能以自己的喜怒来决定呢？太祖听了更加生气，起身就走，赵普则跟着他，宋太祖进了宫门，赵普就站在宫门口等着，宋太祖终于醒悟，同意了赵普的意见。这段故事在《宋史·赵普传》也有记载，《涑水记闻》早于《宋史》，《宋史》是元朝人编的，《涑水记闻》应该是《宋史》的材料来源，《资治通鉴后纪》没来得及使用的材料，最终被《宋史》使用了。司马光记录这些，或许是想告诉后世的皇帝：普天之下，莫非王土，率土之滨，莫非王臣，但皇帝也不能为所欲为，某些规则他也必须遵守。

又比如"杯酒释兵权"："太祖既得天下，诛李筠、李重进，召赵普问曰：'天下自唐季以来，数十年间，帝王凡易十姓，兵革不息，苍生涂地，其故何也？吾欲息天下之兵，为国家建长久之计，其道何如？'普曰：'陛下之言及此，天地人神之福也。唐季以来，战斗不息，国家不安者，其故非他，节镇太重，君弱臣强而已矣。今所以治之，无他奇巧也，惟稍夺其权，制其钱谷，收其精兵，则天下自安矣。'语未毕，上曰：'卿勿复言，吾已喻矣。'"宋太祖得了天下建立宋朝，他想要长治久安，召来心腹赵普问计，赵普回答说唐代以来天下大乱，只因为藩镇强大，君弱臣强，如今要矫正，只需削弱地方势力，天下自然安定无虞。宋太祖领悟力超强，赵普还没说完，就已经明白了。

宋太祖行动力也极强，他立即行动起来："顷之，上因晚朝，与故人石守信、王审琦等饮酒，酒酣，上屏左右谓曰：'我非尔曹之力不得至此，念尔之德无有穷已。然为天子亦大艰难，殊不若为节度使之乐，吾今终夕未尝敢安枕而卧也。'守信等皆曰：'何故？'上曰：'是不难知之，居此位者，谁不欲为之？'守信等皆惶恐起，顿首曰：'陛下何为出此言？今天命已定，谁敢复有异心？'上曰：'不然。汝曹虽无心，其如汝麾下之人欲富贵者何！一旦以黄袍加汝之身，汝虽欲不为，不可得也。'皆顿首涕泣曰：'臣等愚不及此，唯陛下哀怜，指示以可生之涂。'上曰：'人生如白驹之过隙，所谓好富贵者，不过欲多积金银，厚自娱乐，使子孙无贫乏耳。汝曹何不释去兵权，择便好田宅市之，为子孙立永久之业；多置歌儿舞女，日饮酒相欢，以终其天年。君臣之间，两无猜嫌，上下相安，不亦善乎！'皆再拜谢曰：'陛下念臣及此，所谓生死而肉骨也。'明日，皆称疾，请解军权。上许之，皆以散官就第，所以慰抚赐赉之甚厚，与结婚姻，更置易制者，使主亲军。"很快，宋太祖就请"黄袍加身"剧的导演们喝酒，酒酣耳热之际，宋太祖向他们倒苦水，说自己太难了，晚上经常睡不安稳。导演们就问为什么。宋太祖说皇帝谁都想当。导演们惶恐不安，说他们绝无二心。宋太祖说你们我自然放心，但你们手下贪图富贵的人，哪天再导演出"黄袍加身"，到时候可由不得你们。导演们磕头如捣蒜，请宋太祖给指条生路。宋太祖说人生很短暂啊，你们不如交出兵权，多购良田豪宅，多买歌姬舞女，天天饮酒作乐歌舞伴餐，这样君臣无猜，岂不是很好。导演们感谢不迭，说您这样为我们着想，就是我们的再生爹娘。第二天导演们纷纷请求辞职，理由是夜来突然得了病。宋太祖统统允许辞职，安排他们出任闲职，赏赐很多金银珠宝，又与他们结为儿女亲家，然后，安排容易指挥的人，执掌兵权。这就是有名的"杯酒释兵权"，掌握了亲军的兵权，算是去掉了身边的威胁。

故事通常到这里就结束了，但《涑水记闻》还有下文："其后，又置转运使、通判，使主诸道钱谷，收选天下精兵以备宿卫，而诸功臣亦以善终，子孙富贵，迄今不绝。向非赵韩王谋虑深长，太祖聪明果断，天下何以治平？至今班白之老不睹干戈，圣贤之见何其远哉！普为人阴刻，当其用事时，以睚眦中伤人甚多，然其子孙至今享福禄，国初大臣鲜能及者，得非安天下之谋，其功大乎！"赵韩王即赵普。宋太祖后来又有举措：先是在各地设立转运使和通判，负责转运各地钱粮，将财权收归中央政府；接着又选各地精兵到汴京，各地只剩下些老弱病残，这样等于又掌握了全国军队。而那些导演们也得以善终，他们的子孙繁衍不息，世代享受荣华富贵。古代一般来说，新的朝代建立之际，就是功臣命绝之时，鸟尽弓藏，兔死狗烹，人头落地，血流三尺，功臣的结果都很惨；相比之下，宋太祖杯酒释兵权，一桌酒宴，一番谈话，轻松解决问题，兵不血刃，君臣和睦，这种做法既智慧又仁慈。司马光评价说，如果不是当年赵普深谋远虑和宋太祖坚决果断，怎么会有这样的太平盛世？赵普为人阴险刻毒，当年在位时睚眦必报，造谣中伤很多人，他的后人却至今享受国家优待，开国功臣中很少有比得上他的，恐怕都是因为他当年出了那个主意，功劳极大。一般都知道赵普足智多谋，却不知道他为人阴险刻毒。金无足赤，人无完人。

故事还没有结束："太祖既纳韩王之谋，数遣使者分诣诸道，选择精兵。凡其才力伎艺有过人者，皆收补禁军，聚之京师，以备宿卫。厚其粮赐，居常躬自按阅训练，皆一以当百。诸镇皆自知兵力精锐非京师之敌，莫敢有异心者，由我太祖能强干弱枝，致治于未乱故也。"选各地精兵具体做法是，凡有一技之长，都编入禁军，集中在中央，保卫京师汴梁。禁军待遇优厚，经常亲自训练，无不一以当百。各地清楚不是禁军对手，也就不敢再有二心，都因为宋太祖加强中央，未雨绸缪。宋太祖强干弱枝，加强中央，削弱地方，终结了唐代的藩镇割据局面，这是历史发展的必然逻辑，也是当时政治智慧的极致。此条直接与政治相关，内容涉及权力结构，是政治生活重中之重。

到了南宋，这本书遭遇厄运：南宋高宗绍兴十五年（1145年），秦桧当国，以女婿为史官，将自己美化成忠良，他担心私人的记载会破坏自己的"光辉形象"，七月，禁止私人修史，司马光的曾孙司马伋为避祸，不得已，声称《涑水记闻》非司马光所修；礼部尚书李光所藏司马光著作万卷，都被焚毁，《涑水记闻》既非司马光所修，也因而得以幸免。《涑水记闻》遭遇厄运，又奇迹般躲过浩劫。

2020年10月30日，《涑水记闻》入选第六批《国家珍贵古籍名录》。

第二章　以天下为己任

第一节　初入仕途

进士及第的当年，即宋仁宗宝元元年（1038 年），司马光被任命为奉礼郎、华州（治今陕西省渭南市华州区）判官。奉礼郎是官阶，表示级别的高低，相当于今天的公务员职级；华州判官是职位，表示实际负责的事务，判官是州属官，协助知州处理州内事务，相当于今天的市长助理。

司马光虚岁二十岁，按今天的习惯，就是十八岁多或者十九岁，官职也低微，但已经胸怀天下。一段时间以来，家人们几乎被他折磨得神经衰弱——夜里睡得好好的，会被突然惊醒，蒙眬中看见司马光匆匆忙忙爬起来，穿好官服，手执笏板，正襟危坐很长时间。还好，因为他常常这样，大家渐渐习以为常，只是不清楚为什么。后来，一位好友问起，司马光回答：我当时忽然想到天下大事。

一个人的成就与格局分不开：格局越大，成就也越大。司马光做梦都是天下大事，真可谓是大格局。编修《资治通鉴》，与王安石发生分歧，在暮年出任宰相等等，都跟他的大格局分不开；换句话说，如果没有这样的大格局，司马光不可能做这些事情，也就没有历史上的司马光。

宋仁宗宝元二年（1039 年），司马光为他人整理文集，并写下序言。并非应作者之请，作者已经去世了。司马光读到一些文章，发现作者是位真正的儒者，欣赏他，于是自愿搜集他的文章，编订成册并作序。

这位儒者名叫颜太初。当时，天下不崇尚儒学已久，但颜太初却愿意身体力行：读儒家典籍，不斤斤于词句，从整体上把握意思；而且，他还要在自身和乡里实践出来；更进一步，他要将儒学发扬光大，考察国家政治得失，写成诗歌和文章。

宋仁宗景祐（1034—1038 年）初，青州（治今山东省青州市）知州倾慕魏晋人嵇康、阮籍的风度，为数不少的士大夫争相效仿，一时间社会上蔚然成风。我们知道，嵇

清代俞龄《竹林七贤图》

康好老、庄之学，想要做隐士，与阮籍、山涛等人为友，世称"竹林七贤"。颜太初认为这会败坏风俗，立即作了一首《东州逸党》，以为讽喻。诗传到了皇帝手里。不久，青州知州被治罪。

又有郓州（治今山东省东平县）知州，对一位不愿同流合污的属下怀恨在心，找了个借口，将他投进监狱。这个属下在狱中郁郁而终。死者妻子想要申诉，那位知州自然百般阻挠。颜太初与死者生前友好，朋友冤死狱中，他愤愤不平，于是，又作了一首《哭朋》。因此，那个知州被罢官。

有人举荐了颜太初，认为他学问渊博，文章不错，建议调他去国子监任教，等于做大学老师。但有个御史不喜欢颜太初，向皇帝讲他的坏话，说他狂妄而偏执，会把学生教坏了。因此，改为河中府（治今山西省永济市蒲州镇）临晋（治今山西省临猗县临晋镇）主簿。

后来，颜太初又担任过其他官职，但调来调去，不是什么判，就是什么司，不是什么簿，就是什么尉。在宋代，这一类的官职，即便最不济的人，熬年头也都混得到；而才识卓越如颜太初，仕途十年，到死还是这类职位。颜太初英年早逝，四十多岁就去世了。

司马光在同州收集到颜太初的文章两卷，又找到他写的《同州题名记》一篇，合起来编为一集，并作序。司马光说所以这样做，是希望颜太初的言论，能够传之久远，他的文章必将有益于后世。司马光做这件事情，不是为自己，而是为发扬儒学，他以发扬儒学为己任，司马光是有远大理想的人。

宋仁宗宝元元年（1038 年）十月十一日，党项首领元昊建国号为夏，自立为帝。党项族原本向宋称臣纳贡，自立为帝在宋看来就是反叛。父亲任同州知州，司马光任华州判官，同州、华州距离边界不远，各种消息不时传来，真真假假，虚虚实实。战争阴云密布，不安情绪在民间蔓延。十二月，宋仁宗下令，禁止宋朝边民与党项人贸易，对党项实行经济制裁。宝元二年（1039 年）三月，宋仁宗检阅了禁军，等于秀肌肉。嘉勒斯赉的部族在青唐（即青唐城，今青海省西宁市）西，当时比较富强，朝廷希望他从背后牵制元昊。四月，诏令三司每年给嘉勒斯赉绫绢一千匹、片茶一千斤、散茶一千五百斤，又加授保顺军节度使、邈川大首领；奖励近边百姓向边境运输物资。五月，宋仁宗又下诏，要求推荐军事人才；负责全国军事工作的枢密院本月也换了长官；五月十六日，父亲的好友庞籍被任命为陕西体量安抚使，前往前线视察，并代表皇帝慰问守边将领及少数部族首领。宋、夏已经开战，司马光与父亲该是多次讨论到战争，分析敌我形势，为百姓生活担忧。

宋仁宗宝元二年（1039 年）十月，父亲司马池调任杭州（治今浙江省杭州市）知州。为方便侍奉双亲，司马光辞去本应升迁的官职，请求去杭州附近的平江军（即苏州，治今江苏省苏州市）任判官，等于是平调。宋代的杭州是两浙路官署所在，苏州隶属两浙路。很快，司马光的请求得到批准。父亲和司马光离开了陕西，带着对前线战事的忧虑，并继续对战事密切关注。

宋仁宗宝元二年（1039 年）冬，父亲司马池到任杭州知州，司马光也到任苏州判官。

宋仁宗康定元年（1040年），司马光的母亲聂氏猝然离世。按照大宋有关制度，司马光立即辞去苏州判官，回到杭州家里为母亲守孝，称作"丁内艰"。(《宋天章阁待制司马府君碑铭》)

前边我们说过，宋仁宗宝元元年（1038年）十月，党项首领元昊建国号为夏，自立为帝，宋仁宗视为反叛。可是，战况不容乐观：宋仁宗康定元年（1040年）正月十八日，元昊攻陷金明寨（今陕西省延安市安塞区南），乘胜直抵延州（治今陕西省延安市）城下；五月十一日，又攻陷塞门寨（今陕西省靖边县东南）；五月二十二日，再攻陷安远寨。

大宋也不是没打过胜仗。宋人笔记有载："自陕西用兵，惟兔毛川胜捷者，由劈阵刀也。"意思是说，与西夏开战以来，大宋也打过胜仗，制胜法宝是"神盾劈阵刀"。法宝的发明人叫杨偕。元昊反叛之后，杨偕将发明献给宋仁宗，曾以五百名士兵为皇帝演练。具体方法是：外围以战车环绕，内部排列盾牌，盾牌上雕刻猛兽，设有机关，可以开合，用来惊吓敌方战马，也可以防箭。当时大臣们都觉得滑稽可笑，但后来真的起了作用：宋军与敌对垒兔毛川（北宋时窟野河的支流，流经今陕西省北部），敌方是一支亲军，以"铁鹞子阵"出战。"铁鹞子阵"也称"铁林"，将士兵用绳索固定在马上，士兵即便战死也不会倒下，大宋军队弓箭对它不起作用。于是请出"神盾劈阵刀"，劈铠甲，豁马肚子，敌方战马受惊奔逃，阵脚大乱，掉下山崖、沟壑摔死的，不计其数，宋军因此大胜。可惜的是，大宋的胜仗太少了。

正规军的战绩不佳，朝廷想到了民兵。宋仁宗康定元年（1040年）六月二十一日，诏令陕西、河北、河东、京东、京西等路，按州县户口，登记百姓为乡弓手、强壮，即民兵，以防盗贼。河北、河东路的强壮，自宋真宗咸平（998—1003年）以来就有，但很久不打仗，州县不再训练，大多徒有虚名。于是命令两路选补、增加，并推广到其他各路。

远在东南的两浙路，也未能幸免。

父亲就此事与司马光交换了意见，父亲影响司马光，司马光也影响父亲，最终统一了认识。作为杭州的地方长官，父亲觉得有责任向朝廷上奏，禀明这里的实际情况以及自己的观点。年轻的儿子已是朝廷官员，应该让他得到锻炼。而且，儿子在某些方面的能力，比如适应环境、人际交往，等等，已经明显超越自己。此外，妻子去世不久，自己心境不佳，无法集中精力。经过慎重考虑，父亲将起草奏章的工作交给了司马光。于公于私，这种安排都合乎情理。

奏章的题目叫作《论两浙不宜添置弓手状（先公知杭州为作）》（《传家集》卷十八）。

奏章的开头说，据我私下观察，两浙路与其他路不同，谨列举本路不宜添置乡弓手理由如下，供您参考：

第一，西北起战事，两浙也惊慌，一旦征发，恐生变故。

如今西戎骚扰，三方惊动，人心不稳，应尽力安抚。一旦诏书下达，大规模征发，穿甲胄拿兵器，学习排兵布阵，设立指挥使、节级等名目，很像是部队，百姓一定以为要仿照河北、陕西边境的乡兵，国家作为权宜之计征发，托名捕捉盗贼，渐渐将编入部队，戍守边防。吴人身体单薄，易生疑惑，道听途说，民情鼎沸，甚至自残自杀，或者躲进山林。臣即便明确告示严厉禁止，可是愚民无知，官府人手有限，不可能挨家挨户解释，担心征发之后发生变故。

第二，吴越盗贼少，由此恐增多，自微至著，此口不可开。

吴越向来不训练军队，平常盗贼很少。最多不过成群结伙，非法贩卖茶、盐，以武力对抗官府。但都是临时组合，事毕就散了，不能长期聚集，又没有锋利武器，只是偷税漏税，不敢抢劫平民百姓。近年以来，虽也有些盗贼，但与内地相比，肯定少多了。如今逃避差遣的人，如果逃匿不归，必将成为盗贼，武器又允许私自置备，从今往后，盗贼肯定要增多。非法贩卖茶、盐的人，有了锋利武器抵抗，官府就难以对付了。积微成著，渐不可久。

第三，奸吏贪婪，喜欢多事，借故盘剥，在所不免。

奸吏贪婪，唯利是图，不畏法令，不顾舆论，一有机会，就要下手。如今杭州范围内，当差的有若干人，其他州按比例也有一批人，县胥、里长要额手相庆了。百姓忧愁又被逼迫恐吓，烦苦不安又增添麻烦，奸吏只管好处，哪顾得上其他？即便朝廷严厉禁止，加大惩罚力度，但地方官精力有限，不可能面面俱到，大利益摆在面前，奸吏死都不怕。加上户籍差错，如有丝毫不对，百姓互相控告。胥吏逼服徭役无时无刻，百姓官司缠身没完没了，那么百姓还来不及为公家服役，先陷入贪吏的盘剥举步维艰了。这样的骚扰，势必不免。

第四，百姓生田间，不识弓与矢，徒有耗费，毫无益处。

百姓都生长田间，天性愚直，知道的不过是播种的方法，认识的不过是耒耜等农具，加上吴人身体单薄，天下共知，一旦让他们丢下熟悉的，去学不擅长的，训练也是徒劳，终无所成；即便有所成，也不能打仗，白白烦扰耗费，与不添置无异。

第五，吴越跋扈乐乱，钱镠归顺不久，国家安全，难保无虞。

春秋时期的吴王寿梦以前，吴国世代臣服于楚国，自申公巫臣在楚国惹了麻烦，逃奔到晋国，又为晋国出使吴国，教吴国人使用战车和打仗，其后楚国就不堪其扰，疲于应付，直到吴国灭亡。从那以后，吴国号称轻佻狡诈，远有西汉的吴王刘濞发动"七国之乱"，近有五代的吴越国王钱镠割据一方，两者之间风气相承，又有无数人桀骜不驯。不仅是刘濞等人跋扈，也由于习俗喜欢动乱。多亏先皇有德陛下仁义，盛德深厚深入骨髓，暴乱之风消失殆尽。这都是上天保佑，前代根本不可能。如今忽然无故不顾威严与危险，征发乡弓手，使生奸恶之心，开启祸患先兆，臣担心这对国家不好，不利于长治久安。

奏章最后说，现在两浙路水旱灾害稍多，但百姓不至于流离失所，社会基本安定，乡里无事，盗贼不多，即便是有，原来力量擒拿处治，也有余力，不必求援。担心无事征发，有害无益而已。臣职责所在，不敢沉默，条列理由如上。请陛下特令两浙一路，不再添置乡弓手。如果说有备无患，旧有力量过少，请只依最近敕命，稍加增补即可，不再设立指挥使等名目，操练等事务仍按旧规，好使人心稳定，不另生枝节。

以历史眼光来分析，从春秋直看到五代，这个是司马光的特长。我们看到，司马父子对两浙路百姓，采取一种保护的态度：两浙路最好不征发乡弓手，必须征发时只稍加增补。国家强大百姓弱小，当国家与百姓冲突时，选择保护弱小一方的百姓，在这一点上，司马父子认识一致。司马父子的逻辑应该是这样：避免或减少征发，百姓负担就会减轻，就有更多时间从事生产，生产出更多的生活资料，然后衣食无忧，百姓衣食无忧，国家自然长治久安。国家与百姓，看似矛盾实际统一，司马父子形式上在对抗国家，但最终目的是为维护国家。在他们的心目中，天下既有皇帝，也有百姓苍生。司马父子在两浙路任职，真是两浙路百姓的福气。

第二节　身为礼官

宋仁宗庆历八年（1048年），司马光被召试馆阁校勘，并顺利通过。任馆阁校勘一年左右，司马光升任同知太常礼院。

太常即太常寺，不是寺院，而是国家机构，主管礼乐、郊庙、社稷、坛壝、陵寝等事务。郊庙指皇帝祭祀天地与祖先，社稷指皇帝祭祀土神与谷神，陵寝是皇帝的坟墓。而太常礼院的职责是专门研究制定朝廷的礼仪制度。太常礼院隶属太常寺，但实际上相对独立："虽隶本寺，其实专达"；有判院、同知院共四人，司马光是礼院的四位长官之一。

同知太常礼院已经是朝官。我们知道，宋朝的文官按照品级，大致可以分为三个层次：地方官、京官、朝官。层次内的升迁相对容易，层次间的升迁十分困难。司马光此时三十岁出头，就已经做到了最高层次的朝官。这当然跟他的优秀分不开，但也离不开恩师庞籍的倾力举荐。庞籍是司马光父亲的生前好友。

需要捎带提及的是，此前的庆历七年（1047年）六月，庞籍的长子庞之道英年早逝，年仅三十二岁。司马光与庞之道是"发小"，从小一起长大。庞之道妻子还是司马光妻子的姐姐，这种关系在北方叫作"连襟"，衣襟都连在一起了，自然是非常亲近。既是"发小"又是"连襟"，司马光与庞之道关系非比寻常。庞籍对长子是寄予了厚望的，为使他得到锻炼，特意带他去陕西前线，做自己的机要秘书。长子的早逝让庞籍备受打击，他甚至不能听到别人提起长子，只要听到就心如刀绞痛不欲生。司马光与庞之道年龄相仿，优秀相似，关系又非比寻常。从现代心理学的角度来看，诸多的共同点可能使庞籍产生了"移情"，把对长子的挚爱转移到了司马光身上。庞籍倾力举荐司马光，可能有"移情"的成分在内。

司马光任职太常礼院，是一名礼官。礼官的工作是从儒家典籍及本朝先例当中，寻找依据，择善而从。儒家典籍浩如烟海，本朝先例汗牛充栋，所以礼官必须博学多闻。礼官的工作又是从原则出发，对不当行为做出纠正。当权势与原则相冲突时，合格的礼官应当坚持原则，用原则与权势作抗争。这种抗争需要勇气，当权势就是皇帝时，那更需要绝大的勇气。司马光不缺博学多闻，也有着绝大的勇气。

宋仁宗皇祐二年（1050 年）八月，宦官总头领入内都知麦允言去世了，仁宗下诏赠给司徒、安武节度使的官衔。"司徒"是最高级别的官员加衔，是"三公"即太尉、司徒、司空之一，非常尊贵，通常只封给宰相一级的官员。节度使本是集地方军政大权于一身的官职，唐初在边境设置，后来遍设于内地，形成藩镇割据的局面，到北宋初解除了节度使的兵权，节度使成为一种荣衔。接着又下诏说麦允言有军功，特给卤簿；但今后不得为例，不作为本朝的先例。卤簿即仪仗，包括车马、服饰等。仁宗承诺不作为本朝先例，当然是一种限制，但也说明非常特殊，绝无仅有。仁宗皇帝与宦官麦允言关系亲近，感情很深，所给身后哀荣，超越了相关规定。

说麦允言有军功是怎么回事呢？原来是宋夏战争期间，麦允言曾被派往前线，官衔是钤辖，任务是保障部队忠于皇帝。北宋的前线部队里除了钤辖，另有武官指挥行军打仗。在宋夏前线做过钤辖，这就是所谓的有军功。

九月十四日，司马光与众礼官联名上《论麦允言给卤簿状》，执笔写奏状的是司马光。司马光的意见很鲜明，就是反对麦允言特给卤簿，司马光的指向也很明确，就是反对皇帝的决定，这是在批龙鳞。显然反对的风险不小，很可能会惹皇帝不高兴，给自己招来祸患。但这就是司马光，坚持原则，毫不退缩，勇气满满，不避祸患。

司马光奏状中说：孔子有言，器与名不可随便给人。爵位标志尊卑，就是名；车马、服饰等表示威仪，就是器。君主用这两样安抚臣子，治理国家，因此不可不重视。麦允言只是一近臣，没有特别大的功劳，却赠给三公级别的官爵，又给一品卤簿。陛下本想表示恩宠，反而加重了他的罪过，是拖累了他。为什么呢？三公级别的官爵与卤簿，都不是近臣应得的；陛下念他服侍多年，活着让他享尽荣华富贵，死后又超规格给他送终，吹吹打打，招摇过市，这等于在宣扬他越礼过分的罪过，让天下人咬牙切齿地恨他，这对他不是什么荣耀。又说不要让天下人暗暗指点，认为是朝廷的过错。

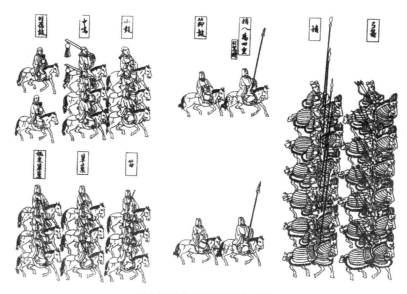

元人绘宋《大驾卤簿图》局部

仁宗是一位很仁义的皇帝，他非常重感情，对宦官也是这样。司马光讲原则，却不是只讲原则，他也讲感情：首先承认仁宗对麦允言的感情，然后以感情的存在为前提，站在皇帝的角度上，考虑举措的得与失。进谏的风格则是不温不火，娓娓道来，动之以情，晓之以理，既温和又坚定。这样的进谏容易被接受。

果然，"仁宗嘉纳之"，皇帝愉快地接受了。

仁宗皇祐二年（1050年）闰十一月初六日，任命三司使、户部侍郎张尧佐为宣徽南院使、淮康节度使、景灵宫使。这三个使都是虚衔，没有实际权力，但极为高贵，非常难得。初七日，又任命张尧佐为同群牧制置使。群牧司是宋代最高马政机构，同群牧制置使是群牧司的副长官。初八日，赐给张尧佐的两个儿子张希甫、张及甫进士出身，并任命卫尉寺丞张希甫为太常寺太祝。太常寺太祝多用作门荫官，宰相等高级官员子弟恩荫入仕，往往任命这个官职。原来，张尧佐的侄女张贵妃此时正受宠，仁宗爱屋及乌，而执政大臣又一味迎合。

我们来说仁宗的私生活。仁宗十五岁时，由刘太后做主，娶了开国名将郭崇的孙女，就是后来的郭皇后。但是两人关系紧张，纷争不断，矛盾重重。原因可能是郭皇后出身将门，脾气有点直，加上有太后的支持，不能总是谦让仁宗。刘太后去世以后，后宫佳丽三千，不断有人受宠，郭皇后是一肚子气。有一次，郭皇后伸手要打一位受宠后妃的脸，那个后妃急忙躲闪，结果巴掌没打到后妃的脸，打到了仁宗的脖子。由于这个事件，郭皇后被废，做了女道士。郭皇后这一巴掌打得重，她也损失惨重，把自己从皇后打成了道姑。过了几年，仁宗又想念郭皇后，频频派人慰问，并作诗表达思念，郭皇后则和诗一首，既哀婉也幽怨。仁宗派人传话，要郭皇后回到宫里来，再续前缘，重温旧梦。可是郭皇后坚持说，只有恢复她的皇后身份，她才肯回来。此时已另立新皇后，皇后只能有一个，要恢复郭皇后就得废掉新皇后，新皇后又没什么过错，仁宗就很犹豫。恰在此时，郭皇后生病了，仁宗很是重视，派宦官带着御医前去诊视。本来不是什么大病，可是被御医一诊视，郭皇后却死了。有人怀疑是那个宦官作祟，因为当年郭皇后被废，那个宦官是支持的，如果郭皇后回宫，必然对他不利。郭皇后死后被追复为皇后，恢复了皇后身份，也算是达成了所愿。

刚才说到郭皇后被废，不断有后妃受宠，张美人就是其中的一个。这个张美人是个苦孩子，她幼年失怙，八岁时父亲就去世了；经济来源断绝，母亲不得已，把她送进了宫里，是仁宗的养母把她养大的。自小生长宫中，张美人受到争宠固宠的良好训练，手段非常了得，因此很快得到仁宗的宠爱，而且盛宠不衰。皇祐元年（1049 年），张美人晋级张贵妃，地位仅次于皇后。

宋人绘曹皇后像

本应该春风得意心满意足，可是她有两桩心事：第一桩心事是没能生下儿子，第二桩是自己没有好家世。郭皇后之后的曹皇后家世显赫，是开国名将曹彬的孙女，家族里高级武官一大把，这让张美人很是艳羡。为了提高自己家族的地位，张贵妃频频向仁宗推荐自己的伯父张尧佐。

其实，张贵妃对这个伯父心里有恨。当年张贵妃幼年失怙，母亲打算投靠张尧佐，可是张尧佐竟然狠心拒绝了；万般无奈之下，母亲把年仅八岁的女儿送进了宫里，张贵妃小小年纪就体验到了生离之苦。那么张贵妃为什么还要推荐张尧佐呢？原因也简单，张尧佐是进士出身，已是中层文官，在张贵妃的家族里，这种条件的只有伯父张尧佐，贵妃没有别的选择。想要提高家族地位，这是她的迫切需要，与这个迫切需要相比，心里的恨就不重要了。张贵妃推荐伯父张尧佐，心里肯定窝着火，可是为了自己的好家世，她只能强压心头怒火，推荐张尧佐不遗余力。

因为张贵妃的极力推荐，张尧佐先被任命为三司使。三司使又称"计相"，专管财政，地位仅次于宰相和枢密使。宋朝的政治制度当中，宰相不管财政，财政由三司使负责。如果三司使这个职位可以由裙带关系得到，对官场生态的破坏肯定是毁灭性的，因此遭到台谏官员的强烈反对。面对台谏官员的强烈反对，仁宗不得不做出让步，免了张尧佐的三司使，却同时打包给了宣徽使等三个高贵无比的使衔。在宣布以上任命的当天，仁宗又作出承诺：从此之后，后妃之家不得出二府职位，就是说从今往后，后妃家族的人不能做宰相或枢密使。这等于保证张尧佐不会做枢密使和宰相，到这里就顶天了。大概这个承诺惹恼了张贵妃，所以第二天，仁宗又给了张尧佐一个稍有实权的职位同群牧制置使。

闰十一月初十日，知谏院包拯等劝谏，仁宗不听。包拯就是我们熟知的包公，他的劝谏属于刚猛一派，奏章气势磅礴，排山倒海，他说节度使和宣徽使在本朝都是高贵无比，如果不是内外勾结欺骗蒙蔽，不可能会这样；又说张尧佐简直就是清明政治的垃圾、青天白日的鬼魅。不难看出，包拯除了给仁宗还留点面子，一点不顾及张贵妃，张尧佐更是不在话下。

十一日，御史中丞王举正上殿，当着文武百官的面，极力说提拔张尧佐不当，仁宗仍然不听。御史中丞是御史台的长官，御史台负责纠察百官。十五日退朝，王举正留百官班廷谏，就是说本来该退朝了，王举正请大家稍留一下，他要当众向仁宗进谏；又率

明代宋濂《包公像》

殿中侍御史张择行、唐介，及谏官包拯、陈旭、吴奎，当面极力劝谏仁宗，王举正当众进谏仁宗不听，所以又率领台谏官员集体进谏。然后，又在殿廊严词指责宰相。仁宗听说后，派人传圣旨，百官才散去。十六日，仁宗下诏说，自今往后，台谏官员要集体上殿，必须先向中书省报告，中书省不批准不能集体上殿，这等于禁止台谏官员集体上殿。当时仁宗怒气冲冲，官员们为避祸，多选择明哲保身，缄默不言。仁宗是真怒了，为了讨好宠爱的女人，不惜跟大臣们翻脸，仁宗翻脸了，大臣们就不说话了。

可是十二月，司马光上《论张尧佐除宣徽使状》。司马光在奏状中先说到君主纳谏的重要性：臣听说圣明的君主费心求谏，和颜悦色地接受，大家还战战兢兢不敢开口，更何况是用权力和威严来镇压呢？这样还指望忠臣直

言进谏，那就太难了；忠臣不敢直言进谏，还希望天下太平，长治久安，就根本不可能。然后，司马光打了个比方：听说有一个瓜农，特别爱护自己的瓜秧，盛夏中午，烈日当空，他生怕瓜秧被晒坏了，就不辞辛劳去浇水，结果呢，瓜秧转眼全都蔫了。这个瓜农不是不勤劳，只是浇水不是时候，反而把瓜秧害死了。然后他切入正题：陛下提拔张尧佐，已经远远过分，使天下人侧目扼腕，对他深恶痛绝，您又打击忠臣直谏，更加重了他的罪过，您这就是烈日当空给瓜秧浇水啊！我与张尧佐素昧平生，都为他感到寒心，陛下却不为他深谋远虑吗？仁宗向来对自然界的异常现象格外在意，认为是自己的过错所招致，司马光放一大招：您拒绝召见台谏官员的当天，阴雾弥漫，遮天蔽日，树木结冰，终日不化，根据有关书籍记载，这是阴气太盛遮蔽了阳光、上下闭塞疑惑不决的标志。仁宗对史册有敬畏之心，司马光接着放大招：陛下天性至孝，敬畏天命，容纳直言，深明得失，这不是我恭维，实在是人所共知，为什么独独为一个张尧佐，却置上天警示于不顾，抛弃忠言，把祖宗的爵禄不当回事，对历史上的前车之鉴视而不见，载入史册，使天下人议论纷纷，影响您完美的形象呢？最后，司马光说到此事的影响：君主实在想干的事情，大臣肯定拦不住，但从今往后，恐怕再有更大的事情，大家就只有沉默不语，袖手旁观了，这对朝廷来说，真不是好事！否则，群臣好比是朽木，陛下好比是雷电，哪是您的对手呢？

以司马光当时的职务，对张尧佐的任命发表意见不是他的本职。在当时的形势下，进言不仅可能得罪仁宗，还可能得罪张贵妃和张尧佐，害处显而易见。司马光进言不避害，他有自己坚守的原则，他以天下为己任，只要对国家有益，个人利害无足轻重。同时，司马光进言很讲究策略。我们注意到，司马光上奏状的时间在半个多月以后。大概司马光认为，当时仁宗正在气头上，劝谏的效果不会太好，过了半个多月，仁宗的情绪该平复了，会理智一些，这时再劝谏，就容易听得进去。另外，司马光绝不疾言厉色，而是充满善意，站在仁宗的角度看问题，处处为仁宗着想，仁宗实在没理由不接受。

不久，张尧佐迫于舆论压力，主动辞去宣徽使、景灵宫使两个使衔。这就给了仁宗一个台阶，仁宗抓住机会下台阶，免去了张尧佐的宣徽使、景灵宫使两个使衔，以及同群牧制置使的职务，只保留了淮康节度使的头衔。仁宗最终接受了台谏官员的意见，司马光的奏状显然起了一定作用。

宋仁宗皇祐三年（1051年）九月，前枢密使夏竦去世了，他当过宋仁宗的老师，宋仁宗为此，特赐谥号"文正"。我们前边说过，这是文官谥号的最高级，北宋一百多年里，得到这个谥号的，只有三个人。

夏竦是个什么样的人呢？

《宋史》上说，夏竦字子乔，江州德安（今江西省九江市德安县）人，"当世以为奸邪"，当时公认夏竦既奸诈又邪恶，简直是反面人物的代表。首先，夏竦的家庭不和谐。妻子杨氏也擅长文章。后来夏竦官做大了，身边养了不少女人，夫妻关系就紧张起来。杨氏和娘家兄弟一起，搜集了夏竦违法犯罪的事实，然后告官。夏竦的母亲和杨氏的母亲又曾互相对骂，拉拉扯扯告到开封府。其次，夏竦是个十足的官迷。为母亲守丧期间，他暗中来到京师，结交宦官张怀德为内应，宰相王钦若欣赏夏竦，也从中帮忙，于是提前结束守丧，继续回来当官。第三，夏竦在陕西前线不肯尽力，又曾外出巡视边防，中军帐下却带着侍婢，几乎激起兵变。第四，夏竦为人阴险狠毒。宰相吕夷简瞧不起夏竦，在位时不肯承认是同僚，但害怕夏竦的为人，等到离职，又推荐夏竦以消除积怨。第五，夏竦生性贪婪。常在管辖的地界做生意，在并州（治今山西省太原市）的时候，曾派仆人经商，仆人贪污，夏竦"杖杀之"，把仆人活活打死了，你要我的钱，我要你的命，真狠哪！狠的背后还是贪婪。夏竦家财万贯，用度奢侈，生活腐化，"畜声伎甚众"，养了很多歌姬舞女。第六，夏竦领导方法邪恶。经常暗中离间部下，使部下相互猜疑，以达到个人目的，跟家里人也是这样。

但此人也不是一无可取。首先，夏竦聪明好学。自经史、百家、阴阳、律历，以至佛教、道教的书，无不通晓，还是个古文字学家，痴迷古文字，往往到了夜里，还用手指在身上写写画画。其次，夏竦文笔好。文章"典雅藻丽"，有名一时，朝廷大典文字，多次由他执笔，有文集一百卷。第三，夏竦爱护百姓，或者表现的是这样。任襄州知州期间，赶上了饥荒，夏竦命令开仓放粮，赈济百姓，又说服本州大户拿出粮食，救活百姓四十多万。第四，夏竦治军极严。士卒有违法乱纪的，敢于诛杀；倘若得病或死亡，抚慰又很周到。曾有守边士卒抢劫，州郡不能制止，有人秘密报告了夏竦，当时夏竦在关中，等这些士卒到来，夏竦立即召见审问，几乎全部杀光，军中为之大震。

夏竦就是这样一个人，有他的长处，但短处更多，而且长处和短处不能抵消，总的评价就是既奸诈又邪恶。

宋仁宗皇祐四年（1052 年）七月，司马光与礼院同僚联名上《论夏竦谥状》。

为什么夏竦去世近一年，司马光等才提出反对意见呢？

原因有两个：第一，定谥在宋代是非常慎重的事情，它有严格的程序，这个程序比较花时间。从司马光的奏状中我们知道，当时赠谥通常的做法是：王公及三品以上官员，先录行状上报中书省，中书省核实修订后，下太常礼院拟定谥号，然后，再报中书省上奏。王公指王爵和公爵，王爵地位仅次于皇帝，比如宋英宗的生父赵允让就被封为濮安懿王；公爵是公、侯、伯、子、男五等爵之一，比如宋仁宗曾被封为庆国公。在宋代，只有王爵、公爵及三品以上官员，才有得到谥号的资格。行状，又称"行述"，是记述死者生平事迹的文章。程序比较严格也比较复杂，所以花的时间比较长。第二，这个程序当中出现了曲折。起初，夏竦的赠谥也是按相关程序走的，夏竦的儿子写了行状，报给中书省，中书省核实修订，下太常礼院拟定谥号。但准备以皇帝名义确定的时候，起草命令的人突然发现，为夏竦拟定的这个谥号，与本朝太祖皇帝高祖的谥号相同。按规定应该发回太常礼院重新拟定。可是，此时宋仁宗出手干预，他大概觉得这是个好机会，夏竦名声不好，他要趁此机会，给夏竦最好的谥号，因此就亲自操刀，在宫中定好谥号，然后对外宣布，绕开了有关部门，没有经过中书省，也没有经过太常礼院。中间出现了这个曲折，所以时间就到了第二年。

司马光在奏状中首先说，《大戴礼》有言"谥者行之迹也"，谥号是人在世间留下的印迹，自己的行为在先，他人的评价在后，以此来抑恶扬善，不能徇私和偏袒。我们都知道，《礼记》是中国儒家经典之一，是战国至汉初儒家礼仪论著的总集，西汉的戴德删定为85篇，称为《大戴礼记》，他的侄子戴圣又删定为49篇，称为《小戴礼记》。《大戴礼》即《大戴礼记》的简称。又说，我等身为礼官，谥有不当，职责所在，不敢缄默。司马光等人反对的理由有两条：第一，名实不副。文与正是两个最美好的谥号，夏竦赠谥文正，是典型的名实不副，传之后世，贻害无穷；官员们害怕夏竦子孙，不敢明说，但舆论是公正的，大家必定认为，以夏竦的作为却谥文正，这是不把谥号当天下公器，议论国家的过失，可不是小事。第二，程序不对。前边我们说过，夏竦的谥号是仁宗定的，没有走相关程序。

十天很快过去了，仁宗没有反应。

七月二十三日，司马光等又上《论夏竦谥第二状》，柔中带刚，继续反对，他说我等都认为，凡是做人臣，俸禄可以不多，官位可以不高，但职责之内的事情，却缄口不言，那就应该杀头。司马光的话掷地有声，既有胆识，又有担当，是那个时代有理想的官员的标准。

不久，奉圣旨改谥"文庄"。皇帝作出了让步。

《宋史·赵普传》讲了个故事：有一个大臣应当升职，但太祖向来讨厌这个人，就不给他升职。赵普竭力为那人主张，说刑罚是用来惩治罪恶的，赏赐是用来酬谢功劳的，这是古往今来的通理；况且，刑罚和赏赐都是天下的，不是陛下您个人的，岂能以自己的喜怒来决定呢？最后，太祖只好同意了。我们还记得，这个故事《涑水记闻》也有记载。普天之下，莫非王土；率土之滨，莫非王臣。话虽这样说，但皇帝也不能为所欲为，某些规则他也必须遵守。刑罚和赏赐是天下的，谥号也是天下的。司马光进谏的初衷与赵普相似。

第三节　皇位继承人

宋仁宗像

我们知道，在帝王时代，如果皇位的继承人不能确定，将会带来怎样的腥风血雨。司马光任职并州通判时，曾接连上奏章给宋仁宗，谈论皇位继承人。宋仁宗嘉祐六年（1061年），司马光旧事重提。

这一年的闰八月二十六日，司马光向宋仁宗上《乞建储上殿札子》，说至和三年（即嘉祐元年，1056年）我任并州通判的时候，曾经三次上奏，请您早定继嗣。那时候我远在外地，仍不敢隐瞒忠诚，多次陈奏社稷大计，更何况今日我任职在您的左右，又身为谏官呢？国家最大最急的事情，无过于此，如果略去不说，只是以琐事来麻烦您，应付塞责，那就是心怀奸邪，罪不容诛。恳请您找出我当年所上奏章，如有可取之处，请您早下决断，早日施行。这样，天地、神祇、宗庙、社稷、群臣、百姓无不受益。只在您的一句话而已。

司马光拟好了奏章，又上殿当面陈奏。宋仁宗当时大概久病体虚，常常缄默不言，执政大臣奏事，他也只是点头表示同意而已；但听了司马光的陈奏，他沉思良久，问司马光是挑选宗室子弟做继嗣的事吧，说那是忠臣之言，只是别人不敢提罢了。上这样的奏札是需要勇气的，司马光可谓胆略过人。司马光说我谈这些，以为必死无疑，没想到您会采纳。仁宗说那没什么，古往今来都有这种事情。然后，宋仁宗让司马光把奏札交到中书省。司马光说这样不行，得您亲自把这个意思告诉宰相。当天，司马光又谈到江淮的盐务，因为要汇报，就到了中书省。宰相韩琦问今天还说了些什么，司马光考虑，这是大事，不能不让宰相知道，正好借此告知宋仁宗的意思，于是就说是宗庙社稷大计。但不等司马光开口，韩琦就表示，他已经明白了。司马光给宋仁宗上奏札，又去动员宰相韩琦，不达目的不肯罢休。这件事说到底，不是家事私事，而是天下事。

谈到皇位继承人问题，宰相韩琦似乎心有灵犀，因为他也有相同的主张。宋仁宗自从至和末年得病以来，很多大臣请早立继嗣，但宋仁宗都没有答应。这样过了五六年，进言的人也渐渐懈怠了。韩琦曾建议在宫中设立"内学"，选宗室子弟中恭谨朴实、好学上进的，升入"内学"读书，希望选到宋仁宗亲近的贤能，将来好托付国事。韩琦想以此打动宋仁宗，一有机会就说应早立继嗣。可是宋仁宗说后宫有嫔妃将要分娩，还是等等再说吧。后来生下的都是皇女。一天，韩琦给宋仁宗读《汉书·孔光传》，说汉成帝没有子嗣，就立了弟弟的儿子，他不过是个中才之主，何况是您呢？如果以太祖之心为心，那就无所不可。我们知道，宋太祖没有传位给儿子，而是传给了弟弟，韩琦这样说，是要仁宗早下决心。

当时，韩琦已经明白司马光要说什么。十天以后，就有诏书，令司马光与殿中侍御史里行陈洙，共同考察"行户"的利弊。"行户"是加入商行的商户。避开众人，陈洙对司马光说，日前陛下举行明堂大典，韩琦代理太尉，我做监察，韩琦亲口跟我讲，听说你与司马光关系不错，他最近建议立嗣，可惜没把奏札送来中书省，我想重提此事，可惜苦无凭借。"行户"的利弊，不麻烦他，只想你见到他，代为转达这个意思。

于是，司马光又上了《乞建储上殿第二札子》，说汉孝成帝即位二十五年，才四十五岁，因为没有继嗣，就立了弟弟的儿子定陶王刘欣为太子；您即位的年头和岁数都超过了汉孝成帝，怎可不为宗庙社稷深谋远虑呢？况且也不是马上就立为太子，只是希望您选择宗室子弟中仁孝聪明的，认作养子，官爵与住所，与众人略有不同，使天下人知道，您已经意有所属。等有皇子出生，再退归本宅，又有何妨呢？这实在是天下安危的根本，希望您果断施行。

奏札上呈以后，司马光再次当面陈奏，说我上次进言，您欣然接纳，本以为很快就会施行，却迟迟没有动静。一定是有小人进谗言，说您如今年富力强，何必急着做不祥之事。小人无远虑，只想仓促之际，扶立关系密切的人，"定策国老""门生天子"之祸，能说得完吗？宋仁宗听后恍然大悟，说送中书省。司马光到了中书省，对韩琦等人说，诸位不趁此机会解决此事，他日半夜宫中传出一小纸条，说以某人为继嗣，天下没人敢不听！韩琦等拱手，说怎敢不尽力！

当时，陈洙也有上奏，请选宗室中贤者，立为继嗣。奏状发出去以后，陈洙就对家里人说，今天我上了一奏状，谈论社稷大计的，如果获罪，重则处死，轻则贬官，你们要有思想准备。可是，送奏状的人还没回来，陈洙就暴病身亡了。

九月二十三日，司马光上《乞矜恤陈洙遗孤状》，说陈洙天性忠诚果决、公而忘私，弥留之际仍上奏章，朝廷应予嘉奖，请依例任陈洙一子为官，并诏令灵柩所经诸州，灵柩到时派人护送，以示朝廷褒直劝忠、善始善终之意。

此时，江州（治今江西省九江市）知州吕诲也有进言，谈论继嗣。

司马光的奏章已交中书省，宫内又传出吕诲的奏章。一天，宰相韩琦与同僚在垂拱殿奏事，韩琦只是把司马光、吕诲的奏章读了一遍，想说别的还没说，宋仁宗就表示有这个意思很久了，只是没有合适人选。接着问左右宗室中谁比较合适。韩琦说此事非臣等可议，应当您亲自定夺。宋仁宗说宫中曾养二子，小的很纯朴，但近于愚笨，大的可以。韩琦请问名字，宋仁宗说叫宗实，今年三十多岁。商议已定，正要退下，韩琦又说此事太大，我等不敢马上施行，您今晚再考虑考虑，我等明日听旨。第二天垂拱殿奏事，韩琦再问，仁宗说已确定无疑。韩琦说此事应循序渐进，容我等商议授予的官职。当时赵宗实正为亡父守孝，于是商议"起复"为秦州防御使知宗正寺。我们知道，官员遭父母丧，守制尚未满期而应诏任职，叫作"起复"。宋仁宗很高兴，说很好。韩琦又说事情不可中断，要一鼓作气，您既已决断无疑，请从宫内批出。韩琦的意思，此事还应征得皇后的同意。宋仁宗说这事哪能让妇人知道，中书省去执行就可以了。

十月十三日，"起复"前右卫大将军、岳州团练使赵宗实，为秦州防御使知宗正寺。赵宗实，就是后来的宋英宗，明道元年（1032 年）正月初三日出生，四岁时，宋仁宗养在宫内，宝元二年（1039 年）豫王出生，又退归濮王府邸。可是，豫王后来夭折了。

据说宋英宗出生前，他的父亲梦到两条龙，龙在太阳旁边嬉戏。转眼，龙与太阳一起掉了下来，父亲慌忙用衣服接住，才一寸多点，是条迷你龙。刚要放进佩囊，忽然又不见了。好半天才发现，已在云中。其中一条龙像人一样说话："我非汝所有。"出生的当晚，又见有黄龙三四次出入卧室。

听起来相当荒诞，范镇在他的书里记下以上内容后，也说："岂不神异哉！"

荒诞归荒诞，但宋仁宗的态度，已有实质性改变。

可是问题又来了，赵宗实不肯就职。

十一月初八日，赵宗实上表，请守孝至期满；表四上，才批准。仁宗嘉祐七年（1062 年）正月二十三日，又命皇侄赵宗实为秦州防御使知宗正寺。但三月初六日，大宗正司说右卫大将军、岳州团练使赵宗实，请求交还秦州防御使知宗正寺的告敕。五月十四日，大宗正司又说右卫大将军、岳州团练使赵宗实，已经交还秦州防御使知宗正寺的告敕。七月二十二日，右卫大将军、岳州团练使赵宗实，辞秦州防御使知宗正寺。宋仁宗的答复很坚决：不许。

七月二十七日，司马光再上《乞召皇侄就职上殿札子》，说我看见您以皇侄宗实知宗正寺，宗实辞让多日，不肯就职，您两次派使者诏令受敕，朝廷内外，无不欣喜，以为要不是您睿智聪明、深谋远虑、自我决断、施行不疑，哪能做到这样？君王以庇护百姓为仁，以稳固基业为孝，仁孝之道，莫大于此。如今您可谓一举两得，天下人听到，怎能不高兴！而且爵禄，人所贪恋，往往斤斤计较，趋之若鹜，甚至不顾廉耻。现在宗实特被您选拔，恩宠有加，而他以荣为惧，辞让恳切，前后十个月，不肯接受，其见识操行，一定远过常人，更加证明了您的知人之明，天下人也因此尤为高兴。但您和宗实的关系，论辈分您是父，论尊卑您是君，按礼，父亲召唤，不存在答应不答应的问题，君命召见，应当立即出发。如今您两次遣使宣诏，宗实即便不受恩命，也应入宫拜见，当面陈述，怎能躺在家里不起来？希望您再派身边内臣前去，责以礼法，他应当不敢不来；来了以后，您再当面敦促，使他知道您心情恳切，应当不敢不接受。这样，您的仁孝之德，纯粹光大，始终如一，无以复加。这些本是您正在做的事，我再次进言，只希望您坚定信念，守之益坚，行之不倦。

由此推断，因为赵宗实的不肯接受，仁宗可能曾有动摇，那正是司马光担心的。

八月初二日，右卫大将军、岳州团练使赵宗实，辞秦州防御使知宗正寺。宋仁宗这次答应了。当时韩琦跟欧阳修等人商量，认为被任命为知宗正寺，立为皇子是迟早的事情，不如干脆正名。欧阳修也认为如果立为皇子，可以省去不少麻烦。向宋仁宗汇报，宋仁宗更心急，当即表示同意。八月初五日，诏立赵宗实为皇子。八月初九日，赐皇子名曙。但是，赵曙称病不肯进宫。

八月二十七日，司马光又上《请早令皇子入内札子》，认为负责传达诏命的内臣白白往返，已是失职，应予责降。而皇子的名分，不是官职，不容避让；赵曙既是您的儿子，依礼应朝夕问讯，身为人子，不宜久处宫外。

八月二十七日，赵曙乘肩舆进宫。

史书上说，此前，身边的人问赵曙为什么不愿意进宫，赵曙说只为避祸罢了。那人说您现在可能已经大祸临头了：如果您坚决不肯接受，大臣们肯定会请选别人代替，那时您还能平安无事吗？赵曙急忙爬起来，说："吾虑不及此。"意思是他可没想到这个。

从整个过程我们看到，司马光很为皇帝的继嗣着急，大概因为他熟读历史，历史上太多这样的前车之鉴。为了避免危险的后果，必须未雨绸缪，早立继嗣。司马光的出发点是国家的长治久安，为了这个目的，他自知危险还是要说，而且接二连三。这是以天下为己任：为了天下事，连自己的性命都顾不得了。

第四节　农民好辛苦

宋英宗治平四年（1067年），黄河以北大旱，饥民源源不断，涌入京师汴梁。六月十三日，待制陈荐请将便籴司的陈米贷给百姓，每户两石，得到批准。待制是官名，略相当于顾问。

六月十七日，司马光上《言赈赡流民札子》。

从中我们可以读到当时的严峻情形：朝廷派遣官员，支拨粳米，在永泰（京师汴梁北四门之一；其余为通天、长景、安肃）等门，遇有流民经过，就按大人一斗，小孩五升的标准支给，并耐心劝说京师难以容纳，速往附近丰稔地方求生。粳米是粳稻碾出的米。

司马光说：这样处置，"欲以为恤民之名、掩人耳目则可矣，其实恐有损无益。"意思是说好像在体恤百姓，其实有害无益。为什么呢？此前听说灾区讹传京师散米，于是饥民源源而来，现在这样做，正好使传言得到证实，只会招来更多的流民。京师的米有限，而流民无穷，往后无米可给，饥民不免聚而饿死。今年秋天很可能歉收，一斗五升米，只能维持几天，怎能应付饥馑？且趋利避害是人之常情，如果京师可以活命，就是驱赶，百姓也不肯离开，如果外州可以活命，就是强迫，百姓也不肯留下，绝不是凭口舌就能说服得了的。

所以有流民，司马光认为问题出在平时。他说民之本性怀土重迁，难道他们就愿意背井离乡、舍弃亲戚田园、流离道路、向人乞讨吗？只因丰收年景，粮食堆积如山，公家既不肯收籴，私人也不敢积蓄，粮食随手散尽，春天指望夏收，夏天又指望秋收，上下苟且偷安，不做长远打算，因此稍遇天灾，就粮食断绝，公私索然，不能相救。指靠官府，不能遍及；向富户借贷，又借不到。错在无事之时，不在灾荒之年。加之地方长官，多不得其人，看到百姓困穷，却毫不怜悯，增收没名头的赋税，征调不紧急的劳役，官吏因缘为奸，弊端百出，百姓无以为生，不免有四方之志，以为别处必有饶乐之乡、仁惠之政，可以安居，于是砍伐桑枣，拆毁房屋，宰杀耕牛，典卖良田，累世家业，一朝破产，然后相携上路。若所到之处，又无所依，进退失望，老弱不死于沟壑，壮健不起而为盗，还有其他归宿吗？

司马光认为，解决问题的关键在得人：不如谨择公正的人，去做河北地方官，使察访灾荒州县，长官不胜任的，就撤换掉。然后多方筹集粮食，赈济本州县灾民。若粮食少不能遍及，就先救济本地农民；根据户籍，先从下等开始，依次赈济。这样供给的粮食有限，可以预先节制。若富户有积蓄，由官方担保，任其贷出，适当收取利息；等丰收后，官府代为收缴，不可诓骗。这样，将来百姓必定争相蓄积。饥民知道本地有活路，自然不会抛弃家园流落他乡了；居者已安，出外的人就会考虑返回。若县县都是这样，哪还会再有流民？

饥民流离失所，当然都是不得已。每逢灾年，很多农民不得不辗转道路，客死他乡，充满了辛酸。而且对社会来讲，流民也是个重大不安定因素。司马光是史学家，同时又是朝廷官员，他看问题有历史眼光，不仅看到当下，而且看到过去和未来，找到问题过去的根源，从源头上彻底解决问题。我们注意到，司马光考虑问题的出发点，固然是他的官员身份，他的眼光是俯视的；但也对农民充满同情，设身处地为他们着想，他的眼光又是平视的。

建议很快被采纳：诏河北转运使司约束所辖州县，倍加存恤。

说过了流民问题，再来说农民的负担。

宋英宗治平四年（1067年）六月二十五日，诏天下官吏，有能知差役利弊，可以宽减的，条分缕

宋英宗像

析，密封奏闻。

此前，三司使韩绛说，坑害农民的弊政，最大的就是差役法：最重的衙前役，往往导致农民破产；其次是州役，也花费不菲。曾听说京东有父子二丁，要服衙前役了，父亲对儿子说我应该去死，好使你们母子免于冻饿，于是上吊自尽。又听说江南有人嫁祖母，及与母亲分家，以逃避差役。又有人出卖田地以降低户等，田地归了官户，官户不用负担差役，而差役又分摊给现存的同等人户。希望令中外臣民，条陈利弊，由侍从台省官员商议裁定，使力役没有偏重的毛病，农民可以安居乐业。英宗采纳了韩绛的建议，于是有以上的诏书。关于役法的讨论，由此开始。丁是成年男子。宋代百姓按家庭财产多少，分成不同等级，承担不同的差役。

我们知道，五代以来，以衙前负责官物的供给或运输；以里正、户长、乡书手催收赋税；以耆长、弓手、壮丁抓捕盗贼；以承符、人力、手力、散从供官府差遣，负责跑腿。此外，县曹司至押录，州曹司至孔目官，下至杂职、虞候、拣掐等，各以乡户，按户等差充，都由百姓充当。换句话说，现在的大部分国家机关，包括税务局、公安局，甚至运输公司，它们的工作，当时都要由百姓承担。百姓不胜其苦，其中尤以衙前为甚。

九月，司马光应诏上《论衙前札子》。

札子中首先是点赞："此诚尧舜之用心，生民之盛福也！"就是说朝廷此举，其用心好比尧舜，是百姓的大福气。

从札子我们得知，约在十年以前，实行的是里正衙前，就是由里正承担衙前役，后来民间苦于里正，谁都不想当里正，里正于是被废除。宋代的里正是乡里小吏，负责户口、赋役等事务。继而设乡户衙前，就是以各乡的上等户，轮流承担衙前役。接着，又因各乡贫富不同，就确定好衙前人数，有缺额就从县中各乡选家产最多一户来补充。这样实行十多年，民间却越加贫困。当时有论者认为，一州一县，利弊不同，如今统一立法，未必最好；又里正只管催税，人们都愿意做，衙前役会导致破产，当然都不愿意做，百姓喊苦的是衙前役，不是里正，如今废除里正而保留衙前役，是废其所乐而存其所苦；而且，过去每乡只有里正一人，假如有上等十户，一户服役，其余九户还可以休息，专心从事营生。

司马光认为，所以劳逸不均，"盖由衙前一概差遣，不以家业所直为准。若使直千贯者应副十分重难，直百贯者应副一分重难，则自然均平。今乃将一县诸乡，混同为一，选物力最高者差充衙前，如此则有物力人户，常充重役，自非家计沦落，则永无休息之期矣"。意思是说承担的衙前役，应当与家庭资产多少挂钩，资产千贯的承担十分，资产百贯的承担一分，这样就平均了，不至于破产了；现在的做法，资产多的人户总承担着衙前，除非家庭败落资产减少，永远别想休息。"有司但知选差富户，为抑强扶弱，宽假贫民，殊不知富者既尽，赋役不归于贫者，将安适矣？借使今日家产直十万者充衙前，数年之后，十万者尽，则九万者必当之矣。九万者尽，则八万者必当之矣。自非磨灭消耗，至于困穷而为盗贼，无所止矣！"意思是说有关部门的初衷也许是好的，是要照顾贫民，选富户承担衙前，可是富户消失以后，赋役还是得贫民来承担。这样就陷入死循环：今天家产十万的承担衙前，几年以后十万的没了，就改由家产九万的承担，以此类推，八万、七万、六万等等，直到都成了赤贫去做盗贼。谁富谁倒霉，因此富户反不如穷户，富的要设法变穷，穷的要设法维持。因此设乡户衙前以来，百姓更加贫困了。

司马光接着说，我曾在村落里行走，见农民都很穷，询问原因，都说是不敢富，想多种一株桑，多买一头牛，储存两年的口粮，藏十匹帛，邻里已视你为富户，选你去充衙前了，哪还敢再增加田亩、修葺房屋？我听了特别伤心，哪有圣明帝王在上，四方无事，却立法让老百姓不敢做长久打算的？凡治国，就怕只看眼前利益，不考虑长远危害，所以当初设乡户衙前，大家都没看出危害，到今天了才发现。若因循不改，时间越久积患越深。希望特降诏旨，下诸路州县，比较里正衙前与乡户衙前，各具利弊奏闻，各随所便，另立条规，一定要让百姓敢营生计。

废除衙前当然最好不过，可当时似乎还做不到。邮局、托运、快递都还没有，完全是一片空白；在宋代，它们的业务只能由富户承担。里正衙前或者乡户衙前，老百姓只能选择接受哪种。司马光的方法，概括地说，就是因地制宜，各地根据不同情况和意愿，实行里正衙前或者乡户衙前。从奏札中我们再次看到，司马光对农民颇有感情，他提出那些建议，固然是为国家长治久安，同时也是为农民安居乐业。司马光以天下为己任，他心目中的天下，既有朝廷也有农民。

第三章　读史可以资治

第一节　从爱好者到史学家

中国历史素有"史界两司马"的说法，说的是中国历史上最伟大的两位史学家，一位是司马迁，他著作的《史记》被鲁迅先生称赞为"史家之绝唱，无韵之《离骚》"；另一位就是司马光，他主持编修的《资治通鉴》，是我国第一部编年体通史，记载了1362年的历史，从周威烈王二十三年（前403年），到五代后周显德六年（959年），也就是北宋建立的前一年。今天我们关于历朝历代兴衰治乱的许多知识与见解，都是拜司马光之赐才得到的。《资治通鉴》是一部伟大的史学著作，是写给帝王的历史教科书，也被后来的史学家誉为中国传统史学的空前杰作。

司马光《资治通鉴》手稿

司马光《资治通鉴》手稿

我们知道，司马迁的身份是太史令，是专门的史官，他们家两代人都做这个官，父亲是太史令，司马迁子承父业，继续当太史令，史学就是他的职业。司马光则是出于爱好，小时候是史学爱好者，逐步成为专门史学家。司马光对史学的爱好十分偶然。

大约七岁的时候，司马光听人讲《左传》，就能领会大致意思。我们知道，《左传》是编年体史书，春秋末年左丘明著，记东周前期各国重大事件及历史人物。这应该不难理解，与"子曰""诗云"比起来，史书有故事有情节，比单纯的道理或者诗文，更容易为儿童接受。回到家里以后，司马光把听过的故事讲给家里人听，并因此获得了夸奖。从此，司马光对史书有了浓厚的兴趣，以至爱不释手，对于口渴肚子饿，以及寒冷溽热、季节变换一类的事情，都浑然没有了知觉。当司马光把听过的《左传》讲给家里人听时，他可能绘声绘色手舞足蹈，家里人则是善意地聆听，没有吹毛求疵，更没有不耐烦，静静地欣赏着，然后鼓掌表示赞许。家里人的耐心和善意，成就了史学家司马光。

对史学的浓厚兴趣，还促使十五六岁的司马光，去拜访了唐史专家孙之翰。

宋仁宗明道年间（1032—1033年），司马光十五六岁，实际年龄十三四岁，在今天还是个初中生，上学还需要父母接送。父亲时任凤翔府（治今陕西省凤翔县）知府。司马光从凤翔县出发，只身前往约三百公里外的华州（治今陕西省渭南市华州区），以郊社斋郎的身份，拜访了唐史专家孙之翰。

先来说孙之翰。孙之翰与欧阳修是"同年",他们同一年考中进士。众所周知,欧阳修位列唐宋八大家,又参与编修《新唐书》,既是文学家又是唐史专家。欧阳修说孙之翰刚步入仕途,就以才华和品德被推许和尊重;任职谏官期间,论皇帝的私生活,切要率直,毫不躲闪;在陕西任地方官时,生活俭朴;一生为官,尊重舆论,从不偏袒;生性淡泊,嗜好很少;外表平和,内心刚强;喜谈唐史,颇具史识,常人读史终年,不如听他讲一日。

孙先生写了一部《唐史记》。此公对他的著作极为珍惜,简直到了吝啬的程度。他将手稿单独保存在一个特制容器里,每次打开之前,都要先洗手。曾跟家里人交代,万一遇到火灾、水灾,或者打仗、打劫等紧急情况,财物都可以舍弃,但书稿一定要保全。按照孙先生的吩咐,如果有强盗闯进来,他的家人就会说:财产随便取,书稿请留下。大概强盗会觉得莫名其妙,傻站在那里不知所措。一有空,孙先生就取出书稿修改。在江东转运使任上,江东指江南东路,包括今天江苏、安徽、江西等省的一部分,外出办事也要随身带着书稿,中途休息,就取出来增删。孙先生可真是个好学者,兢兢业业,孜孜以求。当时宣州(治今安徽省宣城市)有突发事件,孙先生乘驿传匆匆赶去,匆忙之中就忘了带书稿。偏偏这时候金陵发生火灾,金陵即今江苏省南京市,是江南东路转运使官署所在地,火灾殃及转运使官署。孙先生的一位弟子背着书稿,躲在沼泽中间的小岛上,才逃过了一劫。孙先生从宣州十万火急地赶回来,一进门就问:《唐书》在吗?回答在,孙先生长出一口大气,其他只字不提。从壮年一直写到头发花白,才终于完稿,但从没给人看过。文彦博任执政,就是副宰相,开口向他借阅,只抄了一段给他。其他人就更不用说了。

这是首次独立的社会交往,在司马光的人生当中,是一个重要的里程碑。司马光十三四岁,他独自跨马出门。当然该有仆从跟随,照顾他的饮食起居。拜访该是令人满意的,多年以后,司马光还朝花夕拾,愉快地旧事重提。司马光与孙先生年龄悬殊,但对史学的兴趣是相同的,史学拉近彼此的感情,淡化年龄的差距。交谈必定涉及做学问的方法,孙先生经验丰富,会让司马光茅塞顿开。交谈也必定涉及做学问与做官的关系,孙先生即为成功的范例，司马光必然收获满满。还有，交谈可能涉及科举，当时司马光已有官阶，就是前边提到的郊社斋郎，但仍决定参加科举，孙先生会给予鼓励，对少年另眼相看。司马光是史学爱好者，没有教授也没有博导，他只能四处求教转益多师，孙先生就是其中之一。转益多师孜孜不倦，使司马光从爱好者走向史学家。

第二节　读史与砸缸

司马光早年最有名的事件，就是砸缸救人。那么爱史读史与砸缸救人，究竟有没有关系呢？如果有关系，那又是什么关系呢？

我们先来说砸缸救人。

司马光砸缸大约是在七岁。地点在洛阳。当时龙图阁学士刘烨出知河南府（治今河南省洛阳市东）兼留守司，召司马光的父亲司马池知司录参军事。北宋在西、北、南三京都设留守司，负责掌管宫门钥匙及京城修葺等事务。司录参军简称司录，是州府重要僚属。司马池任河南府司录一年多后，升任留守司通判，几天后即奉调进京，任群牧判官。留守司通判是留守司的副长官。群牧司是主管国家公用马匹的机构，群牧判官是群牧司长官的助理。就在父亲司马池任河南府司录及留守司通判的这一年多里，发生了砸缸救人。

这个故事记载在《宋史》上："群儿戏于庭，一儿登瓮，足跌没水中，众皆弃去，光持石击瓮破之，水迸，儿得活。其后，京、洛间画以为图。"我们可以做白话文转化如下：当时，司马光正在和一群小孩在庭院里面玩。院里有一口大水瓮，瓮里储满了水。可能用来防火的吧，像故宫里的那种；也可能类似蓄水池，为灌溉花木之用；也可能两种用途兼而有之。不清楚玩的是什么游戏。反正，比较淘气的一个就登上了瓮沿。一个不小心，失足掉进了瓮里，瞬间被水淹没了。孩子们都吓坏了，四散奔逃。唯独司马光没有。他以最快速度找来一块大石头，举起，狠狠向那口大瓮砸去。瓮破了一个大洞。水从大洞奔涌而出。掉进大瓮的小孩因此得救。其后，东京汴梁及西京洛阳一带，有人把这个故事绘成图画出售，风行一时，流传甚广。

我们现在说是司马光砸缸，而按《宋史》的记载，就该是司马光砸瓮。当然这个无关紧要。有关紧要的是少有人深究：一般听到这个故事都是感到惊奇，认为这是个传奇，是偶然事件，却极少有人深究故事背后的原因。现在我们要问：为什么砸缸的是司马光？人出生的时候好比白纸，教养就好比作画，如果把砸缸的司马光当作一幅画，我们来看作画的过程，也就是司马光此前的教养。

宋真宗天禧三年（1019年）十月十八日，司马光出生在大宋光州（治今河南省潢川县）光山县（今河南省光山县）官舍。县官舍就是县衙，县衙前边办公，后边住人。他的父亲司马池，时任该县知县。

我们知道，北宋官员的任期通常是三年，任职期满，由中央人事部门对他的政绩进行考核，叫作"磨勘"；官员由中央人事部门统一管理，调动在全国范围内进行。这种大范围调动的坏处，是可能被贬得十分偏远，比如苏轼被贬官到了海南岛，再远就要贬到海里去了；好处是可以熟悉南北情况，将来如果有机会到中央任职，制定政策时就会照顾到南北差异。对于官员的子女来说，则是被动的旅游，读万卷书，行万里路，增长见识，增长阅历。幼年的司马光与父亲生活在一起，他成长的环境总在变动中。生活环境变动不居，使司马光适应了变化，能够随机应变。应变能力的训练是无形中完成的，它是司马光教养的一部分。这样的教养使司马光处变不惊，在同伴掉进水缸时，能够沉着应对。

就在司马光出生前后，汴梁皇宫遭遇火灾，宫殿需要重建，向各州征调竹木等建材。光州知府限期三天。司马池认为，光山不产大竹，必须去外地采购，三天不可能办到，于是，他与百姓另外约定期限，逾期完不成要接受处罚。结果光山县反而比其他县完成得都早。因此，司马池光山知县任职期满，得到了光州知州盛度的举荐。父亲办事不唯上，而是实事求是，作风朴实又稳健。司马池在光山任职期间，司马光还小不记事，但后来，父亲的作为肯定被谈论过，司马光会有意无意间听到，成为他的教养资源，潜移默化地产生影响，在同伴失足掉进水缸时，他会根据情况做出反应。

捎带说一句，在今天的光山县，有一座"司马光故居"，直到二十世纪七十年代，"司马光故居"一直是光山县委所在地。"司马光故居"的院子里有一口"司马井"，井上有亭，亭旁有碑，上刻"司马浴泉"四个字。据说光山有"洗三"的习俗，就是小孩出生三天后，要举行一个洗澡的仪式。传说司马光就是用这口井里的水"洗三"的。令人称奇的是，这口井历经千年，水位依然很高，水也非常清澈，光山县委迁出以前，县委的机关干部们，都吃这口井里的水。在光山县，不仅有"司马光故居"，还有"司马光宾馆""司马光大道""司马光巷""司马光祠"，等等。

所以取名司马光，是出生地的缘故。在给司马光取名这件事情上，父亲可能想到了自己的名，并且参考了它。司马池以"池"为名，是因为出生在"秋浦"。知县司马池可能苦思冥想若干日子之后，突然灵机一动，如法炮制，给自己的这个儿子取名"光"。父亲可能十分得意，因为与自己的名相比，儿子的这个名，不仅有出生地的纪念意义，而且本身也有着很好的寓意，比如光耀门庭、光宗耀祖，等等。司马光字"君实"，据说是认为"光"可能让人产生轻浮、不踏实的感觉，所以反其意而用之，算是一种补充和矫正；也可以看作父亲的期许：做个踏踏实实的人。

我们知道，司马光一生俭朴，不喜奢华。这种品性在他还是个小小孩的时候，已经有所表现：大人给他穿上华美的衣裳，或者戴上金银一类的饰品，他就会满脸通红，羞愧难当，继而弃之不顾。司马光的态度也可以理解为，是他对儿童状态的拒绝，他拒绝被当作儿童，希望被当作成人。只有儿童才穿华美的衣裳戴金银饰品，起码在司马光的家里是这样。

光山县知县任满以后，父亲司马池监寿州（治今安徽省凤台县）安丰县（今安徽省寿县南）酒税，司马光跟随父亲也到了安丰县。多年以后，司马光送一位朋友去安丰县附近的巢县（今安徽省巢湖市）任职，他满怀深情地回忆起当地的风土人情和自己的童年时光：

弱岁家淮南，常爱风土美。悠然送君行，思逐高秋起。巢湖映微寒，照眼正清泚。低昂蘖荷芰，明灭萦葭苇。银花脍肥鱼，玉粒炊香米。居人自丰乐，不与他乡比。……（《传家集》卷二《送崔尉〈尧封〉之官巢县》）

诗的意思是说，小时候住在淮南，很喜欢那里的风土人情，如今送你去上任，我想起好多往事，巢湖波光粼粼，荷花盛开，芡实低垂，蒹葭苍苍，鱼肥米香，人们安居乐业。父亲四处为官，司马光四海为家，他没有作客的感觉。

转眼，司马光已经六岁，当然实际年龄不过四岁多或者五岁。从六岁起，父兄开始教司马光读书了。现在一般是七岁上小学，但算上幼儿园小班中班大班的时间，启蒙的年龄和司马光其实差不多。那个时代的儿童启蒙，都是从背诵入手。那些书司马光背得烂熟，但对于四五岁的儿童，理解当然是日后的事情。北宋时代的启蒙读物是儒家典籍，读这些典籍也使人成熟。

当时安丰县有一位天才少年，姓丁，很有名气。丁姓少年不仅记忆力超群，过目成诵，而且文章也写得很好。这类智商极高的少年，在我们的成长经历中，一定都不止一次遇到过。当时，父兄对司马光的期望就是，将来能像丁姓少年那样，出类拔萃。可是，丁姓少年后来的发展，并没有司马光父兄想象的好，他仕途不畅：很大年纪了才升到知县，而当时他的同辈，甚至是晚辈，在职务上都远远超过了他。我们知道，人的命运由多方面因素决定，包括性格、机遇、天时、地利，等等，并非全凭智商高低或者才气大小。无论如何，杰出总是让人羡慕，丁姓少年被当作司马光的偶像，少年是儿童的偶像，儿童自然就成熟起来。

不久，父亲司马池调任遂州小溪县（今四川省遂宁市船山区）知县，司马光也就到了小溪县。父亲在小溪县任上为老百姓做了不少实事好事。当时，老百姓如果对官员有好感，就会把他的画像挂在厅堂里供起来。父亲司马池去世以后，有一次，司马光送朋友前往遂州赴任，那位朋友告诉他：当地老百姓还保存着令尊画像，并常常念叨他的好处。司马光听后涕泪横流。

小溪县知县任后，龙图阁学士刘烨出知河南府（治今河南省洛阳市东）兼留守司，召司马池知司录参军事。后来，司马光送朋友上任河南府司录，同样的地方同样的官职，为此他想起许多往事，作诗《送王瓘（字文玉）同年河南府司录》：

> 彩服昔为儿，随亲宦洛师。至今余梦想，常记旧游嬉。佐史头应白，书楼树已欹。闻君行有日，使我泪交颐。（《传家集》卷十三）

诗的意思是说，小时候跟着父亲在洛阳生活，今天送你去洛阳赴任，我就想起过世的父亲，许多往事也纷至沓来，不由自主就泪流满面。父亲任职洛阳只有一年多，但司马光的印象非常深刻。

我们前边说过，大约七岁的时候，司马光听人讲《左传》，就能领会大致的意思，从此对史学产生浓厚兴趣。《左传》不是儿童读物而是史书，所记事件都是政治事件，所记人物都是名臣贤相，读史书使人成熟。

史书上说："光生七岁，凛然如成人。"就是说七岁的司马光，实际年龄只有五岁多或者六岁，行为举止已经完全像个成年人了。在我国古代，小孩出生就是一岁。第一个新年一到，人人都长了一岁，小孩就是两岁。所以，一个人的年龄，如果在生日之前计算，他总比实际年龄大两岁，在生日之后计算，总是大一

《左传故事选》书影

岁。在北宋时代人们的观念里，都希望快快地到达成年。在今天少白头是令人烦恼的事情，而要在北宋他就该感到庆幸，因为这样看起来成熟像成年人。所以，七岁的司马光举止行为像成年人，跟我们现在说的"少年老成"，在含义上几乎完全相反，在当时是对人的一种赞许。

父亲司马池任河南府司录一年多，升任留守司通判，几天后就奉调进京，任群牧判官。我们知道，马在冷兵器时代，有着特殊重要的地位，因此管理马政的机构群牧司，直接隶属最高军事机关枢密院，由枢密院决定官员的任命。群牧司判官是个肥缺，当时章献太后垂帘听政，走太后关系谋求这个职位的，就不下十个人。但枢密院长官枢密使曹利用，依据公论选择了司马池。司马光因此懂得，声誉有多么重要，在官场的比拼当中，最后胜出的，不是靠关系，而是靠口碑。司马光年纪很小，但耳濡目染都是官场见闻，这些见闻也使他成熟。

司马光砸缸的故事，就发生在父亲任职洛阳的一年多时间里。

司马光砸缸所以让人惊奇，因为他年龄是儿童，行为却像成年人。试想，如果司马光砸缸时是个成年人，我们一定觉得没什么稀奇。据《宋史》记载，父亲司马池思想独立，他独立思考，不人云亦云，二十岁不到，就表现出独到的眼光和见解，他为官四方，作风朴实而稳健。司马光小时候跟随父亲生活，生活环境变动不居，他应变能力超强，处变而不惊。司马光字君实，父亲对他的期许是踏踏实实做人。司马光六岁启蒙，启蒙读物是儒家典籍，读儒家典籍让人成熟。司马光喜欢历史，他喜欢读史书，读史也让人成熟。父亲把司马光当成人对待，要求严格。司马光虽然年龄不大，耳濡目染都是官场见闻。以上这些构成司马光教养的内容。有什么样的教养就有什么样的行为，教养决定行为。在这样的教养下，七岁的司马光举止行为像成年人，于是有砸缸这样的成年人行为。

有朋友可能会问：这样的教养方式好吗？这个问题完全可以见仁见智。我个人觉得，父亲按照成人标准来要求司马光，这种做法是很实际的。人不可能总是儿童，终有一天要进入社会，成为社会的成员，那么，要想成为合格的成员，就必须从儿童开始训练。实际上司马光的教养方式，在当时是公认最成功的。如今对于儿童价值的强调，我认为也有道理，儿童时期较少思想束缚，因而更有创造力，应该充分发挥儿童的创造力。但我们也不能把创造都推给儿童，成人保持创造力最好的办法，我觉得是时时提醒自己，减少和突破思想上的束缚。

总而言之，史学和砸缸的关系应该是这样：各方面教养使司马光较早成熟，爱好史学是教养之一，较早成熟的司马光砸缸救人。

第三节　书局成立

先来说"书局"，不是出版社，而是编辑部，编纂《资治通鉴》。

宋英宗在位时间很短，可称道的地方也少，其中之一就是《资治通鉴》的编纂。治平三年（1066年）四月十八日，宋英宗命龙图阁直学士兼侍讲司马光，编历代君臣事迹。

此前，司马光进呈了《通志》八卷。在《进〈通志〉表》中，司马光说：

> 臣光言，臣闻治乱之原，古今同体，载在方册，不可不思。臣少好史学，病其烦冗，常欲删取其要，为编年一书，力薄道悠，久而未就。今兹伏遇皇帝陛下丕承基绪，留意艺文，开延儒臣，讲求古训，臣有先所述《通志》八卷，起周威烈王二十三年，尽秦二世三年，《史记》之外，参以他书，于七国兴亡之迹，大略可见，文理迂疏，无足观采，不敢自匿，谨缮写随表上进。（《传家集》卷十七）

从中可以看出，司马光做一部编年体通史的想法，由来已久。至于编这部通史的初衷，是读史有益于治国理政。然而个人精力有限，工作量又极其大，所以只编成了一小部分，等于刚开了个头。司马光现在兼任侍讲，负责为皇帝讲解典籍。在这种情况下，他向宋英宗进呈了《通志》八卷。宋英宗的诏书，使《资治通鉴》的编修，由私人性质的著述，变为政府性质的工作。

接到诏令，司马光又上奏，说我自小以来，略读史书，发现纪传体史书文字繁多，即便是专门的学者，也往往不能通读，何况帝王日理万机，要遍知前世得失，实在不是件容易的事情。我不自量力，常想上自战国，下至五代，正史之外，旁采他书，凡有关国家盛衰、生民休戚，善可为法，恶可为戒，帝王应当知道的，依《左氏春秋传》的体例，修成一部编年体史书，名叫《通志》；其他多余的文字，全都删去不要。希望或听或读都不辛苦，就可以见闻广博。可是私家无力办到，空有此志，而无所成。我近日以战国时八卷呈进，有幸被阅读。如今所奉诏旨，不知道是要我续成此书，还是另外编集？如果是续成此书，请仍以《通志》作书名。此书上下贯穿千余载，工作量十分巨大，我单独无法胜任，翁源县令、广南西路经略安抚司勾当公事刘恕，将作监主簿赵君锡，均以史学知名，请特派他们与我同修，希望可以早日成书，而且不至疏略。

宋英宗的诏书有些模糊，司马光要澄清几个细节；他又申请了两名助手，二人史学成就突出。

宋英宗很快批准，令接续所进呈八卷编写，书成后，再赐给书名。宋英宗打算等到书成再赐给书名，他绝不会想到，自己已经接近人生的终点，书名最终是他的儿子宋神宗赐给的。

后来赵君锡父亲去世，他必须回家守孝，因此不能赴任，于是又命太常博士、国子监直讲刘攽代替。

从司马光的奏章里我们看到，他编这样一部史书的目的，实际上早已明确，就是要为帝王编一部教科书。至于编辑方法以及体例，都有相当成熟的设计。我们今天不得不说，宋英宗真是英明，要不是宋英宗，就没有《资治通鉴》。

书局不久成立，设在崇文院。崇文院大致相当于国家图书馆。按规定，书局的编辑，可以借阅龙图阁、天章阁、三馆，以及秘阁的所有书籍。皇帝又赐给亲笔题字、御笔、御墨、御用缯帛，还有御前钱，大家可以拿来随意买些水果、点心之类的东西。另外，又以内臣为承受，就是办事人员，负责处理一些日常杂务。司马光说这样的待遇，"眷遇之荣，近臣莫及"，待遇是非常高的。

书局已经成立，成员少而精，只有司马光、刘恕和刘攽，司马光是主编，刘恕、刘攽是助手。

我们来认识下司马光的助手，先说刘恕。

刘恕，字道原，筠州（治今江西省高安市）人。父亲名叫刘涣，字凝之，曾任颖上县（今安徽省颖上县西北）县令，因刚直不阿，无法与上司相处，弃官而去，隐居庐山，时年五十岁。欧阳修与刘涣是同年进士，赞赏其高节，为作《庐山高》诗。刘涣隐居庐山三十多年，家徒四壁，天天喝粥，但精神生活特别充实，神游八极，超然物外，无疾而终。这算是刘恕的家庭出身。

刘恕小时候就聪颖过人，过目成诵。八岁时，有客人说孔子没有兄弟，刘恕应声道："以其兄之子妻之。"这是《论语》里的话，证明孔子有兄弟。客人吃惊不小。十三岁时，打算应考制科，向人借阅《汉书》及《唐书》，一个月就看完了，可真是神速。曾去拜谒宰相晏殊，提出问题并反复诘难，直至晏殊答不上来。宰相晏殊真有雅量，不仅不怪罪，还待如上宾；当然，能让宰相如此敬重，足见刘恕造诣不凡。刘恕任钜鹿（今河北省巨鹿县）主簿时，晏殊把他召到府上，隆重地接待他，请他讲《春秋》，晏殊自己则亲率官属认真听讲。

司马光认识刘恕是在贡举上。当年刘恕十八岁，是考生，司马光是贡院的属官。当时有诏书，能讲解经义的，可另行呈报，应诏的才几十人。

《春秋》书影

问《春秋》《礼记》大义，刘恕答对最为精详：先列注疏，次引先儒异说，最后是自己的论断。总共二十问，所答都是这样。主考官非常吃惊，定为第一。这年刘恕所作的赋、诗、论、策也是高等。但殿试不中格。又下国子监试讲经，再次名列第一。于是赐给进士及第。

初任钜鹿（今河北省巨鹿县）主簿。迁和川县（今山西省安泽县北）县令，打击豪强，揭发隐秘，一时能吏自以为不及。刘恕为人重情义，守承诺。郡守因为得罪转运使而遭到弹劾，属吏也都连坐下狱，刘恕独自周济他们的妻小，如同自己的骨肉；又当面指责转运使，说他利用法律条文的苛细加罪于人。

笃好史学。自太史公所记，至后周显德（954—959年）末年，纪传之外至私记杂说，无所不读，上下数千年间，事无巨细，了如指掌，简直就是立地书橱。司马光编修《资治通鉴》，宋英宗命自择馆阁英才同修，司马光说馆阁当中，文学之士确实不少，至于专精史学，我知道的，只有和川县令刘恕一人。即召为局僚。后来书成，司马光又说数年间，史事纷繁错杂不易弄清楚的，就交给刘恕处理，我不过坐享其成罢了。这应该不完全是客气话。刘恕对于魏、晋以后的史事，考证最为精详。

刘恕和王安石是旧交。王安石打算让他参与制定三司条例，刘恕以不熟悉财政为由谢绝了，并说天子把国政交给你，应当发扬尧、舜之道，辅佐明主，不应当以利为先。王安石虽不听也不怒。后来朝廷内外对新法多有议论，刘恕去见王安石，举出不得人心的变更，劝他恢复，王安石大怒，脸色铁青，刘恕丝毫不退让。有时稠人广众，左右都是王安石的人，刘恕高声指出他的过失，毫不避讳。王安石于是与刘恕绝交。当时王安石执掌朝政，大权在握。起初持不同观点最终附和、当面赞誉背后毁谤、口是心非的人比比皆是，而刘恕全然不顾，一是一，二是二，毫不隐晦。

司马光出知永兴军（治今陕西省西安市）后，刘恕不自安，以老母年迈，求监南康军酒，以就近奉养，要求离开京师，回老家附近任职。朝廷准许他在任上继续修书。司马光判西京御史台，上奏朝廷获得准许，将书局迁到了洛阳。几年后，刘恕请求前往洛阳，与司马光讨论修书事宜，得到朝廷的批准。在洛阳待了几个月，才回去。还没到家，听说母亲去世，就得了"风疾"，右手右足瘫痪，成了半身不遂，非常痛苦，但呻吟的间隙，就爬起来修书。等到病危，才把书稿捆好，托人送回书局。神宗元丰元年（1078 年）九月去世，官至秘书丞，年仅四十七岁。

刘恕治学，自历数、地理、官职、族姓，甚至前代的官府公文，都拿来研究，以为佐证。求书不远数百里，且读且抄，废寝忘食。在洛阳的时候，与司马光同游万安山，路旁有块墓碑，是五代某列将的，不知名，刘恕马上就能说出他的生平事迹。回来查验史书，果然丝毫不差。宋次道曾任亳州知州，家中藏书丰富，刘恕特地绕道去借阅。宋次道为尽地主之谊，每天让人做很多好吃的招待他，刘恕说："此非吾所为来也，殊废吾事，愿悉撤去！"意思是说我来不是为了这个，太耽误事了，都撤掉吧！他把自己关在房间里，夜以继日，口诵手抄，留了十天，"尽其书而去，目为之臀"，把宋次道的藏书通读了一遍，眼睛也给读坏了。刘恕喜欢著书，计划中的书很多，可惜不幸早逝。已完成的有《十国纪年》四十二卷、《包羲至周厉王疑年谱》一卷、《共和至熙宁年略谱》一卷、《资治通鉴外纪》十卷，其他都未及完成。刘恕在书局里大概是个工作狂，工作起来不要命。司马光可能既欣赏他又担心他：欣赏他的工作高效，担心他搞坏了身体。

刘恕家里穷，但绝不随便要别人的东西。从洛阳南归，当时已是十月，相当冷了，司马光见他没有御寒的衣物，就拿出自己的衣、袜一两件，以及一件旧貂褥送给他，刘恕坚决不要，司马光非给不行，刘恕勉强接受，但走到颍州（治今安徽省阜阳市），又全部寄还。司马光说："于光而不受，于他人可知矣。"意思是说我和他亲密无间，他都不肯接受，其他人就可想而知了。司马光与助手关系融洽，他大概待助手有如家人。

刘恕喜欢揭人短处，每自省平生有二十失、十八弊，又写文章自警，但终究不能改变。

刘恕死后七年，《资治通鉴》书成，追录其劳，既然本人已经去世，就奖励他的儿子，以其子羲仲为郊社斋郎。

再来说刘攽。

刘攽，字贡父，临江新喻（今江西省新余市）人。此人最大的特点，就是诙谐幽默。《渑水燕谈录》卷十记载，当时士大夫好谈水利，有人建议把梁山泊排干，改作农田。其他人就问：梁山泊就是古代的钜野泽，方圆数百里，如果排干改作农田，夏秋之交雨水四集，可怎么办？刘攽正好在场，他慢悠悠一本正经地说：在旁边再凿个大池子，大小正好相同，不就得了！在场的人，全体笑翻。

同书又记载，刘攽与王汾都在馆阁任职，而且都喜欢开玩笑。一天，刘攽去拜访王汾，告诉他：您已改赐章服（标志官阶品级的礼服），所以特来道贺！王汾很惊讶，说没接到诏命呀！刘攽说：今天早上刚听到的传报，你去问问好了。王汾派人私下打听，确实是有圣旨，但内容是这样：诸王坟得用红泥涂之。就是说诸位王爷的坟墓，可以用红泥抹一下。王汾听了真是哭笑不得。

刘攽在书局大家不寂寞，司马光和助手们，时常埋头故纸堆，气氛该是沉闷的，但刘攽会适时打破沉闷，他只要三言两语，大家已是前仰后合，疲劳也烟消云散。可是，不是人人都懂幽默，这样很容易得罪人。性格即命运这句话，在刘攽身上得到验证。在州县做了二十年的地方官，才得以任国子监直讲。因欧阳修等人的推荐，召试馆职，但他与御史中丞王陶有旧怨，王陶率侍御史苏寀一起排挤他，刘攽官都做到员外郎了，才得以任馆阁校勘。

王安石在讲筵时，请求坐下来讲。我们知道，讲筵是帝王为讲经论史而特设的御前讲席，讲官以翰林学士或其他官员充任或兼任。刘攽说："侍臣讲论于前，不可安坐，避席立语，乃古今常礼。君使之坐，所以示人主尊德乐道也，若不命而请，则异矣。"意思是说站着讲是古今常礼，君主赐坐，那是君主表示尊德乐道，如果没有赐坐自己请求，就不一样了。礼官一致赞同，于是成为定制。刘攽以上的主张，说明他学问渊博，历史知识丰富；但王安石听了，大概会很不高兴。

曾做考官。当时，另一考官吕惠卿，把阿谀时政的都列在高等，而直陈时政缺失的都列其下。刘攽覆考，全都倒了过来。曾写信给王安石，说新法不好，王安石大怒，新账旧账一起算，将刘攽贬为泰州（治今江苏省泰州市）

通判。后以集贤校理、判登闻检院、户部判官知曹州，曹州当时盗贼横行，法不能禁，刘攽说："民不畏死，奈何以死惧之！"到任后行政尚宽平，盗贼却渐渐消失。任京东转运使的时候，属吏执行新法不力的，刘攽都竭力保护。后来，刘攽调走，继任者不能奉行法令，罗致财赋。刘攽因此被追究废弛之罪，也就是渎职罪，贬为监衡州（治今湖南省衡阳市）盐仓。

宋哲宗即位，起知襄州（治今湖北省襄阳市）。然后，入朝任秘书少监，因病求去，遂加直龙图阁、知蔡州（治今河南省汝南县）。中书舍人苏轼等上奏：刘攽博闻强记能文章，从政直追古代循吏，多才多艺，坚韧不拔，朝廷应多准他点假，使留任京师。因此到蔡州仅数月，又召拜中书舍人，调回京师。不久病逝，时年六十七岁。

刘攽著书百卷，尤精于史学。所著《东汉刊误》为人称道。司马光修《资治通鉴》，刘攽负责汉史。

司马光打算做一部通史，如果这件事由他一个人来做，那性质就属于私修。宋英宗很有历史眼光，给予司马光大力支持，使私修变成了官修。司马光再不是单枪匹马，他有了两个助手，都是一时之选。这里有个有趣的现象：两位助手都姓刘，而且都与王安石同乡。司马光与王安石政见不同，与王安石的两个同乡政见却相同，相处也十分融洽。

第四节　皇帝亲自作序

治平四年（1067年）十月初九日，翰林学士司马光首次在迩英阁，向宋神宗进读《通志》；宋神宗特赐书名《资治通鉴》，又亲自作序，赐给司马光，命等书修完写入；又赐给颍邸旧书二千四百零二卷，颍邸是宋神宗做太子时的府邸。那篇序是"上自制自书"，就是说不仅文章是宋神宗亲自做的，字也是他亲笔写的。司马光接受，读过，下来，拜了两拜。然后，进读《三家为诸侯论》。司马光读罢，宋神宗"顾禹玉等，称美久之"。禹玉即王珪，王

宋版《资治通鉴》书影

珪字禹玉，当时任宰相。宋神宗对司马光所读章节，称赞不已。

有点小问题，《续资治通鉴》上说，《资治通鉴》的书名，是十月初九日赐给的，可是，司马光在十月初二日的《乞免翰林学士札子》里，已经提到这个书名，当时他说："臣今日上殿，曾有敷奏，以圣旨令读《资治通鉴》……"可能的情况是，《资治通鉴》这个书名，早在十月初二日以前，神宗即已拟定，并告诉了司马光，但直到十月初九日，才正式赐给。

我们知道，宋神宗生于庆历八年（1048年）四月，按照今天的算法，到治平四年（1067年）十月，应该是十九岁半。现在，来看年轻的神宗皇帝，九百多年前写的这篇序：

《资治通鉴》序（御制）

朕惟君子多识前言往行以畜其德，故能刚健笃实，辉光日新。《书》亦曰："王，人求多闻，时惟建事。"《诗》《书》《春秋》，皆所以明乎得失之迹，存王道之正，垂鉴戒于后世者也。

汉司马迁绅石室金匮之书，据左氏《国语》，推《世本》《战国策》《楚汉春秋》，采经摭传，罔罗天下放失旧闻，考之行事，驰骋上下数千载间，首记轩辕，至于麟止，作为纪、表、世家、书、传，后之述者不能易此体也。惟其是非不谬于圣人，褒贬出于至当，则良史之才矣。

若稽古英考，留神载籍，万机之下，未尝废卷。尝命龙图阁直学士司马光论次历代君臣事迹，俾就秘阁翻阅，给吏史笔札，起周威烈王，讫于五代。光之志以为周积衰，王室微，礼乐征伐自诸侯出，平王东迁，齐、楚、秦、晋始大，桓、文更霸，犹托尊王为辞以服天下；威烈王自陪臣命韩、赵、魏为诸侯，周虽未灭，王制尽矣！此亦古人述作造端立意之所繇也。其所载明君、良臣，切摩治道，议论之精语，德刑之善制，天人相与之际，休咎庶证之原，威福盛衰之本，规模利害之效，良将之方略，循吏之条教，断之以邪正，要之于治忽，辞令渊厚之体，箴谏深切之义，良谓备焉。凡十六代，勒成二百九十六卷，列于户牖之间而尽古今之统，博而得其要，简而周于事，是亦典刑之总会，册牍之渊林矣。

荀卿有言："欲观圣人之迹，则于其粲然者矣，后王是也。"若夫汉之文、宣，唐之太宗，孔子所谓："吾无间焉"者。自余治世盛王，有惨怛之爱，有忠利之教，或知人善任，恭俭勤畏，亦各得圣贤之一体，孟轲所谓"吾于《武成》取二三策而已"。至于荒坠颠危，可见前车之失；乱贼奸宄，厥有履霜之渐。《诗》云："商鉴不远，在夏后之世。"故赐其书名曰《资治通鉴》，以著朕之志焉耳。

（治平四年十月初开经筵，奉圣旨读《资治通鉴》。其月九日，臣光初进读，面赐御制序，令候书成日写入。）（《资治通鉴》第9页）

序的第一段写对史学的看法，他认为读史对提高修养大有裨益；而且，《诗》《书》《春秋》，都可以拿来资治。第二段是对司马迁的褒奖。第三段的褒奖主要给了司马光，其中说到修书的缘起、始于周威烈王的原因、书的内容丰富，以及自己的评价："博而得其要，简而周于事，是亦典刑之总会，册牍之渊林矣。"意思是说这本书广博但提纲挈领，简要但叙事周密，属于典范的总汇、典籍的集合。第四段是赐名《资治通鉴》的缘由。

我们注意到，宋神宗先提到司马迁和《史记》，然后是司马光和《资治通鉴》，将两个人、两部书相提并论，宋神宗应该算是第一个，这大概是后世"史界两司马"之滥觞。这位年轻的皇帝当时或许已经预见，他为之作序的这部巨著，将与《史记》一起，成为中国传统史学的巅峰之作。

随后，司马光有《谢〈赐资治通鉴序〉表》，其中除对宋神宗表示感谢外，他还说："至于'博而得其要，简而周于事，典刑之总会，册牍之渊林'，臣实何人，克堪此语。若乃嘉文宣以作则，援正观而为师，兹实生民之福，岂伊微臣之幸。"意思是说我是什么人呀，哪当得起这样的褒奖。如果您肯以汉代的文帝、宣帝作为榜样，努力看齐，那实在是百姓的福气，岂止是微臣的幸运。司马光谦虚之余，还不忘劝谏宋神宗。

司马光最后说到对这篇序的借重，他说自己当然无法与先贤比肩，但"便蕃茂泽，独专后世之荣，退自揣循，殆无容措，遂使萤爝未照，依日月以永存，草木常名，附天地而不朽，臣不任恳款之至"。意思是说我在后世独享荣誉，自己想来，进退失据，无地自容，自己就好比萤火虫或者爝火那么点微光，却依靠日月而得永存，又好比极普通的草木，却依附天地而得以不朽。

我们知道，后来这部巨著因为这篇序而免遭毁版厄运。但现在，这些全都反过来了：要不是司马光和他的《资治通鉴》，这篇神宗皇帝的序，不可能被我们读到。

第五节　司马光为皇帝读《资治通鉴》

熙宁二年（1069 年）十一月十七日，宋神宗在迩英阁听讲，司马光进读《资治通鉴》。

读到曹参代萧何为相，尽遵萧何旧规，即我们熟知的典故"萧规曹随"，司马光说：曹参无为而治，深得守成之道，所以孝惠、高后时，天下安宁，财富增加。

宋神宗问：假如汉代常遵萧何之法，长久不变，可以吗？

司马光答：何止是汉代，道，万世不衰，夏、商、周的子孙，若能常遵禹、汤、文、武之法，哪会衰乱？
因此武王灭商，说："乃反商政，政
由旧。"那么即便是周室，也沿用了
商代的旧政。《书》说："无作聪明，
乱旧章。"《诗》说："不愆不忘，率
由旧章。"那么，祖宗旧法如何可
废？汉武帝接受张汤建议，多改旧
法，汲黯面斥张汤，指责他竟然取
高皇帝规章纷纷更改。汉武帝晚年
盗贼蜂起，是法令变得太烦苛。而
宣帝沿用高祖旧法，只选良吏治民，
结果天下大治。元帝元年，采用众
僚属建议，大改宣帝旧政，丞相匡
衡上疏说："窃恨国家释乐成之业，
虚为此纷纷也！"依您看来，宣帝、

宋神宗像

元帝治国，哪个更好呢？荀子说："有治人，无治法。"因此，治国的关键在
得人，不在变法。

宋神宗说：人与法也互为表里。

司马光说：若得其人，不愁法不好；不得其人，即便有好法，施行出来
也会次序颠倒变形走样。应急于求人，缓于立法。

司马光进读《资治通鉴》的段落，应该是有选择的，他反对变法，所以
就读"萧规曹随"，这是在曲折表达自己的政见。从这段对话来看，宋神宗
的倾向很明显，他主张变法。而司马光认为治国，人才是内在的根本，法只
是外在的表现，治国的关键在人才，选对了人，自然就有好法。

数月前的九月二十九日，因为王安石的举荐，吕惠卿被任命为太子中
允、崇政殿说书，有权为皇帝讲解经书及顾问应对。

十一月十九日，宋神宗再次在迩英阁听讲，吕惠卿、王珪、司马光
侍讲。

这天的讲筵成了一场辩论会。

吕惠卿先讲：法不可不变，先王之法，有一年一变的，"正月始和，垂于象魏"即是；有五年一变的，"五载一巡狩"，"考制度于方岳"即是；有一世一变的，"刑罚世轻世重"即是；有百世不变的，"父慈、子孝、兄友、弟恭"即是。前天，司马光说汉遵萧何之法就治，变了就乱，我以为不然。汉惠帝废三族罪、妖言令、挟书律，汉文帝废收孥令，怎么能叫不变？汉武帝因穷兵黩武，奢淫厚敛，而盗贼起；汉宣帝因核定名实，而天下治；汉元帝因任用弘恭、石显，杀萧望之，而汉道衰，都不是因为变法与不变法。弊则必变，岂能坐视？《书》所谓"无作聪明，乱旧章"，是说不聪明却要强装，不是说旧章不可变。司马光的用意，必定因为国家近日多变革旧政，因此规讽，又因为我制置三司条例及看详中书条例，所以发此议论。希望您细究司马光的话，若对，就应听从；若不对，您也应告诉，不为隐匿。请召司马光诘问，使议论归于统一。

象魏是宫廷外的一对高大建筑，用以悬示法令。讲筵名义是讲学论道，但实际离不开政治。吕惠卿主动发难，要和司马光讨论历史，历史是司马光的专长，吕惠卿这是自不量力。

宋神宗召司马光，问道：刚才吕惠卿的话听到了吧？怎么样？

司马光回答：惠卿的话有的对有的不对。惠卿所说汉代惠、文、武、宣、元五帝的治乱情形是对的；但说先王之法，有一年一变、一世一变，就不对了。《周礼》所说"正月始和，垂于象魏"的，是旧章，不是一年一变；这类似于州长、党正、族师，在岁首四时的首月，集合百姓宣读邦法。天子担心诸侯变礼、易乐、坏旧章，因此五年一巡视，考察他们，有变乱旧章的，就削黜，不是说五年一变法。刑罚世轻世重，大概新国、乱国、平国随时而用，不是说一世一变。

古代五党为一州，五百家为一党。

司马光接着说：我所说的遵循旧法，不是说坐视旧法之弊，而不作变更。我前天固然说过：道，万世不衰，禹、汤、文、武之法，都合于道；后世子孙逐渐变更，逐渐失道。遇中兴之君，必应变革；后世所变，是要恢复禹、汤、文、武之治，合于道而止。这就是所谓的遵循旧法。至于挟书律、妖言令，又怎能奉行不变？所以变法，变以从是；旧法非就变革，旧法是就不变。如果不论是非，一概变革以示聪明，就是所谓的作聪明、乱旧章。

拿住宅来作比方吧，宅子住得久了，屋瓦漏了就要整理，圩墁破了就要修补，梁柱倾斜就要扶正，也还可以继续住人。如果不是破得没法住，难道非要拆了重建不成？若要重建，也必须有好工匠，又必须有好材料，然后才行。如今既没有好工匠，又没有好材料，只因一点点缺漏，就要全都拆了重建，我担心将无处避风雨了。

而且，变法岂是容易的事！《周易·革己》说："乃孚元亨利正（正应作贞，避仁宗讳改）悔亡。"元，善之长；亨，嘉之会；利，义之和；贞，事之干。四德兼备，然后变革，仍不免后悔；若不兼备，未尝无悔。即便四德兼备，也应循序渐进，假以时日，而后百姓遵从。汉元帝多次变更法令，随即又改，因为不能无悔。

我任职在讲筵，只知读经讲史，经史中有圣贤的功勋事业可以补益圣德，就委婉解说。本来无意讥讽惠卿制置三司条例及看详中书条例，惠卿却以为我讥讽他了，现在讲筵官员及左右臣僚们都在，请您问问大家，此二局果真应设还是不应设？国家设置三司，掌管天下财政，长官若不称职，就应罢去，再选贤者，以代其位，而不应夺了他们分内之事，让两府来管。如今两府各选一人，设立僚属，规划三司条例，那么，三司条例皆为无用。中书省是拟定政令的部门，应以道辅佐人主，而用区区条例，又派官员审阅，若事事都检条例执行，胥吏就足够了，何必再选贤能做宰相！那么，二局不应设，于理来说，十分明白；而我前日所说，则确无意讥讽惠卿。

要论历史知识的渊博，没人比得过司马光，吕惠卿要与司马光讨论历史，那是自寻死路。司马光表达了三层意思：不是不要变，而是不要离开那个"道"；不是不要变，而是要具备相当的条件；不是不要变，而是要慎之又慎。显然，在司马光看来，变法的时机还不成熟，变法也不够谨慎，而且变法的方向有问题。至于吕惠卿说司马光讥讽他，纯属自作多情：司马光反对变法，但不针对具体个人，他是就事论事；如果一定要落实到人，那也是变法头号人物，而不是二流角色吕惠卿。司马光的渊博和气势，可能让吕惠卿体无完肤哑口无言，因此觉得特没面子，他恼羞成怒了：司马光身为侍从官，见朝廷事有不合理，就应该指出来。有职责的，不能尽职就该辞官；有言责的，不能尽言也该辞官，岂能不了了之？

司马光针锋相对：此前有诏书要侍从之臣言事，我曾应诏上疏，指出当今得失，如制置条例司之类都在其中，您见到了吗？

宋神宗回答：见到了。

司马光气愤：那么，我不是不说！至于不被采纳而不辞官，确实是我的错！惠卿指责得对，我不敢逃避惩罚！

神宗劝解：共议是非而已，何至于此？

王珪赶忙打圆场：司马光所说，大概认为朝廷的改革当中，有为利很小、为害很多的，也不必改革。同时，示意司马光退下。

从以上对话来看，按照宋神宗的打算，变法肯定是必须的，但同时也不希望反对变法的人离开，而是作为一种制衡力量，对即将展开的变法，起到制约与监督的作用。

接着，王珪进读《史记》，司马光进读《资治通鉴》。然后，降阶，将退。宋神宗命移坐墩至御榻前，让大家就座。王珪礼辞，宋神宗不许。于是众人拜了两拜，就座。左右避去，太监宫女都回避了。宋神宗问：朝廷每改革一事，则举朝汹汹，都认为不便，又不能指明不便之处，究竟为什么呢？

王珪等答：我等疏贱，在阙门之外，朝廷事不能全知道；道听途说，又不知虚实。

宋神宗坚持：那就依据见闻说说吧。

司马光先说：最近听说朝廷在散青苗钱，此事不便。如今乡里富人趁穷人匮乏之际，贷给钱，等到收获，以谷麦偿还。穷人寒耕热耘，收获一点点粮食，未离场圃，已全被富人夺去了。他们还都是平民百姓，没有公差的权势、刑罚的威慑，只以富有的缘故，就能蚕食小民，使他们困顿，何况官府严加督责呢？这是孟子所谓的又举债增加其负担。我担心将会民不聊生。

吕惠卿反对：司马光不知道，这事由富户来做，就害民；如今由官府来做，就利民。青苗钱百姓愿借的贷给，不愿借的不强迫；收获之际，令以市价折合谷麦缴纳。这样穷人等于得到无息贷款，也可以避免富人盘剥。如今的常平仓原价很贵，十余年才一粜，或腐烂累及主官，或价高人不能籴，所以不如散青苗钱有利。

常平仓是古代政府为调节粮价、储粮备荒而设置的粮仓，在市场粮价低的时候，适当提高粮价收购，在市场粮价高的时候，适当降低价格出售，这样既可以避免"谷贱伤农"，又可以避免"谷贵伤民"。

司马光反驳：我听说"作法于凉，其弊犹贪，作法于贪，弊将若何？"常平仓，谷贵不伤民，谷贱不伤农，公私俱利，至善之法；等到衰败，吏不得人，谷贱不籴，反为民害。何况青苗钱远不及常平仓呢？太宗平定河东后，减轻租税，戍兵很多，命和籴粮草供给。当时人少物贱，米一斗值十余钱，草一围值八钱，百姓都乐意与官方交易。后来人渐众、物渐贵，而转运司仍按旧价，不肯增加，或折成茶布，或支移折变；饥年租税皆免，和籴不免，至今为患百姓，如膏肓之疾。朝廷虽知其害民，但因用度匮乏，也不能制止。我担心将来诸路青苗钱害民，也像河东路的和籴一样。

和籴是北宋政府收购粮食供应军需，因支付手段、具体办法不同而有多种形式。

宋神宗说：听说陕西路（指永兴军路，治今陕西省西安市）推行已久，百姓没有不满。

司马光反对：我家就在陕西路（北宋时夏县归属陕西路），有人从乡里来，都说去年转运司不听朝廷指挥，擅自发放青苗钱，今年夏天麦子收成不太好，但官府催讨紧迫，百姓不胜愁苦。朝廷既然有明确指挥，转运司会公然发放青苗钱吗？转运使本以聚敛为职，取之无名，还要搜刮，何况取之有名呢？负责青苗钱的官员来到您眼前，说百姓欣然接受，靠此钱为生等等，都由他一张嘴随便说，我听到的却是民间事实。

吕惠卿辩解：司马光所说的，都是官吏不得其人，所以为害百姓；若使转运司、州、县皆得其人，哪还会有这些毛病呢？

问题的关键就在这儿，要保障全国那么多州县都所用得人，根本不可能；司马光表示赞同：惠卿所说正是我前天说过的，有治人无治法，朝廷应急于求人，缓于立法。

宋神宗又问：坐仓籴米如何？

坐仓籴米指北宋政府收购军粮，各军如有余粮愿意卖给官府，计价支钱，粮食入仓，刚开始是对军人的一种优惠，但后来就成了克扣军饷的手段。

王珪等起立，回答：坐仓很不便，朝廷近来已经取消，很好！

宋神宗纳闷：没有取消啊！

司马光说：坐仓之法，大概因为小郡粮仓缺米，而库有余钱，因此反而向军人籴米，以给次月之粮，出于一时急计而已。如今京师粮仓有七年的储备，而府库无钱再籴军人米，使积久陈腐。

吕惠卿反对：若京师坐仓得米百万石，就可以减东南每年漕运百万石，转换为钱，以供京师，还愁没钱吗？

司马光反驳：我听说如今江淮以南，百姓缺钱，称为"钱荒"，而土壤适宜粳稻，当地人吃不完，又低洼潮湿，不能储存，若官籴不取来供给京师，就无法处置，必定米贱伤农。而且，百姓有米而官府不用米，百姓无钱官府必让出钱，岂是通财利民之道？

在场另一人评价：司马光之言可谓至论！

司马光继续说：此等小事，都是具体官吏应该研究的，不应该麻烦您；您只应择人而任，有功则赏，有罪则罚，这是您的职责。

宋神宗深表赞同：不错！所谓"文王罔攸，兼于庶言，庶狱庶慎，惟有司之牧夫"，指的就是这个！

宋神宗引用的几句话出自《尚书》，意思是文王不代替官员发布命令，处理监狱的事情和管理臣民的事情，都根据有关负责人的意见来决定。

宋神宗又与大家讲论至道。至晡（申时，下午三点至五点）后，王珪等请起，宋神宗命赐汤，又对司马光说：别因为之前吕惠卿的话不高兴啊。

司马光回答：不敢。

于是退下。

司马光两次进读《资治通鉴》，内容都是精心挑选的，曲折表达了他的政见，他希望通过进读影响政治，这既是司马光进读的初衷，也是这部书编辑的初衷。第二次经筵上的争论，对手不是变法派的头等人物，而是次一等的吕惠卿。司马光在辩论中获胜，宋神宗却仍然倾向变法。变法已经如箭在弦，司马光无能为力，他以史资治的愿望落空了。

第六节　书局险些撤销

司马光在给邵雍的诗中说："我以著书为职业，为君偷暇上高楼。"著书就是编修《资治通鉴》。司马光在洛阳十五年，主要工作是著书，其他事情要挤时间。

前文说过，书局成立之初，有刘攽、刘恕两位助手，稍后人事略有变动。熙宁三年（1070年）四月，刘攽因写信给王安石说新法不好，被贬为泰州（治今江苏省泰州市）通判，离开了书局。六月初四日，司马光请求让前知龙水县（今四川省资阳市西南）范祖禹同修《资治通鉴》，得到朝廷准许。这样，助手还是两位：刘恕、范祖禹。

来介绍新助手范祖禹。范祖禹字淳甫、梦得。出生时，母亲梦到一"伟丈夫"，身穿黄金甲，进入寝室，说："吾汉将军邓禹。"遂以为名。祖禹幼年失怙，由叔祖范镇养大。我们知道，司马光和范镇同年考中进士，又是挚友，祖禹是范镇侄孙，也该是司马光的孙辈。祖禹比较自卑，过年过节大家宴集，祖

《资治通鉴》书影

禹往往伤心落泪，感觉无地自容，于是闭门读书。到京师后，交往的都是名人。范镇很器重他，说："此儿，天下士也。"不久，考中进士甲科。范祖禹作为司马光的主要助手，直至书成。

可是，《资治通鉴》遭遇风险，书局差点被撤销。

司马光在写给助手范祖禹的信中，谈到此事：

　　示谕求罢局事，殊未晓所谓。光若得梦得来此中修书，其为幸固多矣。但朝廷所以未废此局者，岂以光故？盖执政偶忘之耳。今上此文字，是呼之使醒也。若依所谓废局，以书付光自修，梦得还铨，胥吏各归诸司，将若之何？光平生欲修此书而不能者，止为私家无书籍笔吏，所以须烦县官耳。今若付光自修，必终身不能就也。梦得与景仁同在京师，公私俱便。今不得已而存之者，岂惟书局，至若留台、宫观，皆无用于时者，朝廷以其未有罪名，不欲弃于田里，聊以薄禄养之，岂非不得已而存之者耶？光辈皆忍耻窃禄者也。况其他亲民之官，相与残民而罔上者，其负耻益深矣。必欲居之安而无愧，须如景仁致事方可也，其余皆可耻耳。吾曹既未免禄仕，古之人不遇者，或仕于伶官，执簧秉翟，修书不犹愈乎？况梦得和不随俗，正不忤物，虽处途潦之中不能污，入虎兕之群不能害，雍容文馆，以铅椠为职业，真所谓避世金马门者也，庸何伤乎！必若别有迫切之事，朝夕不可留者，当仔细示及，容更熟议之。若只如今兹所谕三事，则不群静以待之为愈也。恃知念，故敢尽言无隐。光上。

　　朝旨若一旦以闲局无用，徒费大官，令废罢者，吾辈相与收敛笔砚归家，与郑、滑诸官何异，又何耻耶？但恐去此为他官，负耻益多耳。（金·晦明轩刊《增节入注附音司马温公资治通鉴》，转引自陈光崇《通鉴新论》第 228、229 页）

司马光的这封信，大概写于他判西京御史台之后、书局迁来洛阳之前。

从信的内容来看，应是司马光、刘恕的相继离开，使范祖禹感到无形的压力，他建议提出申请，申请撤销书局。范祖禹写信向司马光请示，司马光以此信作为答复。信中司马光苦苦挽留，说书局所以没有被撤销，大概是当政者给忘了，不记得有这回事，或者是书局无过错，不得已暂时保留；如果书局撤销，必然交给自己编修，那么在自己有生之年，此书必定不能完成；另外，范祖禹之前任知县，书局如果撤销，必然再任知县，知县属于亲民官，不免执行新法为害百姓，岂非更加可耻？所以在当前情况下，对自己和范祖禹，修书不论是作为职业还是作为事业，都是上上之选。最终范祖禹留了下来，书局没有被撤销。现在想来，多亏范祖禹没有自作主张，否则，我们可能读不到这部巨著。

司马光另有《答范梦得》，应是范祖禹刚入书局不久司马光写给他的。信的内容主要谈修书的一些规范，包括"丛目""长编"的制作方法。《资治通鉴》的丛目和长编，我们今天已不可见，从信中的叙述，可以大略想见它们的形式及规模。从信中我们还可以知道，《资治通鉴》的编纂程序是：先由助手作"丛目"，再在"丛目"的基础上作"长编"，最后由司马光删定。信中提到，刘恕曾说唐史"丛目"就有千余卷，如果每天看一两卷，全部看完也得一两年工夫。可见修书的工作量之大。此外，助手之间当时的分工，也可以由信中看到：范祖禹到书局后负责唐史，此前这部分由刘恕负责；隋以前归刘攽；梁以后归刘恕。

司马光知永兴军（治今陕西省西安市）不久，助手刘恕以母亲年迈，告归南康（今江西省赣州市南康区）老家，请监酒税，以就近侍养。诏即官修书，遥隶书局，即仍属书局，在南康任上，继续修书。司马光到了洛阳后，有一年刘恕奏请到洛阳，与司马光面议修书事，得到朝廷的许可。刘恕水陆兼程，辗转跋涉数千里，终于到达洛阳，"自言比气羸惫，必病且死，恐不复得再见"，意思是说自己元气衰耗，必会得一场大病，然后死去，恐怕再没有机会见面了。刘恕在洛阳待了几个月，离开的时候，已是阴历十月，进入冬天了。果然，还没到家，得知母亲去世，不久就得了"风疾"，可能就是中风：右手右足偏废，成了半身不遂。卧床数月，痛苦备至，但"每呻吟之隙，辄取书修之"，身体稍微好一点，就抓紧时间修书。最后，"病益笃，乃束书归之局中"，直到病重才停止修书，把资料整理好交回书局。元丰元年（1078年）九月，刘恕去世，年仅四十七岁。司马光叹道："以道原之耿介，其不容于人，龃龉以没固宜，天何为复病而夭之邪！此益使人痛惋悒怏而不能忘者也！"意思是说刘恕刚直不阿，不容于人，龃龉终身倒也罢了，可老天为什么还要让他得病和短寿呢，这更加使人怅恨惋惜不已。

后来《资治通鉴》书成，司马光之子司马康曾对朋友说："此书成，盖得三人焉。"意思是说《资治通鉴》得以成书，刘恕、刘攽、范祖禹三人功不可没。又说："《史记》前后汉，则刘贡父；三国历九朝而隋，则刘道原；唐迄五代，则范淳甫。"我们知道，刘攽字贡父，刘恕字道原，范祖禹字淳甫。由此看来，三位助手的分工，前后是有变化的。可能的情形是：刘攽在离开书局以前，已经完成或基本完成了《史记》及前后汉部分的长编；刘攽离开后，三国至隋就交给了刘恕；刘恕去世前，已经完成或基本完成了三国至隋部分的长编；刘恕去世后，五代部分又交给范祖禹负责。

刘恕去世以后，助手就只剩下范祖禹。熙宁六年（1073年），应司马光奏请，授司马康检阅《资治通鉴》文字，做校对工作。司马康此前经历如下：熙宁三年（1070年）以明经擢上第，释褐试秘书省校书郎、耀州（治今陕西省铜川市）富平县（今陕西省富平县）主簿，而应司马光奏请，留国子监听读；熙宁四年（1071年），又应司马光奏请，授司马康守正字；熙宁五年（1072年），司马康监西京粮料院，迁大理评事。

司马光曾在一封给友人的信中说："某自到洛以来，专以修《资治通鉴》为事，于今八年，仅了得晋、宋、齐、梁、陈、隋六代以来奏御。唐文字尤多，托范梦得将诸书依年月编次为草卷，每四丈截为一卷，自课三日删一卷，有事故妨废则追补，自前秋始删，到今已二百余卷，至大历末年耳。向后卷数又须倍此，共计不减六七百卷，更须三年，方可粗成编。又须细删，所存不过数十卷而已。"现在我们在《资治通鉴》中看到的《唐纪》，从卷第一百八十五至卷第二百六十五，仅八十一卷。从六七百卷到八十一卷，司马光披沙拣金，做了大量的工作。

我们知道，《资治通鉴》的绝大部分篇章，都是司马光在洛阳的十五年里完成的。后来，有人在洛阳看到《资治通鉴》的草稿，堆满了整整两间屋子，但翻阅数百卷，无一字潦草。由此可知，编修的工作量巨大，但司马光一丝不苟。

为《资治通鉴》作注的元代人胡三省说，司马光在洛阳，上书论新法之害，小人欲行中伤，而司马光品行无可指摘，于是小人就散布谣言，说书所以久而不成，是因为书局的人贪图皇家的笔墨绢帛，以及圣上所赐果饵金钱；既而托人暗地检查，才知道当初虽有此圣旨，但书局根本就没有领过。司马光听到这样的谣言，不得不加紧修书，严格按照计划，完成每天工作量，尽力减少人为干扰。

今天看来，那些小人的中伤，反而帮了司马光的忙：随着后来时局的发展，司马光迅疾卷入政治漩涡，他不可能再有大段时间，可以花在修书上。果真那样，《资治通鉴》就永远是一部未竟之作。

第七节　嘉奖诏书

据《邵氏闻见录》卷第十一记载，宋神宗对《资治通鉴》喜欢得不得了，常命在经筵上诵读，手头的快读完了，新的部分还没送来，他就下诏催促。

元丰七年（1084 年）十一月，《资治通鉴》书成。

司马光在《进〈资治通鉴〉表》中，历述设立书局始末后，说："臣既无他事，得以研精极虑，穷竭所有，日力不足，继之以夜；遍阅旧史，旁采小说，简牍盈积，浩如烟海，抉摘幽隐，校计毫厘。上起战国，下终五代，凡一千三百六十二年，修成二百九十四卷；又略举事目，年经国纬，以备检寻，为《目录》三十卷；又参考群书，评其同异，俾归一途，为《考异》三十卷，合三百五十四卷。"资料浩如烟海，司马光夜以继日。该书截至五代，即北宋建立前，当代人不修当代史。从中我们可以看出《资治通鉴》成书的艰辛，以及这部巨著最初的形式。司马光又说："臣今筋骸癯瘁，目视昏近，齿牙无几，神识衰耗，目前所为，旋踵遗忘，臣之精力，尽于此书。"意思是说自己如今身体瘦弱，憔悴不堪，眼睛昏花，视物模糊，牙齿掉落，所剩无几，精神衰弱，记忆减退，眼前在做的事，转眼就忘个精光，精力已为此书耗尽。这部巨著可以说是司马光生命的结晶。

《资治通鉴》进呈后，丞相王珪、蔡确去见宋神宗，问怎么样？宋神宗回答："当略降出，不可久留。"意思是说此书可以传阅，但时间不能长了，他急着要仔细阅读。又赞叹说："贤于荀悦《汉纪》远矣。"《汉纪》即《前汉纪》，东汉学者荀悦所著。散朝后，宋神宗派人将书送到中书省，每页都盖上"睿思殿"的印章。睿思殿是皇帝在宫中读书的地方。舍人王震等正好也在中书省，随着宰相来看，宰相笑说："君无近禁脔。"史载，晋元帝迁都建业之初，公私困乏，生活极其困难，每猎获野兽，就珍贵得不得了，脖子上的一块肉，尤其宝贝，往往都是立即进献，下边人从不敢动，当时称作"禁脔"。

元丰七年（1084 年）十一月十五日，宋神宗赐诏嘉奖：

奖谕诏书

敕司马光：修《资治通鉴》成事。

史学之废久矣，纪次无法，论议不明，岂足以示惩劝，明久远哉！卿博学多闻，贯穿今古，上自晚周，下迄五代，发挥缀缉，成一家之书，褒贬去取，有所据依。省阅以还，良深嘉叹！今赐卿银绢、对衣、腰带、鞍辔马，具如别录，至可领也。故兹奖谕，想宜知悉。

冬寒，卿比平安好。遣书，指不多及。　　十五日。（《资治通鉴》第 2433 页）

这部巨著是帝王参考书，可作帝王施政的借鉴，也是一部宏大的史书，上起晚周，下至五代。宋神宗毫不掩饰自己的喜悦：阅读以来，深深赞叹。

这当然是皇帝的诏书，但最后几句，倒好像朋友间的亲切问候。

接着，十二月初三日，因《资治通鉴》书成，以端明殿学士兼翰林侍读学士司马光为资政殿学士；校书郎、前知龙水县范祖禹，为秘书省正字。刘恕已去世，刘攽被罢官，所以未有嘉奖。后来，司马光嫌《目录》太过简略，打算作《举要历》八十卷，可惜未及完成。

此前，元丰七年（1084年）十二月，司马光曾有《荐范祖禹状》，向朝廷举荐范祖禹，说："臣诚孤陋，所识至少，于士大夫间，罕遇其比，况如臣者，远所不及。"意思是说臣孤陋寡闻，认识人有限，在士大夫中间，确实罕有其比，至于我本人，是远远赶不上他的。范祖禹所以有以上任命，当与司马光的倾力举荐有关。

后来，司马光于哲宗元祐元年（1086年），又上《乞官刘恕一子札子》，说："臣往岁初受敕编修《资治通鉴》，首先奏举恕同修。恕博闻强记，尤精史学，举世少及。臣修上件书，其讨论编次，多出于恕。至于十国五代之际，群雄竞逐，九土分裂，传记讹谬，简编缺落，岁月交互，事迹差舛，非恕精博，他人莫能整治。"意思是说刘恕是最早的助手之一，他博闻强记，精于史学，当世少有人能及，《资治通鉴》的目录好多都是和刘恕讨论确定的，五代十国时期历史特别复杂，也就博大精深如刘恕能做得了。刘恕已去世多年，司马光对他念念不忘，给予高度评价，希望朝廷让他的儿子，来领受这份嘉奖，司马光是很讲感情的。

在司马光的有生之年，这部巨著终于完成了。司马光闲居洛阳的十五年，也是新法推行的十五年，《资治通鉴》基本就是在这期间完成的。修书是他喜欢做的事，也是他唯一能做的事，他心系天下苍生，心系国家政治，他有太多的话想说，可是又无处可说，他把所有的一切，都倾注在这部书里，正如他自己所说：他的精力已被这部书耗尽。这是司马光的后半生化成的巨著。

第四章　感天动地"诚"与"一"

第一节　平生所为没有不能对人说

史书上说，司马光去世的消息传开，京师汴梁的老百姓纷纷停下手中的营生，赶去吊唁，甚至有人为购买祭品而卖掉自己的随身衣物。当时已经是深秋，人们都在添衣服，卖掉随身衣物，可是要受冻的。司马光的灵柩回家乡夏县安葬，哭送的人成千上万，就连封州（治今广东省封开县东南）的父老，也相继前来祭奠。封州距离京师汴梁数千里，真不知道他们是怎么来的。朝廷派去护送灵柩的官员回奏说，老百姓哭司马光哭得非常伤心，就像哭他们自己的亲人一样，全国各地赶去送葬的，有好几万人。好几万人，这阵仗真的好大！这规模即便在今天，也令人大为惊叹。京师的老百姓把司马光的画像刻版、印刷，家家都要请一幅，吃饭之前必先祷告；各地也纷纷托人前来京师求购，有画工因此而致富。老百姓表达好感就是这样直接，千里迢迢去给司马光送葬，把司马光的画像挂在家里，吃饭之前必先祷告。

宰相文彦博讲过一个故事，他说自己任北京（治今河北省大名县）留守的时候，曾派人去辽国侦察，回来报告说，看到辽国皇帝大宴群臣，席间表演节目，一官员装束的伶人见东西就往怀里揣，另一伶人则从背后用鞭子抽打他，口里说不怕司马光知道吗？司马光声名远播异域辽国。

苏轼曾谈到司马光所以感人心、动天地的原因，概括为两个字："诚"和"一"。"诚"就是信，说一不二；"一"就是同，表里如一。苏轼又转述司马光的话："吾无过人，但平生所为，未尝有不可对人言耳。"意思是说我没什么过人之处，只是平生所作所为，没有不能对人说的。司马光为人低调而朴素，平生所作所为，没有不能对人说的，这就是表里如一。这话听起来简单，做起来却不简单，扪心自问，我们有谁能够做到？这就是过人之处。史官认为：《传》所谓"微之显，诚之不可掩"，《诗》所谓"相在尔室，尚不愧于屋漏"，司马光真的做到了。"微之显，诚之不可掩"出自《中庸》，意思是说微小到肉眼不可见了，只有一个"诚"字。这是在说"诚"的重要性，"诚"是《中庸》的修养方法。"相在尔室，尚不愧于屋漏"出自《诗经》，意思是说即便在阴暗无人的地方，也要光明磊落。这是在说"一"。能确实做到"诚"和"一"，是真的不容易。

司马光做到了"诚"和"一"，其中的"诚"该是源自他儿时的经历，即著名的"青核桃事件"。"青核桃事件"发生在司马光六岁时，它在司马光的成长历程中，是一个标志性事件。

事情的经过是这样：一次，有人从家乡捎来一些青核桃给他们。我们知道，青核桃有一层肉质的皮，要剥掉那层皮，需要一点点技巧；如果只是一味硬剥，比较困难。司马光的姐姐就想那样做，结果费了好大的劲，效果却不明显。

宋代苏轼书丹、金代摹刻、元代重刊《神道碑》（一）

宋代苏轼书丹、金代摹刻、元代重刊《神道碑》（二）

宋代苏轼书丹、金代摹刻、
元代重刊《神道碑》（三）

宋代苏轼书丹、金代摹刻、
元代重刊《神道碑》（四）

姐姐离开后，一位仆人把青核桃放进开水里烫了一下，再捞出来的时候，青核桃皮很容易就剥掉了。等姐姐想出了办法又折回来，司马光已经在吃着核桃仁了。姐姐非常惊讶，问：谁这么聪明呀？司马光随口回答：看不出来吧，是我呀！这件事情的前前后后，恰好给路过的父亲司马池全部看到。这种事情对我们大多数人，可能一点都不新鲜，在我们每个人身上，可能都曾经发生过，只是我们和父母都轻轻地把它放过去了。做父母的一般会想：哈，小孩嘛，天真无邪。或者：孩子蛮机灵嘛。再或者就是一笑置之，认为没什么了不起，不值得大惊小怪。但父亲司马池不这样想，他大声呵斥道："小子何得漫语！"意思是小孩子怎么能说谎！司马池是个认真的父亲。有认真的父亲，就有认真的儿子。从此，司马光再也没有说过一句假话。自不说假话开始，司马光更进一步，他做到了"诚"。

后来，司马光赋闲在洛阳，有个叫刘器之的人，中了进士不愿意做官，去到洛阳向司马光求教。当时的司马光郁郁不得志，有人愿意向他求教，自然很高兴，对这个学生倾囊以授。刘器之跟了司马光大约十年，相当于两次硕博连读的时间。有一天，刘器之请问做人做学问的真谛，司马光想了想，说：一个字，诚。刘器之想了三天三夜，可是也没想出个所以然来。于是又去见司马光，问：那我该如何开始呢？司马光回答："从不妄语中入。"意思是自不说假话开始。可见，当年那个"青核桃事件"，对司马光的影响有多深远。

只是极为偶然的小事件，但是父亲把握住了它，他要求司马光不说假话。司马光则举一反三，他更进一步，做到了"诚"，并进而由"诚"，又做到了"一"，司马光以"诚"和"一"立身处世，他感动了天地，又感动了百姓。

第二节　屈野河事件

宋仁宗至和二年（1055 年）六月十七日，司马光恩师庞籍调任河东路经略安抚史、知并州（治今山西省太原市），司马光因此改任并州通判。

北宋时，麟州（治今陕西省神木市北）是河东路下辖的州，位于黄河以西，毗邻西夏。

据史书记载，麟州城中没有水井，百姓吃水全靠一眼沙泉，却在城外。有人曾经打算扩展城墙，将那眼沙泉包进城里来；可是沙泉附近都是沙子，很容易下陷，俗称抽沙，就是流沙，根本没法筑墙，只好作罢。宋仁宗庆历（1041—1048 年）间，西夏有人向元昊献计，说麟州没有水井，如果出兵围城，用不了半个月，城中军民都得渴死。果然，围城才几天，城中已经困窘不堪。有个士兵出主意，说元昊围而不打，一定是拿没水做文章，我们可以从水沟里搞些沟泥来，派人上到高处，把泥抹在草堆上，故意让敌人看见。军官依计而行。元昊远远望见，急忙招来当初献计的人斥责：你说城中没有水井，怎么有泥保护草堆。然后，将献计的人斩首，退兵而去。这次虽然侥幸脱困，麟州却始终以无水为忧，如果被围困，只有死路一条。

麟州屈野河（今窟野河）西多良田，但与西夏接壤，彼此又边界不清。宋仁宗宝元元年（1038 年）十二月，元昊反叛，宋朝对西夏宣战。宋夏战争持续多年，宋仁宗庆历四年（1044 年），双方结束战争状态。宋仁宗天圣（1023—1031 年）间，宋朝就禁止百姓到河西去耕种，其后数十年间，西夏反而乘机蚕食，逐渐逼近麟州城，成为河东路一大隐患。庞籍到任以后，朝廷诏令边吏制止，边吏多以武力掳掠，有点像是抢劫，西夏人心生怨恨，经常聚兵万余在边境，伺机报复。

庞籍的职务除了并州知州，还是河东路经略安抚使，相当于军区司令。司马光既是并州通判，也是庞籍的助手。宋仁宗嘉祐二年（1057 年）夏，司马光接受庞籍委派，前往麟州视察。

麟州官吏对司马光讲，州城临近屈野河，自河西至边界五六十里没有堡垒，西夏人因此肆意耕种，骑兵往往直至城下，有时甚至绕到城东，我们都不知道。去年在河西建了一个小堡垒，布置了哨兵。曾向经略司请示，在小堡垒以西再增建两个堡垒。但是今年春天以来，西夏骑兵遍布河西，经略司因此下令，等西夏骑兵退去后再听指令。现在西夏骑兵已经全部散去，如果趁机迅速在城西二十里左右增建两个堡垒，每个堡垒要不了十天就可以建成。等西夏人再次聚集，两个堡垒早已有了防备，西夏人也不能怎么样。这样，麟州再无遭遇突袭之忧，我们巡边也有了落脚之地，堡垒外被侵占的田地就可以逐渐收复。

司马光考虑两个堡垒一旦修成，就成为麟州的耳目屏障，堡垒外三十里的土地，西夏人就不敢来耕种，城西六十里内，就没有了敌人。然后招募百姓耕种，能耕种麟州城至屈野河土地的，返还税役的一半；能耕种屈野河以西土地的，长期免除税役。这样，耕种的百姓一定很多。官府看似没什么收益，但粮价肯定会下降，军队可以就地收购；河东路百姓不必长途输送，负担也会大大减轻。更为重要的是，如果听之任之，麟州终有一天会成为孤城；有这两个堡垒作为耳目屏障，情况就会完全不同。

回到并州，司马光向庞籍做了汇报。庞籍于是下令麟州依照申请修筑两个堡垒，并要他们勤加侦察，严加防备。大概因为形势瞬息万变时间紧迫，庞籍只是向朝廷作了奏报，没等到朝廷批复就下达了命令。可是出乎意料的是，命令下达之后，敌人突然大规模聚集。

宋仁宗嘉祐二年（1057 年）五月初五日夜，麟州军官郭恩恃勇轻敌，率领千余人出城，直奔河西，前无侦察，后无策应，中无部队，只带酒食，不做战备。他们渡过屈野河，走到一个叫"忽里堆"的地方，遭遇了西夏的伏击。管勾麟州军马事郭恩、走马承受公事黄道元被俘，知州武戡逃了回来。管勾麟州军马事是麟州的军事长官，走马承受公事是路级监察官，知州是麟州的行政长官。后来，黄道元被放了回来。郭恩等行进途中，曾经有人报告，说敌人已在河西集结，但郭恩等人不肯相信。

当初，边吏掳掠西夏人，庞籍认为西夏称臣纳贡，未失臣礼，这样做理亏在我，下令边吏加强戒备，不得掳掠，晓之以理。但是西夏人不肯退去。召西夏使者重定边界，又不来。庞籍于是下令取缔边境贸易。西夏人困窘，态度就软了下来，表示愿意派使者前来重定边界。送信的使者来了几天以后，就发生了这个事件。事后，西夏希望恢复边境贸易，仍然派使者前来，并表示愿意退还河西二十里的田地，但庞籍概不应允。

敦煌壁画中的西夏贵族

从事件的整个过程来看，不论是庞籍还是司马光，处理都没有什么不当：敌我形势瞬息万变，等到朝廷批复再行动，恐怕早已时过境迁，司马光根据实际提出建议，庞籍当机立断作出决策。错就错在具体执行者太过轻敌。本来胜败乃兵家常事，损兵折将也属正常，可是朝廷要追究责任。其中的逻辑可能还是对地方官员的不信任。

朝廷派侍御史张伯玉调查此事。张伯玉新官上任，正想办个大案扬名。庞籍因为修筑堡垒的事司马光曾有参与，担心此事对司马光不利，在上交文书的时候，特意将相关文件藏了起来。张伯玉于是弹劾庞籍，说他擅自在边境修建堡垒导致兵败，又藏匿与案件有关的文件。宋仁宗嘉祐二年（1057年）十一月二十六日，庞籍被贬为观文殿大学士、户部侍郎、知青州（治今山东省青州市），兼京东东路安抚使。北宋的安抚使掌管军民两政，通常由知州兼任。而司马光因为庞籍的保护，没有受到任何处罚。

宋仁宗嘉祐二年（1057年）六月，司马光已经奉调回京，改任太常博士、祠部员外郎、直秘阁、判吏部南曹，是吏部的属官，负责审核官吏档案与政绩，并向上级呈报，作为升迁的依据。

司马光回到京师以后，发现大家议论纷纷，都认为"忽里堆"之败，是修建堡垒惹的祸。司马光每见一朝官，就要详细解释一番：西夏侵占我朝田地始末、两个堡垒不可不筑的形势、此前兵败是因为边将轻敌无备，与修建堡垒无关，以致"言之切至口几流血"，言语急切嘴都几乎流血。但是世俗常情成是败非，司马光的解释没有效果。向将近一百人解释，却没有一人相信。司马光知道解释没用，索性闭口缄默。

在所上《论屈野河西修堡状》中，司马光详细叙述了事件原委，认为兵败的原因在于无备，不在修建堡垒与过河。又竭力为恩公庞籍辩解，把责任全部包揽过来，说庞籍不过是错误地听从了自己的建议，请求朝廷只责罚自己一人。

但是，朝廷没有答复。

十一月，庞籍等人被降职，麟州官吏也各有处罚，司马光又上《论屈野河西修堡第二状》，再次请求责罚，他说朝廷若不认为修建堡垒有错，庞籍等就不应该被降职；若认为修建堡垒有错，庞籍之前已下令麟州停止修建，只是因为自己前去考察，才旧事重提，武戡、夏倚等虽然提出建议，但如果没有自己的转达，也到不了庞籍那里。由此说来，修筑堡垒都因自己而起，要治罪自己首当其冲。现在庞籍等都受到了处罚，唯独自己安然无恙，内心惭愧，无地自容。况且在并州的时候，自己接受经略司委托，负责经略司重大公务，庞籍处理边境事务都要征求自己意见；此次兵败完全因为采纳自己建议所致，希望朝廷对自己从重处罚。

朝廷仍然没有答复。

司马光又去中书省、枢密院请罪，请求将自己重则处斩，中则流放，最轻也要打发到边远州郡任职。但中书省、枢密院明确说既然没有判定有罪，惩罚就无从谈起，因此他们无能为力。司马光又写奏章，打算以死相请。可是亲友们都说，外人会认为你是明知朝廷不会执行，故意作秀邀名。司马光真是无语，于是不语，不再上疏请罪。参与此事的人都受到了处罚，唯独自己没有，司马光认为这是出卖了大家，开脱了自己，做出这种事，根本不能算人。一想到这些，司马光白天就扔掉筷子无心吃饭，夜晚就捶打床席叹息不已，终生引为遗憾，感到耻辱无法洗刷，好像胸中有很多石头瓦块。

这种情况下，庞籍又上奏引咎自责，并请矜免司马光，对司马光免于处罚。司马光最终也未能如愿。

在给朋友的信中，司马光写下他的郁闷和遗憾，说现在只是在自己的土地上修建一个小堡垒，已被称作惹是生非罪及主官，后来者必然会引以为戒，西夏更要轻视我朝了。庞公垂老孜孜为国，却得个欺罔之名……我是罪魁祸首，却没有受到处罚，使国家有同罪异罚之讥。这些都让我深感遗憾。如今我虽然强颜出入，但每遇到有人正视，我就惭愧得不敢抬头，因为我上累知己下负朋友。

这个事件以后，司马光再见到庞籍就羞愧难当；而庞籍则待之如故，好像什么事都没有发生过，而且，终生都未提及。

庞籍是位宽厚仁慈的长者，身为司马光父亲的好友，也是司马光心中的恩师，他为保护司马光，不惜引咎自责，承揽全部责任，对司马光可谓恩重如山。司马光的感情十分浓烈，庞籍是他的知己，他认为连累了知己，这让他倍感痛苦，生不如死，他主动向朝廷请求处罚，并且是接二连三，甚至请求被处死，司马光宁愿去死，也不愿连累知己，司马光也可谓义重如山。庞籍和司马光都做到了"诚"，他们从心所欲，他们问心无愧，在这个"诚"字面前，前途不重要，生命也不重要。

第三节　请求任职虢州

司马光自并州通判奉调回京判吏部南曹，不到一年，又被任命为开封府推官。得到消息，司马光立即请求去虢州任职，他上《乞虢州第一状》：

> 右臣不避斧钺，倾沥危恳：臣本贯陕州夏县，丘垄、宗族俱在。彼中自先臣亡殁，及臣服阕（古代服丧三年后脱下丧服，叫作服阕）以来，十有余年，守官未尝得近乡里；止曾一次请假焚黄得展省坟墓。中心念此，朝夕不忘。近日方欲上烦朝廷，陈乞家便一官，又为自判吏部南曹未及一年，及陕州侧近州郡俱未有阙，所以未敢陈请。今窃知已降敕命，授臣开封府推官，于臣之分，诚为荣幸，然臣有此私恳，须至披陈；加以禀赋愚暗，不闲吏事，临繁处剧，实非所长，必虑不职以烦司寇。伏望圣慈特赐矜察，除知虢州或庆成军一次。情愿守待远阙，庶得近便洒扫先茔；或上件处所无阙，乞且归馆供职，候有阙日，特赐差除。

开封府推官主管司法，是京师的第三把手，当然是个不错的差使，升迁的机会也肯定要比任职地方大得多。请求到虢州（治今河南省灵宝市）等夏县附近州郡任职，表面上的理由，一是方便祭扫先人坟墓，二是不擅长司法工作。但我们知道，不久前的"屈野河事件"后，参与的人除司马光外，全都遭到了处罚，司马光为众人辩解，没人肯听，请求责罚，又求不到。此次请求去地方任职，在司马光本人，该算是自我惩罚，这样做可能会减轻他的负罪感。人穷则反本，人在受到委屈的时候，总容易想到父母和家乡。夏县附近的州郡因此成为他的目标。夏县附近的州郡很多，为什么首选虢州呢？可能因为父亲曾任虢州知州。

可是，请求没有获得批准。

任开封府推官半年后，司马光听说虢州知州空缺，于是再次请求去虢州任职：

> 右臣先蒙恩授臣开封府推官，臣为久不曾到乡里，及自知才性疲驽，不任剧职，曾奏乞知虢州，或庆成军一次，奉圣旨不许辞免。就职以来，已逾半岁，体素多病，牵强不前。窃知虢州即今有阙，臣欲乞依前来所奏，差知虢州一次；或已除人，即乞候主判登闻鼓院、尚书省闲慢司局，有阙日差除一处，庶几守官不致旷败。（《传家集》卷十九《乞虢州第二状》）

此次请求的理由增加了身体不好和向来多病；最好的去处还是心仪已久的虢州，但上次作为备选的馆阁，此次改成了主判登闻鼓院及尚书省闲慢司局。馆阁藏书丰富，读书治学自是不二之选；但馆阁也是国家的储才之地，他日升迁的希望还是很大。此次备选的两个职位完全是闲职，升迁的可能性可以说非常渺茫。司马光当时的心思大概不是求上进，而是求不上进，哪儿最没希望升迁，他就上哪儿去。

但是，仍然没有获得批准。

旧痛未去，又添新伤。宋仁宗嘉祐四年（1059 年），好友石昌言突然去世。石昌言是司马光的"同年"，他们同年考中进士，但年龄相差悬殊，石昌言比司马光大二十三岁：这一年司马光四十一岁，石昌言六十四岁。石昌言去世的前几天，司马光还曾去看他，当时石昌言得病已久，但日常起居尚无大碍。可是，一天有人来报，说昌言昨夜得病很急；还没来得及赶去问候，又有人接踵而至，说昌言已经去世了。问候成了吊唁。前年司马光从并州回京，昌言曾请到家中小酌，亲自为司马光斟酒，现在祭奠的地方，正是当日摆酒的地方。生人已成画像，睹物思人，司马光泣不成声。

昌言曾向司马光讨诗，司马光作《昌言见督诗债戏呈绝句》(《传家集》卷九）赠他：

> 学馁才贫枉轴劳，逾年避债负诗豪。倒囊不惜偿虚券，未敌琼瑶旧价高。

当日的玩笑已成往事，阴阳两隔，无路可通，让人顿觉人生不过是一场幻梦。

宋仁宗嘉祐四年（1059 年），司马光又被授任判三司度支勾院，司马光第三次请求去虢州：

> 右臣伏自去岁圣恩除开封府推官以来，臣以久不到陕州乡里，及资性驽下，不任剧职，两曾奏乞知虢州，或主判登闻鼓院，及尚书省闲慢司局，不蒙听许。臣以开封府重难之处，不敢更有陈请。今窃知已降敕命，除臣判三司度支勾院，窃缘臣禀赋愚钝，素无才干，省府职任，俱为繁剧，去此就彼，皆非所宜；若贪荣冒居，必致旷败，内省偄忝，诚不自安。欲乞依前来所奏差知虢州，或主判登闻鼓院，及尚书省闲慢司局；若俱无阙，则乞知绛州、乾州，或在京闲慢差遣一次。干冒宸严，臣无任恳切战汗屏营之至。（《传家集》卷十九《乞虢州第三状》）

此次的请求，作为备选的又增加了绛州（治今山西省新绛县）、乾州（治今陕西省乾县）以及在京闲慢差遣。司马光的意图再明白不过——只要不被提拔，在哪儿任职、任什么职，都无所谓。

如我们所料，此次请求跟以往一样，还是没有获得批准。

三次请求去地方，官职却一升再升；高官厚禄谁不喜欢，此时对司马光却是折磨：

嗟予仕京邑，苟禄自羁绁。丘垄翳荒松，三年洒扫缺。求归未能得，朝莫肠百结……（《传家集》卷二《和张仲通追赋陪资政侍郎吴公临虚亭燕集寄呈陕府祖择之学士》）

这种心境下，又有三个好友，相继死于瘟疫。

宋仁宗嘉祐五年（1060 年）五月初一日，京师汴梁发生瘟疫。五月初二日，京师又地震。我们知道，地震往往会助长瘟疫。

瘟疫就是急性流行传染病，"新冠"算是瘟疫的一种，我们对瘟疫都不陌生。生命在瘟疫面前脆弱得就像风中的一页纸，这种脆弱从来如此。一个月内，司马光的三个好友江邻几、梅圣俞、韩钦圣相继去世。江邻几等三人也是吴冲卿的好友。吴冲卿惊闻噩耗，作《三哀诗》哀悼，司马光以诗相和，作《和吴冲卿〈三哀诗〉》：

天生千万人，中有一隽杰。奈何丧三贤，前后才期月。邻几任天资，浮饰耻澡刷。朝市等山林，衣冠同布褐。外无泾渭分，内有淄渑别。逢时敢危言，慷慨谁能夺。圣俞诗七千，历历尽精绝。初无追琢勤，气质禀清洁。负兹惊世才，未尝自摽楬。鞠躬随众后，侧足畏蹉跌。钦圣渥洼驹，初生已汗血。虽有绝尘踪，不失和鸾节。宜为清庙器，俨雅应钟律。众论诚共然，非从友朋出。群材方大来，轷轧扶帝室。谁云指顾间，联翩化异物。吊缘哭未已，病枕气已竭。同为地下游，携手不相失。绅绂顿萧条，相逢但嗟咄。诵君三哀诗，终篇涕如雪。眉目尚昭晰，笑言犹仿佛。肃然来悲风，四望气萧瑟。（《传家集》卷三《和吴冲卿〈三哀诗〉》）

从诗里看，江邻几个人卫生不大好，这可能是他们感染瘟疫的重要原因。

江邻几与梅圣俞又是邵不疑的好友。邵不疑此前奉命送契丹使者归国，返回路上得到江、梅死讯，他赋诗当哭。司马光收到那首诗，又是一通唏嘘：

昨夕邮吏来，叩门致书函。呼奴取以入，就火开其缄。不疑赋长篇，发自燕之南。痛伤江与梅，继踵良人歼。噫嗟知其二，尚未知其三。请从北辕后，缕缕为君谈。邻几虽久病，始不妨朝参。饮歠寖衰少，厥逆生虚痰。逮于易箦辰，皮骨余崆嵌。遗书属清俭，终始真无惭。圣俞食寒冰，外以风邪兼。愚医暴下之，结辖候愈添。惙惙气上走，不复容针砭。自言从良友，地下心亦甘。钦圣体素强，药石性所谙。平居察举措，敢以不寿占？一朝暂归卧，簿领不废签。讣来众皆愕，未信犹窥觇。兴言念三子，举袂涕已沾。英贤能几何，逝者迹相衔。君疑天上才，难得帝所贪。我疑人间美，多取神所嫌。茫茫幽明际，著蔡难穷探。忧来不可忘，终日心厌厌。（《传家集》卷三《和邵不疑送虏使还道中闻江邻几梅圣俞长逝作诗哭之》）

司马光的这个朋友圈有六个人：司马光、吴冲卿、邵不疑、江邻几、梅圣俞、韩钦圣，可是一场瘟疫下来，折损一半。邵不疑知道江、梅去世，还不知道韩钦圣去世。司马光娓娓道来三位亡友死前的种种细节，让人不忍卒读。

司马光请求去虢州任职，等于是在请求责罚。有了这个责罚，他才可以和恩师庞籍，和诸位受责罚的同僚，心安理得站在一起。换句话说，请求去虢州任职，事关内心平静：有了这个责罚，司马光的内心，才能够获得平静。可是三次请求三次都不批准，好友们又接连去世。司马光当时可能死的心思都有：既然活着这么痛苦，倒不如死了来得干净。可是他对瘟疫偏偏又有免疫力。司马光此时的感受，大概是生不如死。人的本性是趋利避害，责罚要尽力避免的，但司马光反其道而行之，他再三请求责罚，这不是人的本性要求，而是"诚"的内在要求，达到"诚"则内心平静，达不到则生不如死。

第四节　请停止征召民兵

大宋素号"积弱"，正规军规模庞大，数量惊人，但战斗力不强，一有战事，就连吃败仗。

正规军靠不住，于是想到了义勇，就是民兵。

宋英宗治平元年（1064年）十一月十四日，命刺陕西（包括永兴军路和秦凤路；夏县时属陕州，陕州隶属永兴军路）诸州军百姓为义勇。北宋时百姓被征召为义勇，要在手背上刺字，被征召为正规军，要在脸上刺字。主意是宰相韩琦出的。起初，宰相韩琦说：古代征召百姓为兵，数量虽多，国家花费却极少，唐代的府兵，与此最为接近。如今的义勇，河北（包括河北东、西二路）将近十五万，河东路（约相当于今天的山西省，但不包括夏县）将近八万，勇敢剽悍，质朴忠诚，出于天性，又有财产、父母、妻儿牵连，如果稍加挑选和训练，与唐代府兵无异。陕西在西部战事之初，也曾三丁选一丁为弓手，后来刺为保捷正军，西夏称臣后，逐渐淘汰，至今已所剩无几。河北、河东、陕西三路，都是西北要冲之地，应一视同仁。请于陕西诸州，也征召义勇，只刺手背，一时可能不无小小惊扰，但从长远看，利大于弊。朝廷批准了。于是征召陕西百姓为义勇，共得十五万六千八百七十三人。

宋代的正规军即正军，分为禁军和厢军。禁军负责皇帝和京师的安全，以及征伐与戍边，平时多驻扎汴梁周边；厢军就是些老弱病残，常驻地方，起初只承担些工程，相当于工程队，后来也训练一部分。保捷军属于禁军。所谓义勇，属于乡兵，也就是民兵。

十一月二十二日至十二月初五日，不到半个月的时间里，司马光接连六次上疏，请求朝廷罢刺陕西义勇，就是请求朝廷停止征召民兵。

在《乞罢陕西义勇札子》中，司马光说消息是听来的，不知虚实；如果真的如此，就极不恰当。如今提议的人只奇怪陕西独无义勇，却不知陕西的百姓三丁之内已有一丁充作保捷军了。自西部战事以来，陕西困于征调，与景祐（1034—1037年）以前相比，民力损耗三分之二。加之近年屡遭灾荒，今年秋天小有丰稔，本指望能喘口气，可又值边鄙有警，人心已乱，若再听到此诏书，必定大为恐慌，人人愁苦。况且眼下陕西正军很多，不至于缺乏，为何做这有害无益的事，重蹈覆辙呢？

在《乞罢陕西义勇第二上殿札子》中，司马光说我前次上殿，请您留意边防，所谓边防，不是仅仅添加军马、积蓄粮草而已，更在于选择将帅、整理军政。如今陕西沿边的正军，动辄数以万计，朝廷若能选择有方略、有胆识的人，任命为将帅，让他淘汰疲弱，选取精锐，勤加教习，明行赏罚，"则虽欲取银（指西夏的银州，治今陕西省榆林市南）夏（指西夏的夏州，治今内蒙古自治区乌审旗南）而税其地，擒赵谅祚而制其命，有何所难！"赵谅祚是党项首领。司马光的意思是说，即便夺取西夏腹地、活捉西夏首领，都不在话下，何况只是禁止劫掠呢！显然，在司马光看来，官军所以失利，不是数量不够多，而是鱼龙混杂良莠不齐，又没有选到好将帅。

札子中，司马光又提到朝廷康定（1040年）、庆历（1041—1048年）间的作为。他说当时因为元昊进犯，官军失利，朝廷曾登记陕西百姓为乡弓手。起初贴出告示说，只是守护乡里，肯定不刺充正军、屯戍边境；可是告示还未收起，朝廷就将他们全部刺充保捷正军，命令去边境屯戍了。百姓都生长于太平之世，不懂行军打仗，一旦征调为兵，自陕州以西，如人人有丧事，户户被抢劫，哭声弥天亘野，"天地为之惨悽，日月为之无色"，往往逃避在外，官府就控制他们的父母妻儿，加紧追捕，又出售他们的田产，充作赎金或赏金。脸上刺字以后，教头等贪图他们的家产，百般搜刮，衣粮不够，要到自家去取，屯戍边境之后，更要千里供送。祖辈、父辈的积累，日销月铄，以至于尽。况且平生熟悉的，只是桑麻耒耜，至于甲胄弩槊，虽日日教习，仍不免生疏，又资性戆愚，加之怯懦，临敌之际，得便就想后退，不仅自己丢了性命，而且影响整个战阵。后来官府也知道他们无用，于是大加淘汰，发给"公凭"，相当于退伍证，任其自便，让他们自谋生路。可是这些人游手好闲惯了，不肯再辛苦作务庄稼，而且田产已空，即便想重操旧业，也不可能，流离失所，受饿挨冻，不知所终。老人们至今说起，仍然长叹落泪。此举失策，明明白白，足以为戒，不足为法。

次日，司马光又上《乞罢刺陕西义勇第三札子》。从中我们知道，司马光昨日上殿呈递札子，又当面陈奏，之后，皇帝令送中书省、枢密院商议。司马光到了中书省、枢密院才知道，此事其实拟议已久，命令下达，也已将近十日。司马光说如今虽敕命已下，如果撤销，还是要胜过继续施行。百姓一经刺手（在手背上刺字），则终身羁縻，不得自由，人情畏惧，不言可知。我估计今日的陕西，已是困窘慌乱、民不聊生了。若朝廷晏然坐视，毫不怜悯，为民父母者就该这样吗？又说登记一路百姓为兵，可谓大事，而两府之外，朝臣中没有一个知道。我身为谏官，听到以后，不避死亡，为您力言，若弃之不顾，不为变更，今后朝廷号令再有过错，就无法挽回了。这样恐怕不是国家之福。

宋初敦煌壁画：耕地、收割、扬场

在《乞罢刺陕西义勇第四札子》中，司马光说我连日以来，仔细思考此事，确实对百姓有世世之害，对国家无分毫之利。河北、陕西、河东景祐（1034—1037年）以前本无义勇，凡州县各类杂役，都由上等有财力户承担，乡村的下等户，除夏、秋二税之外，再无大的差徭。如今差点之际，教头等能不搜刮吗？这等于在平常杂役之外，又添了一种科徭！而且今日登记之后，州县义勇都有常数，每有逃亡或病死，州县必定要补充，那么义勇自身已羁縻以至老死，而子孙若有进丁，又不免刺为义勇，这是使陕西百姓，子子孙孙常有三分之一当兵。所以说对百姓有世世之害。太祖、太宗时，没有义勇，至于正军，也不及今日十分之一；然而太祖取荆湖，平西川，下广南，克江南，太宗取两浙，克河东，一统天下，如摇槁拾遗，岂是义勇之力？大概因为当时政治清明、军令严肃、将帅得人、士卒精练。康定、庆历间三路新添乡兵数十万，国家何曾得一人之力？义勇虽也有军员、节级之名，但不如正军上下级那么严格；若听说敌人大举入侵，无不望风而逃，自顾且不暇，哪有一人能为官府领兵迎敌？依我看来，正如儿戏一般。所以说对国家也无分毫之利。

在《乞罢刺陕西义勇第五上殿札子》中，司马光说如今主张义勇有利的，必定说河东、河北不费衣粮，就可得兵卒数十万，皆教习精熟，可以迎敌，又兵出民间，合于古制。我来说这里的错误：数十万，不过是虚数；教阅精熟，只是外表；兵出民间，名与古同而实相异。凭什么这样说呢？河北、河东的州县，依照朝廷旨意，分别拣刺义勇，只求数量多，根据账册记录，确有数十万之多；但若万一敌人逼近，官府急欲点集之时，就一个都不见了。岂不是虚数？平常无事，州县训练之日，只见旗号鲜明、钲鼓齐全、行列有序、进退应节，就赞叹不已，以为真的能战斗，殊不知那全属队舞、聚戏之类；若听说敌人来到，则瓦解星散，不知所之了。岂不是外貌？古代兵出民间，百姓耕桑所得，全做了家庭衣食之费，所以不出则富足，出则精锐。如今既已赋敛农民之粟帛供养正军，又登记农民为兵，这是让一家人担了两家人的事，百姓如何不穷困？岂不是名与古同而实相异？

从《乞罢刺陕西义勇第六札子》中我们知道，昨日上殿奏对，皇帝说命令已经执行，不可更改了，退朝以后，司马光不胜郁闷，一夜无眠，次日即上此疏。司马光说：您是万民的父母；万民是您的赤子。岂有父母失误孩子掉进了井里，父母却说我已经失误了，就忍心不救孩子出来？我希望您勿以先入之言为主，心平气和地看看我前后五次所说，究竟为是为非。若是，即请早日施行，罢刺陕西义勇；若非，即请依我之前所奏，特赐降黜，另择贤才来代替。所有命令已行的话，希望您自今往后永以为戒，不可使天下人听到，堵塞善言之路。

司马光在上疏皇帝的同时，又去中书省与韩琦辩论。

韩琦说：兵贵先声，谅祚正桀骜，听说陕西突然增兵二十万，还不被镇服吗？

司马光反对：所谓兵贵先声，是没有事实，只能骗得了一时，稍后，敌人探得实情，就没有用了。如今我们虽然增兵二十万，实际不可用，过不了十天，西夏人就清楚了，还会再怕吗？

韩琦答不上来，又说：你只见庆历年间陕西乡兵开始只刺手背做乡弓手，后来都刺面充了正军，所以担心这次又会这样。如今朝廷已发告示，与百姓约定，永不充军戍边。

司马光不以为然：朝廷曾经失信于百姓，百姓都不敢再相信了；就是我，也不能不怀疑。

韩琦保证：有我在这里，你尽管放心。

司马光质疑：您永远在这里当然没问题；可万一您离开了，别人在这里了，有您现成的兵在，派去运粮戍边，易如反掌。

韩琦沉默不语，但是没有停止。史书上说：其后十年，义勇运粮戍边，率以为常，民兵运输粮草、戍守边防，成了家常便饭。司马光真是不幸言中。

当时，宰相不为所动，皇帝也不为所动。宋英宗治平元年（1064年）十二月五日至治平二年（1065年）正月九日，司马光又六次上疏，自劾求去，请求离职。朝廷不许。

司马光身为谏官，进谏是他的职责。即便诏令已经施行，如果他认为有问题，也要向皇帝和宰相再五再六据理力争，而谏议不被采纳，他宁愿离职。司马光再五再六力争，不是为了个人私利，而是为了一路百姓，他急百姓之所急，俨然是百姓的代言人。司马光认为诏令错误，他心里这样想，他就要这样做，这就是"诚"。平常人顾虑多，考虑现实利益，考虑自身前途，心里这样想，却不这样做，口是心非，心口不一，比比皆是，司空见惯。司马光却能放下顾虑，达到知行合一，他的可敬可爱之处，就在这个"诚"字。

第五节　辞翰林学士

治平四年（1067年）正月初八日，宋英宗驾崩于福宁殿。二十岁的太子赵顼即位，是为宋神宗。

宋英宗刚晏驾的时候，急召太子，太子还没来到，宋英宗的手突然又动了一下。在场的人吃了一惊，慌忙告诉宰相韩琦，要他等一下，别急着召太子。但韩琦断然拒绝，说先帝要是复活，就是太上皇了！

宋英宗英年早逝，只活了三十五岁，在位的时间也很短，只有三年多。为什么呢？有人认为，问题出在宋仁宗的陵寝上。宋仁宗永昭陵的所在，地名和儿原（在今河南省巩义市），当时就有人说："地名和儿原，非佳兆。"意思说这个地名不是好兆头。果然，三年后宋英宗就晏驾了。这大概算我们中国人独有的思维习惯，对一些无法解释的现象，追根溯源，总能找到先人的坟墓上去。

来说宋神宗。宋神宗，宋英宗长子，母亲宣仁圣烈皇后高氏。宋仁宗庆历八年（1048年）四月出生，此时实际年龄十九岁不到；八月，赐名仲鍼。宋仁宗嘉祐八年（1063年），侍英宗入居庆宁宫，随着父亲住进了皇宫，宋英宗即位后，授安州观察使，封光国公；五月，在东宫听授经籍，天性好学，终日勤苦，废寝忘食，宋英宗不得不经常派遣内侍，前去制止他，侍讲王陶进讲，宋神宗率弟弟赵颢向他行礼；九月，加授忠武军节度使、同中书门下平章事，封淮阳郡王，改今名。治平元年（1064年）六月，进封颍王。治平三年（1066年）三月，娶了前宰相向敏中的孙女；十二月，立为皇太子。宋神宗此前的经历大致如此。

治平四年（1067年）闰三月二十六日，任命龙图阁直学士兼侍讲司马光为翰林学士。同时升任此职的还有龙图阁直学士知蔡州（治今河南省汝南县）吕公著。

司马光的此次任命，可能跟参知政事即副宰相欧阳修的举荐有关。当时欧阳修上奏说："臣伏见龙图阁直学士司马光，德性淳正，学术通明，自列侍从，久司谏诤，谠言嘉话，著在两朝。自仁宗至和（1054—1056年）服药之后，群臣便以皇嗣为言，五六年间，未有定议。最后光敷陈激切，感动主听。仁宗豁然开悟，遂决不疑。由是先帝选自宗藩，入为皇子。曾未逾年，仁宗奄弃万国，先帝入承大统。盖以人心先定，故得天下帖然。今以圣继圣，遂传陛下。由是言之，光于国有功为不浅矣。而其识虑深远，性尤慎密。光既不自言，故人亦无知者。今虽侍从，日承眷待，而其忠国大节，隐而未彰。臣忝在政府，详知其事，不敢不奏。"

欧阳修像

欧阳修主要表达了两层意思：一是司马光德才兼备，任谏官已久，成绩突出；二是司马光最后促使宋仁宗下定决心，将皇位传给了宋英宗，宋神宗才能继承大统做皇帝。总结出来感觉特别枯燥，不像欧阳修的言辞讲究，"唐宋八大家"不是浪得虚名。而且，欧阳修的表达很含蓄，曲折委婉。不过，宋神宗肯定能领会到这些意思。

之前曾有"濮议"，讨论宋英宗该如何称呼生父，我们知道，宋仁宗无子，宋英宗是过继的。"濮议"当中，司马光与欧阳修曾针锋相对，水火不容，互称奸邪。但事情过去之后，欧阳修对司马光，又能诚心举荐，不遗余力。这当然是政治高度文明的表现。

来说翰林学士。翰林学士隶属学士院，学士院即翰林院。翰林院设翰林学士承旨、翰林学士、知制诰、直学士院、翰林权直、学士院权直。翰林学士承旨是翰林院的长官，"不常置，以学士久次者为之"，翰林学士承旨经常空缺，而且是个论资排辈的职位。凡以别的官职入院又未授任学士，叫作直院；学士俱缺，以别的官职暂行院中文书，叫作权直。翰林学士"掌制、诰、诏、令撰述之事"，皇帝"乘舆行幸，则侍从以备顾问，有献纳则请对，仍不隔班"，相当于皇帝的高级秘书兼顾问。

翰林院可以说是宰相的摇篮。宋人叶梦得《石林燕语》中写道："祖宗用人，多以两省为要，而翰林学士尤号清切；由是登二府者，十常六七。"由翰林学士进入中书省与枢密院的，十人当中就有六七人。经学士院而任宰相的人数，宋人李心传《朝野杂记》有专门的统计，他说自建隆至熙宁，在翰林院的共一百零九人，而做到宰相的，就有二十一人：其中，太祖时九人，一相；太宗时二十三人，四相；真宗时十五人，四相；仁宗时五十二人，九相；神宗时十人，三相。

提拔谁不喜欢，可是，三天后的闰三月二十九日，司马光上《辞翰林学士第一状》：

> 右臣窃闻已降敕告在阁门，除臣翰林学士者。臣闻人臣之义，陈力就列，不能者止。臣自从仕以来，佩服斯言，不敢失坠。顷事仁宗皇帝，蒙恩除知制诰，臣以平生拙于文辞，不敢滥居其职，沥恳固辞，仁宗皇帝察其至诚，遂赐开许。今翰林学士比于知制诰，职任尤重，固非愚臣所能堪称，闻命震骇，无地自处。况臣于先皇帝时，以久宦京师，私门多故，累曾进状，乞知河中府，或襄、虢、晋、绛一州，后值国有大故，及所修《君臣事迹》，并未经奏御，以此未敢更上文字。日近方欲再有陈乞，不意忽叨如此恩命，臣虽顽鄙，粗能自知，非分之荣，必不敢受。伏望圣慈察臣非才，不堪此任，特赐哀矜，遂其微志，许以旧职知河中府，或襄、虢、晋、绛一州，若此数处未有阙，即乞于京西、陕西路，除一知州差遣。如此则上不累公朝之明，下不失私家之便，诚为大幸。干冒宸严，臣无任惶恐恳切之至。

"陈力就列，不能者止"，意思是如果感觉能够胜任，就尽职尽责，努力把事情做好；但如果感觉不能够胜任，那就干脆不做。这是司马光坚守的原则。宋仁宗嘉祐七年（1062年）三月，司马光曾被任命为知制诰，接着，又令兼任侍讲，司马光九辞；四月十五日，改任起居舍人、知制诰兼侍讲司马光，为天章阁待制；五月初一日，又命起居舍人、天章阁待制兼侍讲司马光，仍知谏院。司马光本着以上原则，宋仁宗时代辞掉了知制诰，此次翰林学士的任命，自然也是不能接受。

不久，司马光又上《辞免翰林学士第二状》，谈到翰林学士这个职位："唐室以来，士人所重清要之职，无若翰林，自非天下英才，声称第一，详识典故，富有文章，虽欲冒居，岂厌众意？"意思是说唐代以来，清要的官职，读书人最看重的，就是翰林学士了，要不是天下英才，声誉第一，详知典章，富有文采，即便想滥竽充数，又如何能够服众？然后说到自己："臣禀赋顽钝，百无所堪，在于属辞，尤为鄙拙，安敢强颜，辄为此职？人虽不言，能不内愧？"意思是说自己反应迟钝，百无一用，至于文章，尤其粗恶，怎敢强颜就职？即便别人不说，自己哪能不有愧于心？这是司马光的自我评价。笔者认为，应该理解为与文学相比，他对史学更感兴趣，因而更愿意花费精力，也因而更有自信；但别人理解，当然是些自谦的话，不能信以为真。起码宋神宗不信。因此，仍然不许。

四月十三日，司马光再上《辞免翰林学士上殿札子》，说我不是不知道美官难得、诏旨难违，所以再三烦扰，实在因为人的材性，各有短长，君主应当量能授官，人臣应当尽职尽责，这样就无事荒废，上下合宜。我自幼以来，虽稍曾读书，但禀性愚钝，拙于文章，若使解经述史，或者略有所长，至于代言草诏，最为所短。如今若贪图荣宠，妄居此职，万一朝廷有重大诏令，或者任命稍多，我才思枯竭，必至搁笔；即使勉强草就，必定极为鄙恶，宣布四方，使共传笑，岂只彰我之丑，恐怕也是朝廷之耻。这就是我所以宁犯谴怒，而不敢当清要之选的原因所在。您若察我至诚，知非矫饰，特赐怜悯，收回成命，就是掩我所短，全我所长。况且我自通判并州归来，居留京师十有余年，去年堂兄司马里过世，孤儿遗孀无人照顾，我曾多次奏乞先帝，于家乡近便处任一官，也蒙恩获准，等修书略成规矩，就授外任。不久先帝驾崩，我哀痛慌乱，就没再提起，近日正要将所修《前汉纪》三十卷进呈，然后再行请求，不料忽然有此恩命，实在不是我本心所愿，忧愁惶恐，不知如何。恳请依我之前所奏，只以原职于晋州、绛州，或京西路、陕西路，授一知州差遣。

与宋神宗的对话，可能就在这次上殿时。

宋神宗对司马光说：古代的君子，有的有学识但缺乏文采，有的有文采但缺乏学识，只有董仲舒和扬雄两人，兼而有之。你既有文采，又有学识，还推辞什么？

司马光答：我不会作骈文。

神宗很宽容：那就像两汉那样拟诏好了。

司马光很为难：本朝无此先例。

神宗表示疑惑：你能举进士取高等，却说不能作骈文，为什么呢？

司马光快步出殿，宋神宗派内侍追至阁门，硬要司马光接受敕告。司马光下拜，但不接受。内侍催司马光入谢（接受任命后，向皇帝表示感谢），说圣上正等着您呢！司马光进至廷中，仍坚辞。宋神宗让内侍将敕告塞进司马光怀里，司马光不得已，才接受。

后来有一天，神宗问王陶：吕公著、司马光任翰林学士合适吗？王陶回答：两人我都曾举荐过，这样用人，还愁治理不好天下吗！

做过了翰林学士，可能进入两府，甚至做到宰相，所以对翰林学士，大多是趋之若鹜，司马光却推辞再三。这里有什么策略吗？比如是不是以退为进呢？好像没有。司马光的文章很好，但他认为还不够好，因为他的史学更好。这是他心里的真实想法，他拒绝翰林学士的任命，是这种想法的外在表现，他的认知和行为是统一的，司马光做到了"诚"和"一"。

第六节　辞枢密副使

熙宁三年（1070年）二月十二日，司马光被任命为枢密副使，相当于全国负责军事工作的第二把手。

此时，王安石在告，就是请假在家。为什么呢？这得从韩琦的奏疏说起。

此前的二月初一日，河北安抚使韩琦上奏，说按照青苗诏书，青苗法是要优待百姓的，是为了减少兼并，公家是无所图的，可是现在每借出一千，令还一千三百，这是官府自己在放钱取息，与当初抑兼并、济困乏的初衷，已经完全背离。而且，乡村每保必须选出有财力者为甲头，青苗钱虽说不许强行摊派，但上户肯定不愿意贷，下户有的愿意贷，将来催收却比较难，不免要行刑督责，同保内其他人户就得跟着倒霉。您只要率先躬行节俭，自然国用不乏，何必让兴利之臣纷纷四出，招天下人疑惑呢？请尽罢诸路提举官，依常平旧法施行。二月初二日，宋神宗从袖子里取出韩琦的奏疏，给执政大臣们看，并说：

王安石书《楞严经旨要》

"朕始谓可以利民，不意乃害民如此！"意思说他本以为对百姓有利，不料却成了百姓祸害。王安石勃然大怒，上疏极力辩解。曾公亮、陈升之都说城镇居民不种地，不应散青苗钱，与王安石辩论了很久。宋神宗因为韩琦的奏疏，对青苗法终究有些怀疑。于是，王安石称病不出。

随后，王安石又请外任。翰林学士司马光草拟批答，说："今士夫沸腾，黎民骚动，乃欲委还事任，退取优安，卿之私谋，固为无憾，朕之所望，将以委谁？"意思是说如今你搞得天下沸腾，却要撂挑子，对你自己来说，当然很好，可是我呢，我找谁收拾这个烂摊子？王安石又是大怒，抗章自辩，宋神宗封还了他的奏章，又写手札向他道歉，说诏书中的两句话，失于详阅，没仔细看，现在看了，很觉惭愧。然后，派王安石的铁杆搭档吕惠卿谕旨，让吕惠卿去传旨。但王安石坚持要求辞职。宋神宗则坚持挽留。直到二月二十一日，王安石才复出治事。

宋神宗打算重用司马光，曾征求王安石的意见，王安石坚决反对，说："光外托劘上之名，内怀附下之实，所言尽害政之事，所与尽害政之人，而欲置之左右，使预国政，是为异论者立赤帜也！"意思是说司马光托名劝谏，其实附下，谈论的都是反对变法的事，交往的都是反对变法的人，如果把他安置在身边，参与国家大政，那就等于为不同政见者树起了一杆大旗。等到王安石请假，宋神宗就任命司马光为枢密副使。

二月十二日当天，司马光即上《辞枢密副使札子》。我们从札子中知道，当天司马光先是接到阁门告报，说已任命为枢密副使；接着又有勾当御药院陈承礼传宣，令即日领受敕告，即接受任命。

二月十五日，司马光又上《辞枢密副使第二札子》。从札子中我们得知，当天宋神宗又命勾当御药院黎永德宣圣旨，令司马光即日入见，等于让司马光当日接受任命。宋神宗似乎很着急，他大概要趁王安石请假，造成既成事实，到时候王安石反对也没用了；可司马光迟迟不肯接受。

二月十九日，司马光再上《辞枢密副使第三札子》，先说人的材性各有所能有所不能，"人主量材，然后授官；人臣审能，然后受事"，因此"官不旷而事无败也"。接着历数自己入仕以来，曾辞免的与未曾辞免的任命，说自己辞枢密副使，并非如有些人想象，以为是"不慕荣贵"，或者"饰诈邀名"，而是"正欲辞所不能而已"。加之自己"素有目疾，不能远视"，近日以来，又"颇多健忘"，日常供职，"犹惧废阙"，以衰病之身，难当此重任。

熙宁二年（1069年）闰十一月十九日，应条例司之请，差官提举诸路常平仓、广惠仓，兼管勾农田水利差役事，开始推行青苗法。当时全国常平仓钱粮，共计一千四百万贯石，诸路置提举管勾官，共四十一人。

在封建时代，农业是国家的根本。当时应对自然灾害的方法不多，靠天吃饭，收成很不稳定。丰年谷贱伤农，灾年谷贵伤民。这就要由国家来平抑物价：丰年粮价低，国家拿一笔钱出来，平价收购粮食，储存在官仓里，等到灾年粮食贵时，再把这些粮食平价出售。这样可以防止奸商、富户的囤积居奇。这种办法，就叫作常平法；专门用于储存平抑物价粮食的官仓，就叫作常平仓。广惠仓始建于宋仁宗嘉祐二年（1057年）。当时，由于地主死亡无人继承等原因，各地都有一些无主的土地。这些土地，以前都是由官府出售。当时的枢密使韩琦建议，这些土地由国家雇人来耕种，所得粮食专门用于救济境内的老弱病残，以及用于救灾。所谓青苗法，就是将常平仓、广惠仓的钱和粮食作为本钱，每年青黄不接的时候，由国家向农民发放贷款，取利二分，收取百分之二十的利息，收获后连本带息一并偿还。这种贷款以农民田里的青苗作为抵押，因此叫作青苗钱。

二月二十日，司马光上《乞罢条例司常平使疏》，认为青苗法可能导致民间的普遍贫穷，国家的投入也可能血本无归，并且，十年之后，国家有可能出现动乱。提出请求之后，司马光动情地说："如此，臣虽尽纳官爵，但得为太平之民，以终余年，其幸多矣！苟言不足采，陛下虽引而寘诸二府，徒使天下指臣为贪荣冒宠之人，未审陛下将何所用之？"意思是说如果废除条例司、追回常平使，我余生即便做个太平之世的百姓，也特感幸运；但如果不这样，您就是把我安置在两府，不过白白使天下人指责我贪恋荣华，对您来说，又有什么用呢？

二月二十一日，司马光又上《辞枢密副使第四札子》，我们从札子中获知，当天宋神宗又派勾当御药院陈承礼传宣，令司马光即日入见。司马光说："臣仰烦圣恩重沓如此，虽顽如木石，亦当迁变。"然后说到自己的坚持，他说所以如此，是因为"荷盛德者必有以酬报，居重位者不可以无功"。当今为害天下的，只有制置三司条例司，及诸路提举勾当常平、广惠仓使者。"若陛下朝发一诏罢之，则夕无事矣！"倘若以为是，请早日施行；若以为非，则自己是"狂愚之人"。如今英俊满朝，却要提拔狂愚，使污染枢府，"岂不为圣政之累也"。

二月二十二日，司马光再上《辞枢密副使第五札子》。由此可知，宋神宗当天再命勾当御药院李舜举传宣，令司马光即日赴阁门领受敕告。我们读到司马光的不安："陛下圣恩无穷，愚臣辞避不已。逮下之德愈盛，慢上之罪愈深。忧惶失图，无地自处。"意思是说，他重申自己二十日的奏疏，说您如果能施行，胜过任命我为两府大臣，而我如果得此言施行，也胜过居两府之位。但倘若所言无可采，"臣独何颜敢当重任！"

由奏札后所附"贴黄"我们知道，宋神宗曾命李舜举传圣旨，说枢密院"本兵之地"，各有职分，不应再以他事为由推辞。司马光说我如今若已受枢密副使的敕告，即诚如圣旨，不敢再谈职外之事；但既未受恩命，那自己还是侍从之臣，于朝廷阙失，无不可言。何况所说两件事，都是去年已有上奏，因其无效，故而不敢当今日新恩。因此我不算"侵官"。而且，我右膝下现生一疮，妨碍行礼，不能入见，恳望您再不差使臣宣召，我只等膝疮稍愈，即"自乞入见，面奏恳诚"。

二月二十七日，司马光最后上《辞枢密副使第六札子》，我们由此知道，这一天宋神宗再派勾当御药院刘有方传宣、慰问，并问司马光计划哪天入见，令早。司马光表示感激："圣恩深厚，不忘微贱，存恤勤至。臣蝼蚁之命，无足报塞，惶恐无措。"然后，他说自己现在膝疮虽稍减轻，但尚未痊愈，仍然妨碍行礼，所以，也不知道可以入见的具体日期。不仅如此而已，自己近曾上疏，请求撤销制置三司条例司，及追还诸路常平、广惠仓使者，但未听说朝廷"少赐采录"，只听说条例司"愈用事"，催散青苗钱"愈急"，内外人心"愈惶惶不安"，自己这种时候，"独以何心敢当高位！"所以"宁被严谴，未敢辄出"。听说古代国有大事，"谋及卿士，谋及庶民，参酌下情，与众同欲"，因此"事无不当，令无不行"，未尝有四海之内，"卿士大夫、农商工贾，异口同辞，咸以为非"，却"独信二三人之偏见，而能成功致治者也"。希望将我近来所上奏疏宣示内外臣庶，使共决是非，"若臣言果是，乞早赐施行；若臣言果非，乞更不差使臣宣召，早收还枢密副使敕告，治臣妄言及违慢之罪，明正刑书，庶使是非不至混淆，微臣进退有地，不为天下之所疑怪"。

司马光表达得已经足够清楚，除非废除新法，他不会就任枢密副使。

三月初八日，宋神宗又派刘有方告谕司马光，令供职。当天，司马光入对，面见宋神宗。

司马光说：我自知对朝廷没有帮助，朝廷施行的，都与我所说的相反。

宋神宗问：什么事相反？

司马光答：我说条例司不应设，又说不宜多派使者干扰监司，又说散青苗钱害民，岂不是相反吗？

宋神宗说：都说不是法不好，所派非其人而已。

司马光：以我看来，法也不好！

宋神宗强调：原敕不许强行摊派。

司马光说：敕令虽不许强行摊派，但使者都暗示令摊派。如开封府所辖十七县，只有陈留县令姜潜张榜公布，听任自来，请就发给，终无一人来请。由此看来，其余十六县，恐怕都不免摊派！

宋神宗催促再三，司马光拜了两拜，坚辞不受。

王安石已于二月二十一日复出治事，推行青苗法更加坚定。宋神宗还无意废除新法，所以不再坚持。司马光第六次辞免枢密副使之后不久，得旨听许，宋神宗准许了。

三月十七日，知通进银台司范镇被免职。当时，韩琦极论新法之害，诏送条例司分条辩驳；李常请罢青苗钱，诏分解辨析。范镇全部封还。诏五下，范镇坚持如初。司马光辞枢密副使，宋神宗准许，范镇又封还诏书，说："臣所陈，大抵与光相类，而光追还新命，则臣亦合加罪责。"宋神宗令再送范镇行下，范镇又封还，说："陛下自除光为枢密副使，士大夫交口相庆，称为得人，至于坊市细民，莫不欢庆。今一旦追还诰敕，非惟诏命反汗，实恐沮光谠论忠计！"反汗，出尔反尔。宋神宗不听，以诏书直付司马光，不再经由银台司。范镇说："臣不才，使陛下废法、有司失职。"遂请解职。宋神宗准许。我们知道，范镇和司马光是多年的好友；但范镇此举，已经远远超出好友情谊的范畴。

枢密副使绝对属高官，多少人梦寐以求啊，可是司马光却推辞了六次，始终不接受。司马光推辞翰林学士的理由，是自认为文章不够好担心不胜任，而推辞枢密副使的理由，是政治主张得不到施行。高官厚禄没人不喜欢，但那不是司马光的目的，他要在其位而谋其政，做职位该做的事情，对国家对百姓有益，而不是尸位素餐，只享受丰厚的俸禄。他是这样想的也是这样做的，他做到了"诚"和"一"。

第五章　政敌曾经是好友

第一节　嘉祐四友

山西夏县司马氏祖茔中有通碑，文章出自王安石。

司马光与王安石，政见相左水火不容，是不折不扣的政敌。但他们曾经还是亲密无间的好友。陆游《老学庵笔记》载："嘉祐四友：王荆公、吕申公、司马温公、韩少师。"嘉祐是宋仁宗的年号。宋人徐度《却扫编》卷中也有类似记载："王荆公、司马温公、吕申公、黄门韩公维，仁宗朝同在从班，特相友善。暇日多会于僧坊，往往谈燕终日，他人罕得而预，时目为'嘉祐四友'。"司马温公即司马光，王荆公即王安石；另外两位，吕申公是吕公著，韩少师是韩维。四个人当时都是侍从之臣，关系特别铁，闲暇时间经常聚会，他们整日高谈阔论，其他人极少有机会参与。

来介绍王安石。王安石字介甫，抚州（治今江西省抚州市）临川（时为抚州州治所在）人。王安石少时好读书，而且记忆力超群，过目不忘；写文章动笔如飞，开始好像不经意，完成后，无不服其精妙。朋友曾巩把他的文章拿给老师欧阳修看，欧阳修大加称赞。后来考取进士，任判官。依照当时惯例，任职期满可以献文以求试馆职，就是可以通过提交论文的方式，谋得进馆阁任职的机会。那是个非常体面、颇有前途的职务。王安石却没有这样做，他坚决要求继续留在地方。于是，调任鄞县（今浙江省宁波市东南）知县。在鄞县知县任上，他"起堤堰，决陂塘，为水陆之利"又"贷谷与民，出息以偿，俾新陈相易，邑人便之"。就是说他大搞农田水利基本建设，青黄不接的时候，又把公家的粮食借给农民，等到收获，再连本带息归还，当地百姓认为很好。这实际就是后来青苗法的雏形。之后，任舒州（治今安徽省潜山县）通判。因宰相文彦博的举荐，召试馆职，可是王安石拒绝了。欧阳修又举荐他任谏官，王安石以祖母年事已高，又拒绝了。欧阳修再次倾力举荐，于是被任命为群牧判官，而王安石请求任常州（治今江苏省常州市）知州。任职期满，调提点江东刑狱，主管一路司法。

史书上说王安石"议论高奇，能以辩博济其说，果于自用，慨然有矫世变俗之志"。就是说王安石标新立异，口才特别好，旁征博引，雄辩滔滔；十分自信，以天下为己任，立志要改造这个世界和它的风俗。这种性格曾促使他向宋仁宗上万言书；史家认为："后安石当国，其所注措，大抵皆祖此书。"就是说万言书基本等于他日后改革的施政纲领。

王安石人望颇高。之前，馆阁之命屡下，任职馆阁的机会多次降临，而王安石一辞再辞。士大夫以为他无意世事，恨不识其面，因不能见王安石一面而深感遗憾；朝廷每次授予好职位，都唯恐他不肯接受。王安石人气指数爆表，直逼今天的网红。

司马光判度支勾院是在宋仁宗嘉祐四年（1059 年）。王安石随后也于嘉祐五年（1060 年）五月二十二日，任度支判官。这个时期，司马光与王安石既是好友又是同僚。

历史上有名的包公，出现在司马光与王安石的生活当中：嘉祐四年（1059 年）三月二十五日，权御史中丞包拯出任枢密直学士、权三司使，正是司马光与王安石的顶头上司。

宋代的三司是主管全国财政的最高机关，它的长官三司使，地位略低于宰相与枢密使，是直接对皇帝负责的朝廷重臣。三司下面有三个部，即盐铁、户部、度支。盐铁主管工商收入、兵器制造等；户部主管户口、赋税、榷酒等；度支主管财政收支和漕运等。三司使地位崇高，有"计相"之称，下设三个副使分管三部。判官的职权，大体相当于主持该部日常工作的秘书长，地位略低于副使。

史载，一天群牧司内牡丹盛开，包拯摆酒，召诸同僚赏花。后来司马光回忆，当时包公举酒相劝，自己向来不喜欢饮酒，还是勉强喝了几杯；而王安石任凭包公怎么劝，始终滴酒不沾，包公也拿他没办法。司马光说："某以此知其不屈。"司马光因此知道王安石性格倔强。

此外，司马光与王安石，当时多有诗文往还，他们互相唱和。王安石作《明妃曲》二首，明妃即汉代的王昭君，其一：

> 明妃初出汉宫时，泪湿春风鬓脚垂。低徊顾影无颜色，尚得君王不自持。归来却怪丹青手，入眼平生未曾有。意态由来画不成，当时枉杀毛延寿。一去心知更不归，可怜着尽汉宫衣。寄声欲问塞南事，只有年年鸿雁飞。家人万里传消息，好在毡城莫相忆。君不见咫尺长门闭阿娇，人生失意无南北。（《王安石全集》卷四十）

王安石诗中的这些同姓，个性非常解放：身为父母，会万里捎信给女儿，让她不要想家，因为与其在汉宫失意，不如在匈奴得意。其二：

> 明妃初嫁与胡儿，毡车百辆皆胡姬。含情欲说独无处，传与琵琶心自知。黄金捍拨春风手，弹看飞鸿劝胡酒。汉宫侍女暗垂泪，沙上行人却回首。汉恩自浅胡自深，人生乐在相知心。可怜青冢已芜没，尚有哀弦留至今。（《王安石全集》卷四十）

这里的王昭君认为人生乐在彼此知心，汉胡之分于她如浮云。

司马光和诗一首，即《和王介甫〈明妃曲〉》：

> 胡雏上马唱胡歌，锦车已驾白橐驼。明妃挥泪辞汉主，汉主伤心知奈何。宫门铜环双兽面，回首何时复来见？自嗟不若住巫山，

布袖蒿簪嫁乡县。万里寒沙草木稀，居延塞外使人归。旧来相识更无物，只有云边秋雁飞。愁坐泠泠调四弦，曲终掩面向胡天。侍儿不解汉家语，指下哀声犹可传。传遍胡人到中土，万一他年流乐府。妾身生死知不归，妾意终期寤人主。目前美丑良易知，咫尺掖庭犹可欺。君不见白头萧太傅，被谗仰药更无疑。

雏，幼儿。奈何，怎么办。寤，通悟，使觉悟。良，甚、很。掖庭，皇宫中的旁舍，嫔妃居住的地方。仰药，服毒自尽。王昭君身处胡地，言语不通，只能弹琴寄托思念。她虽知难以回到家乡，但期望乐曲传到汉廷，感化当时的皇帝，避免类似悲剧发生。司马光诗中的王昭君，像一位恪尽职守的忠臣。

历史上的和亲，对于民族大融合来说，可谓功莫大焉；但对参与其中的个体，无疑是一场悲剧。那些远赴他乡的女子，内心的孤寂与凄凉，一定极端深刻。据《东斋记事》卷五载，自汉代王昭君远嫁异域之后，归州（治今湖北省秭归县）的百姓，凡是生了女儿，不论美丑，都要"炙其面"，就是将脸烫伤，以求毁容。直至宋代，此风犹存。异域再好，百姓还是愿意自己的女儿留在身边。"家人万里传消息，好在毡城莫相忆。君不见咫尺长门闭阿娇，人生失意无南北。"在宋代，绝不会有这类事情；即便真的那样，恐怕也只是出于无奈，无奈地自我安慰。相反，"自嗟不若住巫山，布袖蒿簪嫁乡县"更接近常情常理。

王安石还是一位特立独行之士，表现之一就是生活上的极端不修边幅，满身都是虱子，不得不专门腾出时间，坐下来"烘虱"，就是把虱子一只一只地从衣缝里抓出来，然后丢到火里去，司马光有诗《和王介甫〈烘虱〉》：

> 天生万物名品夥，嗟尔为生至幺么。依人自活反食人，性喜伏藏便垢涴。晨朝生子暮生孙，不日蕃滋逾万个。透疏缘隙巧百端，通夕爬搔不能卧。我归彼出疲奔命，备北惊南厌搜逻。所擒至少所失多，舍置薰烧无术奈。加之炭上犹晏然，相顾未知亡族祸。大者

115

洋洋迷所适，奔走未停身已堕。细者懦怯但深潜，干死缝中谁复课？黑者抱发亦忧疑，逃入髹头默相贺。腥烟腾起远袭人，袖拥鼻端时一唾。初虽快意终自咎，致尔歼夷非尔过。吾家箧笥本自贫，况复为人苦慵惰。体生鳞甲未能浴，衣不离身成脆破。朽绩坏絮为渊薮，如麦如麻寝肥大。虚肠不免须侵人，肯学夷齐甘死饿？醢酸蚋聚理固然，尔辈披攘我当坐。但思努力自洁清，群虱皆当远迤播。（《传家集》卷三）

虱子的繁殖能力惊人，而且生命力顽强，跟老鼠实在有一拼。衣服从新穿到破，从来都不洗，这是王安石的风格。读此诗脑子里会出现如下画面：司马光与王安石围炉而坐，王安石捧着衣裳搜寻，目不斜视，聚精会神，不时将虱子丢进炉火，噼啪，一股细烟随之腾起，焦煳味直往两人的鼻孔钻，感觉很恶心，不时吐口水。诗的最后，司马光善意地提醒：只要搞好个人卫生，虱子自然销声匿迹。

我们前边说司马光与王安石同为侍从之官，指的是修起居注。宋仁宗嘉祐五年（1060年）十一月二十六日，以直秘阁、判度支勾院司马光，度支判官、直集贤院王安石，同修起居注，负责侍从皇帝，记载皇帝的言行。

王安石推辞不受。宋仁宗只好命令阁门吏，将任命的敕告，直接送去三司。王安石更绝，"避于厕"，躲进了厕所。阁门吏把敕告放在书案上抬腿就走，王安石派人追上去退还。接着又上疏八九次推辞，才接受任命。

司马光接到敕告，也是当即上疏推辞："记注之职，士林高选。若以叙进，则先达尚多；若以才升，则最出众下。岂敢不自揣度，贪冒荣宠？内犹愧怍，人将谓何？承命震恐，殆无容措。"三次上疏推辞，宋仁宗不许。司马光只好接受。但很快又听说王安石辞到七八次的时候，得到了准许。司马光非常后悔，认为是自己态度不够坚决，于是立即又上《辞修起居注第四状》，其中说："况王安石文辞闳富，当世少伦，四方士大夫，素所推服，授以此职，犹恳恻固让，终不肯为，如臣空疏，何足称道，比于安石，相去远甚，乃敢不自愧耻，以当非常之命乎？"意思是说像王安石那样富有才华的人，都不肯就职，我与王安石相比，差得太远了，怎敢毫不惭愧，不顾羞耻，接受特别的提拔呢？又说："使臣之才，得及安石一二，则臣闻命之日，受而不辞。"意思是说假如我的才能及得上王安石的十分之一二，我在接到任命的当时，就会立即接受。可是得到的批复还是不许。前后五次推辞，宋仁宗始终不许，司马光只得接受。

我们再回到那通碑。那通碑是司马光的堂伯父司马沂的墓碑。司马沂英年早逝，妻子李氏生有司马咏、司马里及一个女儿，司马咏、女儿夭折了。司马沂去世时，李氏才二十八岁，她立誓不再嫁人；含辛茹苦，供司马里四方求学。后司马里考中进士，官至尚书都官郎中。李氏有个姑母，年老多病，生活不能自理，"常卧一榻，扶然后起，哺然后食"，基本就是个植物人；李氏左右侍候，为她养老送终。宋仁宗嘉祐五年（1060 年）九月，李氏在京师去世，享年八十三岁。十一月，夫妇合葬。司马光作《故处士赠都官郎中司马君行状》（《传家集》卷七十九），其中说"请于今之德行文辞为人信者，以表其墓，庶几传于不朽，而子孙有所法则焉"。这个请来作碑文的人，德行、文章均属一流，他就是王安石，司马光对王安石评价很高。在《宋故赠尚书都官郎中司马君墓表》中，王安石最后写道："虽非其家人所欲论著，吾固乐为道之；又况以起居之贤，尝为吾僚而有请也。"司马光时任修起居注，王安石认为司马光贤能，王安石对司马光评价也很高。

显然，司马光与王安石的关系非同寻常。此时的王安石，极受司马光的欣赏，而司马光也极受王安石的推重。我们有理由相信，如果不是因为后来的政

王安石撰 "司马沂墓表"

117

见分歧，司马光与王安石可能是一辈子的好友。

不仅司马光对王安石评价高，当时举朝上下对王安石，几乎无不交口称赞。但也有例外。苏轼的父亲苏洵，早已表示怀疑。一次司马光请饭，饭后，客人大都走了，苏洵没走，他问司马光："适坐有囚首丧面者何人？"意思是说王安石头发不梳像囚犯，脸不洗像居丧。司马光回答："王介甫（王安石字介甫）也，文行之士。子不闻之乎？"苏洵不以为然，说："以某观之，此人异时必乱天下，使其得志立朝，虽聪明之主，亦将为其诳惑。内翰何为与之游乎？"苏洵回去即作《辩奸论》，行于世。

后来的事实证明，苏洵真是一语言中。苏洵的话可能使司马光一惊，但也仅此而已。王安石不梳头不洗脸，但他文章好品行好，做朋友很不错。但到了后来，他们政治主张不同，甚至是针锋相对，面临政治上的巨大分歧，司马光不得不舍弃个人友谊。

第二节 关于郊赐的争论

宋神宗熙宁元年（1068 年）的大宋，可谓多灾多难：

六月，黄河泛滥，河水在恩州（治今河北省清河县西）溢出堤坝，又在冀州（治今河北省衡水市冀州区）决口，向北流入瀛州（治今河北省河间市）。七月，黄河再次泛滥，河水在瀛州溢出堤坝。七月十二日，因恩州、冀州黄河水灾，赐给死难人家缗钱，相当于抚恤金，及下等人户粮食，相当于救济粮。紧接着，七月十四日，京师地震。七月二十日，又地震，大雨，当夜出现月食。七月二十一日，因河朔大地震，命沿边安抚司及雄州（治今河北省雄安新区）刺史，注意辽国动向上奏，并赐给死难人家缗钱；同日，京师又地震。七月二十二日，派御史中丞滕甫、知制诰吴充，安抚河北，等于前往灾区慰问。七月二十三日，疏导深州（治今河北省深州市南）洪水。八月初二日，京师又地震；诏令京东、京西两路，抚恤河北流民。八月初四日，京师再地震。

为应付接二连三的天灾，七月二十七日，降空名诰敕七十道给河北安抚司，向民间征集粮食。八月十五日，再降空名诰敕给河东路及鄜延路安抚司，向民间征集粮食，充实边防。这是在卖官鬻爵，但并非营私舞弊，而是合法的交易，以国家的名义。不到万不得已，朝廷不会这样。可见，国家已经困穷到了什么程度。

八月初九日，司马光上《乞听宰臣等辞免郊赐札子》。从中我们知道，此前，宰相曾公亮等上奏：河北遭了灾，救灾所需巨大，希望将来郊祀大礼结束后，两府大臣不再按惯例赐给银绢。

司马光在札子中认为，国库素已空虚，今年河北的灾害又特别严重，黄河决口，加上地震，官府民居夷为平地，又加上阴雨连绵，粮食都发霉了。军队尚且缺粮，更无暇顾及百姓。冬春之交，百姓生活必定非常困难。国家定然不会坐视不管，肯定要救济。而且，城防要修复，决口要堵上，百废待兴，所费不菲。当此之时，朝廷上下应同心协力，痛加节省，以救一方危急。

然后司马光说：凡布施恩泽，应从下开始；而裁减用度，应从上开始。只因郊礼陪位，就受数百万的赏赐，我私下都觉得很不安。我此前所说的赏赐无节，这也是其中之一；即使臣下不辞，也应裁减，何况自己提出来了，裁减又有什么损害呢？

又说：君子尚义，小人重利。治国者应以义褒奖君子，而以利取悦小人。如今大臣因为灾害，辞赏以救百姓之急，其义可褒；您因而听从，是厚遇而非刻薄。但公卿大夫，也不可全无赐予。我以为，文臣自大两省以上，武臣及宗室自正任刺史以上，内臣自押班以上，将来大礼结束，所赐都宜减半，等将来丰稔，再恢复旧制；文武朝臣以下一概不减，似为适中。

最后司马光强调："臣亦知此物未能富国，诚冀国家因此渐思减损其余浮费，自今日为始耳！"司马光希望以此为开端，逐步治理"三冗"问题。

八月十一日，迩英进读完毕，宋神宗问两府辞郊赐的札子为何不呈上来。

司马光回答说同僚中有人请假了。

宋神宗问此事如何。

司马光答：我此前已有奏状，我的见解就是那样，请再广泛征求近臣的意见，由您裁定。

宋神宗问：谁有不同意见吗？

司马光答：只我有此愚见，其他人不以为然。

宋神宗说：我的意思也和你一样，准许辞赏，是成其美，不是薄待；但减半无益，大臣既然恳辞，不如全免了。

司马光说：如今郊赐下至军队都有，而公卿没有，恐怕于体未顺，不大合适。

宋神宗说：已赐给金带和马匹了。

司马光说：求尽纳是人臣的志愿，赐其半是人主的恩德。

从这段对话来看，宋神宗当时的想法，比司马光更彻底，他要全部省了那笔赏赐。可是没过几天，宋神宗改了主意。

几天后，司马光与王珪、王安石一同在延和殿进呈郊赐札子。在宋神宗面前，司马光与王安石发生了争论。

司马光说：当今国家经费不足，灾害不断，裁减冗费应从高官和近臣开始，应准许两府辞赏为好。

王安石反对：国家富有四海，大臣郊赐所费无几，吝惜不给，不足以富国，徒伤大体！唐朝的常衮辞赐馔，当时舆论以为，常衮既然自知不能胜任，就应该辞职，而不是仅仅辞赐馔。如今两府辞郊赐，正与此相同！况且经费不足，不是眼下着急的事！

唐朝时，按惯例每天将御膳房食物赏赐给宰相，叫作赐馔，赐馔够十多人食用，常衮请求废除了这个惯例。

司马光反驳：常衮辞禄位，尚知廉耻，与固位贪禄者相比，不是更好吗？国家自真宗末以来，就经费不足，近年尤甚，怎能说不是急事？

王安石说：经费不足，是因为没找到善于理财的人。

司马光不以为然：善于理财的人，不过大肆聚敛，搜刮百姓而已；这样百姓困穷去做盗贼，对国家有什么好处呢？

王安石纠正：这不是善于理财的人！善于理财的人，不增加老百姓的赋税，就能使经费充足。

司马光针锋相对：这是桑弘羊蒙骗汉武帝的话！司马迁记下它，是为了讽刺汉武帝的不明白！天地所生，就那么多，不在民间，就在官府，桑弘羊能使国用富足，不取于民，从何而来呢？真如桑弘羊所说，汉武帝末年，怎会盗贼肆虐，国家到处追捕呢？不是百姓铤而走险吗？这种话怎能引以为据！

《汉武帝　桑弘羊》书影

王安石转移话题：太祖时赵普等做宰相，赏赐有时上万，今郊赐不过三千，哪能算多？

司马光反问：赵普等运筹帷幄，平定诸国，赏以万数，不很合适吗？如今两府助祭，不过跑跑龙套，走走过场，和赵普等能比吗？

两人争论了很久。

王珪像是辩论赛的主持人，最后总结：司马光说裁减冗费从贵近开始，司马光说得对；王安石说花费不多，恐伤国家大体，王安石说得也对，请皇上裁定。

宋神宗裁定：我的意见和司马光相同，但现在，暂且以不许批复吧。

当天正好轮着王安石当制，由他值班起草制诰，于是草拟批答，引常衮事责两府，两府大臣不再辞赏。次日迩英讲读完毕，宋神宗单独留下王安石说话，两府大臣都不敢先退，就那么等着，至晡（申时，下午三点至五点）后才出宫。几天后，王安石任参知政事。

司马光在《论财利疏》中说："古之王者，藏之于民；降而不能，乃藏于仓廪府库，故上不足则取之于下，下不足则资之于上，此上下所以相保也。"司马光主张藏富于民，这样才能保证国家的长治久安。至于解决目前的财政危机，司马光不主张增加赋税，而是裁减不必要的费用；换句话说，眼下大宋的财政危机，在司马光看来，不是赋税不够多，而是国家不必要的开支太多，因此解决的办法，不是增加赋税，而是裁减不必要的费用。面对司马光的质问，王安石无言以对：在传统自然经济条件下，社会财富增长缓慢，有限的财富，不在民间，就在官府；王安石的办法，只能是取之于民。但是很显然，王安石的话深深打动了宋神宗。至于争论的结果，宋神宗并不关心，桑弘羊的是是非非，甚至汉武帝末年的社会情形，宋神宗也不关心。汉武帝时代的战功，才是宋神宗最关心的。

宋神宗已经改变主意，不仅仅是在郊赐问题上。

宋神宗的突然转变，与司马光一个月前的札子，可能不无关系。熙宁元年（1068 年）七月初三日，司马光曾上《辞免裁减国用札子》，札子很短，照录如下：

> 臣近曾乞别选差官，裁减国用，奉圣旨不许辞免。臣以非才，叨忝美职，月受厚俸，常自愧恐，无有报称，若果能有益于国，臣何敢辞？
>
> 窃惟方今国用所以不足者，在于用度太奢、赏赐不节、宗室繁多、官职冗滥、军旅不精，此五者，必须陛下与两府大臣，及三司官吏，深思其患，力救其弊，积以岁月，庶几有效；固非愚臣一朝一夕所能裁减也。
>
> 若但欲知庆历二年裁减国用制度，比见今支费不同数目，只下三司令供析闻奏，立可尽见。
>
> 臣愚以为不必更差官置局，专领此事。
>
> 况臣所修《资治通鉴》，委实文字浩大，朝夕少暇，难以更兼钱谷差遣。（《传家集》卷四十二）

从札子的内容来看，当时宋神宗打算成立一个专门机构，由司马光来负责，裁减开支。但司马光先是请换作他人，宋神宗不许；司马光再辞，宋神宗就同意了，那个机构也没有成立。

宋神宗很年轻，很着急，大概希望司马光大刀阔斧，一眨眼就砍掉困扰大宋的种种冗费，让国家从困顿的泥沼中摆脱出来。但司马光拒绝了，说那根本不可能，不是一个机构就能解决的问题，它需要高层的努力，必须皇帝本人、两府执政大臣，以及三司的主管官吏，三方共同努力；而且需要时间，不是一下子就能办到的。宋神宗可能很失望，他有太多太多的计划，那些计划都不能等。可能正是这种失望，让宋神宗倒向了或者说把宋神宗推向了王安石。那个没有成立的机构，也将以制置三司条例司的面目出现。

正是这次推辞，使司马光在后世备受诟病，最有代表性的指责就是：让他干他不干！而王安石干，他又说三道四！司马光在札子里曾说到，自己正忙于编修《资治通鉴》，没有精力和时间再兼任经济工作。我们今天假设，如果不是编修《资治通鉴》，司马光会去负责那个机构吗？恐怕也不会。司马光多次说过，自己的长处是匡正，经济不是他的特长，他不会做不擅长的工作。退一步讲，如果那个机构成立了，司马光也愿意担任此项工作，裁减开支也需要时间，不可能一蹴而就。宋神宗渴望国家迅速富强，司马光不能满足他的愿望，但王安石可以。

解决宋代的经济困难，司马光的主张可以理解为节流，而王安石的主张可以理解为开源，宋神宗选择了王安石的开源。节流来得慢但不与民争利，开源来得快但与民争利。司马光在解决国家困境的同时，不伤害百姓的利益，在国家与百姓冲突时，他选择保护百姓。司马光与王安石两个好友，嫌隙已经公开化，起因不是个人恩怨，而是政治主张的不同。

第三节　怎样治理黄河

黄河是我们的母亲河，也常常给我们带来灾难。

欧阳修在他的奏折里说："（黄）河本泥沙，无不淤之理。淤常先下流，下流淤高，水行渐壅，乃决上流之低处，此势之常也。"黄河泥沙多，下游水流趋缓，泥沙就堆积起来，下游河床越堆越高，水流变得不畅，于是在上游堤坝较低处决口。常常决口，常常改道，宋代的黄河情形，大体如此。

宋代马远《水图·黄河逆流》

宋神宗熙宁元年（1068年）前后的黄河，下游的流向与今天完全不同。黄河原经开德府（治今河南省濮阳市）、博州（治今山东省聊城市）、德州（治今山东省陵县）、棣州（治今山东省惠民县）、滨州（治今山东省滨州市西北），最后在沧州（治今河北省沧州市东南）入海。宋仁宗庆历四年（1044年），黄河在开德府境内的商胡决口，向北形成一条经大名府（治今河北省大名县）、恩州、冀州，最后至清州（治今河北省青县）经宋辽界河入海的支流，是为北流。（《宋史纪事本末》卷三十三《浚六塔二股河》；谭其骧主编《中国历史地图集》）宋仁宗嘉祐五年（1060年），"河流派别于魏之第六埽"，黄河又分出一条支流，经大名府、恩州、德州，最后在沧州入海，是为东流，又称二股河。

我们前边说过，宋神宗熙宁元年（1068年）六七月间，黄河曾两次泛滥：六月，黄河在恩州乌栏堤溢出，又在冀州枣强埽决口，向北流入瀛州；七月，又在瀛州乐寿埽溢出。恩州、冀州、深州、瀛州，顿成一片汪洋。宋神宗很是发愁，询问近臣司马光等人。当时都水监（相当于今天的水利部）上奏：近年冀州以下，河道淤塞，致使上下堤岸屡屡告危。如今枣强水位已过堤坝，流入故道；虽筑新堤，终非长久之计。希望考察六塔旧口及二股河，导水东流，逐渐堵塞北流。这是都水监丞宋昌言及屯田都监内侍程昉提出的方案。而都水监丞李立之主张在四州建新堤三百六十七里，但河北都转运司说，那样要用工八万三千余人，一个月才能完成，如今河北遭遇灾害，希望缓缓再说。提举河渠王亚等人认为，北流经界河入海，使界河成为防御契丹的天然屏障，对国防有利。都水监丞、提举河渠都是官名。

宋代惯例，为防黄河决口，每年的孟秋，国家就要调集物资——"梢芟、薪柴、楗橛、竹石、茭索、竹索，凡千余万"。砍下的芦荻，叫作"芟"，砍下的山木榆柳的枝叶，叫作"梢"，用竹子和芟做成绳索，再用竹子做成"巨索"，长十尺至百尺，有多种规格。选择既宽又平的地方作为埽场，先"密布芟索"，然后"铺梢"，使"梢芟相重"，再"压之以土，杂以碎石"，之后，"以巨竹索横贯其中"，叫作"心索"，最后，"卷而束之"，再"以大芟索系其两端"，另外，"别以竹索自内旁出"，这种东西好像巨型糖果，"其高至数丈，长则倍之"。宋代没有起重机，搬动它可不容易，"凡用丁夫数百或千人，杂唱齐挽，积置于卑薄之处"，这个叫作"埽岸"。放下去之后，"以橛臬阁之，复以长木贯之"，而且，"其竹索皆埋巨木于岸以维之，遇河之横决，则复增之，以补其缺"。黄河之水天上来，可不是小河小溪，水流极为湍急，"凡埽下非积数叠，亦不能遏其迅湍"。此外，又有"马头""锯牙""木岸"，以"蹙水势护堤焉"。宋代就这样对付黄河水患。

熙宁元年（1068年）十一月十八日，诏司马光与入内副都知张茂则，乘驿传前往河北，考察四州新堤，返回时捎带考察六塔及二股河工程利弊。二十五日，司马光入辞，向宋神宗辞行，顺便请河阳、晋、绛之任，请求到地方去任职，宋神宗说："汲黯在朝，淮南寝谋！卿未可去也！"汲黯是汉代勇于直谏的大臣，宋神宗把司马光比作汲黯，不许他离开中央。

宋神宗熙宁二年（1069年）正月，司马光考察黄河归来，请求依宋昌言的方案，在二股河以西置"上约"，分水东流，等东流渐深，北流淤浅，即堵塞北流，放出御河、胡卢河，之前因为黄河北流，以上两河倒灌；以解恩、冀、深、瀛以西水患。当时反对者很多，李立之力主新堤。"公于上前反覆论难，甚苦，卒从之"，司马光反复辩驳争论，苦苦坚持，宋神宗最终采纳。

三月，司马光又上奏："治河当因地形水势，若强用人力，引使就高，横立堤防，则逆激旁溃，不惟无成，仍败旧绩。臣虑官吏见东流已及四分，急于见功，遽塞北流。而不知二股分流，十里之内，相去尚近，地势复东高西下。若河流并东，一遇盛涨，水势西合入北流，则东流遂绝；或于沧、德堤埽未成之处，决溢横流。虽除西路之患，而害及东路，非策也。宜专护上约及二股堤岸。若今岁东流止添二分，则此去河势自东，近者二三年，远者四五年，候及八分以上，河流冲刷已阔，沧、德堤埽已固，自然北流日减，可以闭塞，两路俱无害矣。""大禹治水"的故事家喻户晓，成功的经验也是耳熟能详，那就是循序渐进因势利导。司马光担心官员们急于求成，急于堵塞北流，所以再次提到时间，认为必须假以时日，两三年甚至四五年后，才能堵塞北流。

当时，北京（即大名府，今河北省大名县）留守韩琦说，今年兵夫少，但截流太急了，一旦河水暴涨，下流既壅，上流湍急，又无兵夫修护堤岸，肯定要冲决。况且，东流自德州至沧州，既无堤防，必侵农田。假如河口过窄，不能容纳涨水，上、下约随流脱去，东流与北流合而为一，危害会更大。又恩州、深州所筑新堤，东有大河西来，西有西山诸河注入，腹背受敌，两难抵挡。希望选近臣速至河所（相当于防汛抗旱指挥部），与在外官员商议。宋神宗在讲筵上把韩琦的奏疏给司马光看了，命他同张茂则一起，再次前往河北考察。

四月初，司马光已在河北。当时天气非常炎热，一行人不得不昼伏宵行，司马光自嘲："昼伏如墙鼠，宵行似野萤。"中途休息时，月白如雪，柳风拂面，人渐渐苏醒。这个季节的中国北方，桑麦青青，黄河表里，柳绿浪白。司马光正忙于修书，途中一有空闲，他就见缝插针。二股河东流不过才短短数年，流域内已是满目桑田。途中多古冢，主人当年或贤或豪，如今却墓碑断烂，姓名磨灭，无法辨认，只有东风劲吹，野蒿为伴。

当月，司马光与张巩、李立之、宋昌言、张问、吕大防、程昉视察了"上约"及"方锯牙"，然后渡河，在"下约"共同商议。随后上奏：二股河

"上约"都在河滩上，对河水无碍，但所进"方锯牙"已深，致北流河口稍窄，请减二十步，令靠后，再做"蛾眉埽"裹护。沧州、德州境内有古遥堤，应予修葺。所修二股河，本为疏导河水东去，新堤本为防御河水西来，两者互为表里，不可偏废。宋神宗于是对两府大臣们说：韩琦很怀疑修二股河啊。王安石说：持异议的，都是不调查研究。宋神宗又说：做"签河"很好。王安石说：确实如此，如果及时，河水可东去，北流可堵塞。我们从以上的对话中，可以看出王安石的说话风格。王安石对前宰相韩琦，似乎有某种成见，但赞同司马光的意见。

六月，命司马光都大提举修二股工役，相当于工程总指挥。吕公著说：朝廷派司马光督役，不是褒宠近职、对待儒臣的做法。因此作罢。

七月，张巩请堵塞北流。诏司马光、张茂则及都水监官、河北转运使，一同视察闭塞北流的利弊。

八月，司马光入宫辞行，说张巩等欲堵塞二股河北流，恐怕劳民费财，不易成功。或幸而成功，东流浅狭，堤防未全，必致决溢，一定会决口；这是把恩、冀、深、瀛四州的水患，转嫁给沧、德等州。不如等上二三年，东流更深阔，堤防稍坚固，北流渐浅，材料充裕，再堵塞为好。宋神宗问：东流、北流水患，孰轻孰重？司马光答：两地都是您的子民，无轻重之分；但北流堤坝已残破，东流堤坝尚健全。宋神宗又问：现在不等东流顺快而堵塞北流，以后河势变化怎么办？司马光答：若"上约"牢固，肯定东流日增北流日减，何忧变化？若"上约"流失，后果不堪设想，当尽力护住"上约"。宋神宗问："上约"如何保？司马光答：今年新修，确实难保，但经过大水而无虞，来年根基已牢，还担忧什么？况且"上约"在河边，任河北流，尚且担心不保，如今要横截，岂可保？宋神宗很心急：若河水常分二流，何时会有成效？司马光答："上约"若存，东流必增，北流必减；即使分为二流，于张巩等不见成效，对国家却也没害处。为什么呢？西北之水都到山东，为害就大，分则害小。张巩等急着堵塞北流，都是为自己打算，不顾国力与民患！宋神宗担心：防御两条河，拿什么供应呢？司马光答：合为一，劳费自然加倍；分二流，劳费自然减半。如今减北流财力的一半以备东流，不就行了吗？宋神宗说：你到了那里再看吧。

当时二股河东流达到六分，张巩等就想堵塞北流，宋神宗也倾向他们。司马光认为必须达到八分才行，而且还要自然达到，人为的不算。王安石说：司马光屡持异议，现在命他去视察，将来肯定不会按他的意见办，这会使他更加不安于职任。于是只派张茂则前去。张茂则回来上奏：二股河东流已达八分，北流只剩二分。张巩等也上奏，已将北流堵塞。宋神宗下诏奖谕司马光等人，并赐给衣、带、马。

十月初七日，司马光上《乞优赏宋昌言札子》，认为宋昌言有首倡之功，应重加酬奖。

可是北流堵塞后，黄河自其南四十里的许家港以东又决口，泛滥大名、恩、德、沧、永静（即永静军，治今河北省东光县）五州、军。真是被司马光不幸言中。

看来宋神宗与王安石等，还是操之过急了。

治理黄河水患与解决财政危机，两者颇多相似之处：都不是一天半天造成的，也不是一天半天就能解决的。宋神宗和王安石急于见到成效，着急的皇帝遇上着急的臣下，急急忙忙堵塞了"北流"，可是"东流"又很快决口。变法也将急急忙忙展开，与治理黄河水患时一样，司马光的意见也将被搁置，而变法最终失败。治理黄河水患的过程，像极了日后变法的预演。因为政治主张的冲突，嘉祐年的好友迅速降温，司马光与王安石，已由好友降低为同事。显然，在司马光的心目中，相对于百姓苍生的福祉，个人友谊轻如鸿毛。

第四节　登州谋杀案

治平四年（1067年）九月二十三日，召江宁（治今江苏省南京市）知府王安石为翰林学士，王安石从地方来到中央。

宋神宗熙宁元年（1068年）四月初四日，诏翰林学士王安石越次入对，等于破格召见。此前，因为朋友韩绛、韩维、吕公著等人的极力举荐，宋神宗特别想见王安石，即位之初，就命王安石知江宁府；几个月后，又召为翰林学士兼侍讲，至此才上朝入对。

当时宋神宗问：治国当以何为先？王安石答：选择治术。宋神宗又问：唐太宗怎么样？王安石答：您当以尧、舜为榜样，唐太宗算什么？尧舜之道极简极要极易，只是后世搞不明白，以为高不可及罢了！神宗说：你这是从严要求我了。看得出来，王安石的回答，很对皇帝的脾气。可能正是因为此次对话，年轻的皇帝决定重用王安石。

司马光与王安石同为翰林学士，他们要奉旨讨论著名的登州阿云案。

宋神宗熙宁元年（1068年），登州（治今山东省蓬莱市）发生一起谋杀未遂案。凶手名叫阿云，是个年轻姑娘；被害人名叫韦阿大，是她的未婚夫。事情的经过是这样：阿云在为母亲服丧期间，"聘"于韦，与韦阿大订婚。这在当时属于违法。阿云嫌韦阿大相貌丑陋，于是趁夜黑风高，手提"腰刀"，向酣睡在田舍的韦阿大连砍近十刀，一说十余刀，并砍断韦阿大一根手指。不难看出，阿云与韦阿大订婚不是自愿。韦阿大命大，虽受重伤，却没有死。县尉很快怀疑到阿云，并逮捕了她，问：是不是你砍伤了你丈夫？从实招来，不打你！阿云害怕用刑，就如实招供了。

案情一点也不复杂，审理过程也很简单。但在适用法律条文及定罪量刑上，出现了两种截然不同的意见。

当时的登州知州叫许遵。《宋史》上说许遵"进士及第，又中明法"，有法律方面的特长。又说"遵累点刑狱，强敏明恕"，司法工作经验丰富，算个不错的法官。但"及为登州，执政许以判大理，遵欲立奇以自鬻"，当时的执政大臣答应许遵去大理寺任职提拔他，而许遵急于出政绩，在阿云案上故意哗众取宠。许遵将案件上报中央，认为阿云订婚之日，母服未除，仍在居丧期间，因此订婚无效；阿云"应以凡人论"，不能算作韦阿大的妻子。审刑院与大理寺断为"谋杀已伤，绞罪"，就是说性质属谋杀，而且已造成伤害，应处绞刑，定罪是依据宋代刑法《刑统》的如下条款："谋杀人者徒三年，已伤者绞，已杀者斩。"又"因违律为婚奏裁"，即阿云订婚不是自愿，而谋杀由此而起，所以应减轻刑罚。裁决的结果是："贷命编管"，即免去死刑，只处编管，流放到偏远地区，编入当地户籍，并由当地官吏管束。显然裁决时已考虑到相关情节，并减轻了刑罚。但许遵不服，反驳说："云被问即承，应为按问。审刑、大理当绞刑，非是。"意思是说审刑院、大理寺的判决错误，阿云被问到就立即招供了，应算"按问"，当依照相关条款，减轻刑罚。宋代法律规定：首问即招供的，有相应的减罪条款，以示鼓励。案件到了刑部，核定的结果与审刑院、大理寺一致。最后，许遵"诏以赎论"，许遵受到处罚，被罚铜。当时许遵正被召判大理寺，御史台因此弹劾了许遵。不久，许遵判大理寺，而"耻用议法坐劾"，觉得当时遭到弹劾很丢面子，于是旧案重提，援引《刑统》条款："因犯杀伤而自首，得免所因之罪，仍从故杀伤法。"认为谋是杀的因，阿云应算自首，当按"故杀"，即故意伤害，并适用"按问欲举"的条款，再减二等；并请下两制议，即请"两制"官员们共同讨论。于是诏翰林学士司马光、王安石同议。

两人意见也不能统一，司马光赞同刑部，王安石赞同许遵，最终各自上奏。

在《议谋杀已伤案问欲举而自首状》中，司马光首先说："右臣窃以为凡议法者，当先原立法之意，然后可以断狱。"意思是说凡讨论法律，应先搞清楚立法的意图，然后才可以断案。

然后谈到具体的法律条款：《刑统》在"于人损伤，不在自首之例。"条下注释："因犯杀伤而自首者，得免所因之罪，仍从故杀伤法。"所谓"因犯杀伤"，是指因犯别的罪，本来无意伤害，事不得已，才造成伤害，除盗窃以外，如劫囚、劫掠贩卖人口之类都是。既然伤害罪不得因自首获免，担心有因犯别的罪而造成伤害的，有关部门拘泥，连别的罪也不许自首，所以特加申明。而伤害之中，自有两种，轻重不同，"其处心积虑，巧诈百端，掩人不备者，则谓之谋；直情径行，略无顾虑，公然杀害者，则谓之故。谋者尤重，故者差轻。"比如有人因犯别的罪而造成伤害，别的罪可因自首获免，但伤害罪不能因自首获免；若按"谋杀"则太重，若按"斗杀"则太轻，所以酌中，令按"故杀"。至于只犯伤害罪，再无别的罪，只有未造成伤害可以自首；但凡已造成伤害，都不能自首。

谋杀、斗杀、故杀都是法律用语，"斗杀"指打架斗殴造成伤害。

接着说许遵的荒谬：如今许遵要把谋和杀，分成两件事，按谋杀、故杀，都是杀人，若将谋与杀当成两件事，那么故与杀，也就是两件事了。而且，法律称得免所因之罪，劫囚、劫掠贩卖人口，都是已有所犯，因而又有杀伤，所以劫囚、劫掠贩卖可因自首获免，而伤害罪不行。若只是平常谋划，并无实际行动，有什么罪可因自首获免？由此知道，"谋字止因杀字生文"，不得另作所因之罪。若以劫、斗与谋，都作所因之罪，按"故杀"处理，那么"斗伤"自首，反倒是罪加一等了。

最后，司马光谈到社会惩罚机制的原则："凡议罪制刑，当使重轻有叙。"就是说凡定罪量刑，轻罪就用轻刑，重罪就用重刑。如今若使谋杀已伤的可以自首，从故杀伤法，假设有甲、乙二人，甲因斗殴，把人鼻子打出了血，既而自首，处以杖六十；乙与人有仇，欲置之死地，趁夜伺机将仇家推进河里或井里，幸而不死，又不见血，若来自首，只处以杖七十。二人所犯绝殊，而处罚相近，果然如此，"岂不长奸？"何况阿云案中，情理并无可悯，朝廷"贷命编管"，已是宽恕，而许遵一再耽延，为之申辩，欲令天下今后再有类似案件，都作减二等处理，"窃恐不足劝善，而无以惩恶，开巧伪之路，长贼杀之原，奸邪得志，良民受弊，非法之善者也"。

而王安石上奏则以为：谋与劫囚、劫掠贩卖人口一样，都是杀伤的因，只有故意杀伤无所因。《刑统》中"因犯杀伤而自首，得免所因之罪，仍从故杀伤法"，其意以为所因之罪既因自首获免，而杀伤不许自首，但罪名又未有所从，只有故意杀伤为无所因而杀伤，所以令按故意杀伤法。又认为"谋杀人者徒三年，已伤者绞，已杀者斩"，其中的谋与已伤、已杀为三等罪名，由此可见谋为所因。他主张："谋杀已伤，按问欲举，自首，合从谋杀减二等论。"要求减轻刑罚。

秋七月初三日，诏："谋杀已伤，按问欲举自首者，从谋杀减二等论。"宋神宗最终采纳了王安石的意见。

但众论不服。御史中丞滕甫请再选官定议，诏送翰林学士吕公著、韩维及知制诰钱公辅。吕公著等奏："臣等以为宜如安石所议便。"制曰："可。"这个结果立即遭到法官齐恢、王师元、蔡冠卿等人的反对，"皆劾奏公著等所议为不当"，都认为吕公著观点错误。又诏王安石与法官共同评议。双方反复争论，久而不决。熙宁二年（1069年）二月初三日，诏："自今谋杀人已死自首及按问欲举，并奏取敕裁。"就是说今后再有类似案件，一律奏裁，都由皇帝决断。很明显，这是要将问题搁置，暂息争论。

但争论没有因此暂息。判刑部刘述、丁讽奏诏书不够明确，并将诏书封还中书省。于是王安石又上奏："律意，因犯杀伤而自首，得免所因之罪，仍从故杀伤法；若已杀，从故杀法，则为首者必死，不须奏裁；为从者，自有《编敕》奏裁之文，不须复立新制。"意思是说，法律法规都有明文规定，用不着全由皇帝决断。王安石与唐介等人，多次在宋神宗面前争论，唐介说："此法天下皆以为不可首，独曾公亮、王安石以为可首！"王安石说："以为不可首者，皆朋党也！"争论到此，已经超出了法律的范围，开始扣帽子。最终还是王安石胜出，"卒从安石议"，二月十八日，诏："自今谋杀人自首及按问欲举，并以去年七月诏书从事。其谋杀人已死，为从者虽当首减，依《嘉祐敕》：凶恶之人，情理巨蠹及误杀人伤与不伤，奏裁。"就是说从今往后，都按去年七月的诏书执行；谋杀人致死，从犯若自首，依敕奏裁，收回二月初三日的诏书。

事情还不算完。侍御史知杂事兼判刑部刘述等又奏，认为不应仅以敕颁御史台、大理寺、审刑院及开封府而不颁之诸路，请中书、枢密院共同商议。中丞吕海、御史刘琦、钱顗都请如刘述等奏，下之二府。宋神宗以为没必要，而曾公亮等"皆以博尽异同、厌塞言者为无伤"，于是以众议付枢密院。文彦博认为："杀伤者，欲杀而伤也，既已杀者不可首。"吕公弼以为："杀伤于律不可首。请自今已后，杀伤依律，其从而加功自首，即奏裁。"二人倾向于司马光。陈升之、韩绛的意见与王安石略同。当时富弼入相，宋神宗令富弼与王安石商议。富弼对王安石说："谋与杀分为二事，以破析律文，盍从众议！"富弼的主张也很明确，他赞同司马光。王安石不以为然。

富弼大概认为既然说服不了王安石，多说也无益，"乃辞以病"，请了病假。

八月，诏："谋杀人自首及按问欲举，并依今年二月甲寅敕施行。"当初二月十八日敕下，刘述率同僚丁讽、王师元，两次封还敕令，以示不能接受。王安石把这一情况报告了宋神宗，于是诏开封府推官王尧臣弹劾刘述、丁讽，而刘述率侍御史刘琦、监察御史里行钱颛，共同上疏，弹劾王安石。王安石又上奏请贬刘琦、钱颛。八月初九日，刘琦贬监处州（治今浙江省丽水市西）盐酒务，钱颛贬监衢州（治今浙江省衢州市）盐税。王安石又赢了。

八月十一日，司马光上《论责降刘述等札子》，我们从中得知，当时刘述、丁讽、王师元都被"差官取勘"，即接受审讯。司马光说："中外闻之，无不惊愕。"又说谋杀已伤自首的刑名，天下皆知其非，如今朝廷既违众议而行，又开罪忠于职守的官员，恐怕将痛失天下人心！豢养鹰鹯，就为求其凶猛，若因其凶猛而烹杀，那还用它做什么？您即位以来，以宽仁待臣下，甚至像皮公弼，您明知其贪婪，像阎充国，您明知其鄙陋，二人都以知县权发遣三司判官公事，等得罪而出，都还是知州。如今刘琦、钱颛所犯不过狂直，只因触犯大臣，就降为监当。那么就是狂直之罪，重于贪猥，得罪大臣，甚于得罪您了。恐怕将来都要侧目钳口，以言为讳，威福移于臣下，聪明有所壅蔽，恐非国家之福！恳望您深察愚衷，赦免刘述等，再不审讯，刘琦等另给一般资序的差遣，这样，或许可以稍息众议。

可是，没有批复。

当初，王安石的意见得以施行，司勋员外郎崔台符举手加额，说："数百年误用刑名，今乃得正！"王安石喜欢他依附自己，次年六月，提拔崔台符判大理寺。

八月二十八日，刘述贬知江州（治今江西省九江市），丁讽通判复州（治今湖北省天门市），王师元监安州（治今湖北省安陆市）税。此前，开封府判罪定案，同判刑部丁讽、审刑院详议官王师元，皆"诬伏"，即无辜而服罪。唯独侍御史知杂事兼判刑部刘述，认为朝廷不该弹劾言事官，三次讯问，拒绝招承。王安石要将他下狱，司马光、范纯仁力争，才得以幸免。

多年以后，苏辙谈到这个案子，他说：

知润州许遵尝为法官，奏谳妇人阿云谋杀夫不死狱，以按问欲举，乞减死。旧说，斗杀、劫杀，斗与劫为杀因，故按问欲举可以减。谋而杀，则谋非因，故不可减。士大夫皆知遵之妄也。时介甫在翰苑，本不晓法，而好议法，乃主遵议。自公卿以下争之，皆不能得，自是谋杀遂有按问。……（《龙川略志》卷四《许遵议法虽妄而能活人以得福》）

苏辙像

当日的是是非非，其实不难判断。

此次讨论的内容，虽然只是纯粹的法律问题，但宋神宗因为要重用王安石，就采纳了他的意见。这在宋神宗皇帝，大概是要表示用人不疑；但给我们的感觉，却是爱屋及乌。

谋杀案当然与改革无关，有关的只是两个人的性格，以及由此决定的处事方式，还有就是皇帝的心理倾向。两个曾经的好友分歧越来越多，他们的关系也越来越远。

第五节　变法前书信往还

宋神宗熙宁三年（1070年）二月二十七日，司马光写下《与王介甫书》，同一天，他向皇帝上《辞枢密副使第六札子》。司马光试图说服宋神宗放弃变法，但似乎希望不大，他转而劝说王安石这位昔日的好友。这是个充满暖意的春天，但司马光显然没有心情领略春天的惬意。

这是一封三千三百余言的长信。在司马光的一生中，这种长信并不多见，他对王安石有太多话要说，也太希望王安石改变政治主张。

从信中看，起码自王安石参知政事以后，两人就断了来往："光居尝无事，不敢涉两府之门，以是久不得通名于将命者。"意思说我平常没事不去两府，所以很久没有来往了。

司马光先谈到彼此十数年的交往，认为自己对王安石应当算是益友："孔子曰，益者三友，损者三友。光不材，不足以辱介甫为友；然自接侍以来，十有余年，屡尝同僚，亦不可谓之无一日之雅也。虽愧多闻，至于直谅，不敢不勉；若乃便辟、善柔、便佞，则固不敢为也。"意思是说彼此交往十多年，又多次为同僚，自己努力做到正直和诚信，所以应算是孔子所说的益友。然后，谈到他们的分歧，认为属于君子的"和而不同"。接着说："曩者与介甫议论朝廷事，数相违戾，未知介甫之察不察，然于光向慕之心，未始变移也。窃见介甫独负天下大名三十余年，才高而学富，难进而易退；远近之士，识与不识，咸谓介甫不起而已，起则太平可立致，生民咸被其泽矣。天子用此起介甫于不可起之中，引参大政，岂非亦欲望众人之所望于介甫邪？"意思是说虽然对朝政的意见彼此有分歧，但对王安石的才能、学问和人品还是十分仰慕，希望王安石执政之后，国家太平，百姓受惠。除去政见的不同，司马光与王安石，就人格修为来说，都堪称当世典范。司马光的这番话，不是客套和恭维，而是完全发自真心。

接下来，谈到了非议："今介甫从政始期年，而士大夫在朝廷及自四方来者，莫不非议介甫，如出一口，下至闾阎细民、小吏走卒，亦窃窃怨叹，人人归咎于介甫。"意思是说王安石执政才一年，却已经是怨声载道。为什么呢？司马光认为："介甫固大贤，其失在于用心太过，自信太厚而已。"意思说原因是王安石太过用心，又太过自信。

什么是"用心太过"呢？司马光解释：自古以来，圣贤治国，"不过使百官各称其职，委任而责成功也"，养民"不过轻租税、薄赋敛、已逋责也"，而王安石以为这些都是"腐儒之常谈"，于是，"财利不以委三司而自治之"，又立制置三司条例司，"聚文章之士及晓财利之人，使之讲利。"其中又破格用人，往往暴得高官，于是言利之人，"皆攘臂圜视，衔鬻争进"，各斗智巧，变更祖宗旧法。"大抵所利不能补其所伤，所得不能偿其所亡，徒欲别出新意，以自为功名耳！"又置提举常平、广惠仓使者四十余人，先散青苗钱，又欲使每户出助役钱，又欲搜求农田水利而有所施行。所派虽然都选择才俊，但也有"轻佻狂躁之人"，他们欺压州县，骚扰百姓，于是"士大夫不服，农商丧业，谤议沸腾，怨嗟盈路"。综上所述，"夫侵官乱政也，介甫更以为治术而先施之；贷息钱鄙事也，介甫更以为王政而力行之；徭役自古皆从民出，介甫更欲敛民钱，雇市佣而使之。"三者常人都知道不可以，唯独王安石以为可以，因为"直欲求非常之功，而忽常人之所知耳"。然后是总结："此光所谓用心太过者也。"

什么又是"自信太厚"呢？司马光说：自古臣下才智出众，无过周公与孔子，但周公、孔子也未尝无过，未尝无师。王安石虽是大贤，但与周公、孔子相比，总还有一定差距，如今却自以为天下无人能及。"夫从谏纳善，不独人君为美也，于人臣亦然。"王安石每于神宗前议事，"如与朋友争辩于私室，不少降辞气，视斧钺鼎镬无如也"，王安石把宋神宗当哥们，讨论问题好像朋友争辩。而宾客僚属谒见论事，"则唯希意迎合，曲从如流者，亲而礼之"；有人所见小异，婉言新法不好的，王安石就勃然大怒，"或诟詈以辱之，或言于上而逐之，不待其辞之毕也"，王安石不是能听反对意见的人，如有不同意见或者说新法不好，不是遭辱骂就是被贬官。然后是总结："此光所谓自信太厚者也。"

之后，提到孟子和老子。司马光说过去与王安石相处，安石博览群书，而特好孟子与老子。我们知道，孟子主张仁义。而王安石从政，设立制置条例司，大讲财利，又命薛向在江淮推行均输法，"欲尽夺商贾之利"，又遣使者散青苗钱收取利息，"使人愁痛，父子不相见，兄弟妻子离散"。这岂是孟子的志向？我们还知道，老子主张无为。而王安石尽变祖宗旧法，"先者后之，上者下之，右者左之，成者毁之，矻矻焉穷日力，继之以夜而不得息。"结果"使上自朝廷，下及田野，内起京师，外周四海，士吏兵农工商僧道，无一人得袭故而守常者，纷纷扰扰，莫安其居"。这岂是老子的志向？司马光不胜疑惑："何介甫总角读书，白头秉政，乃尽弃其所学，而从今世浅丈夫（应指吕惠卿）之谋乎？"

我们前边说过，本月初因为韩琦的奏疏，王安石曾请外任，到地方去任职，当时司马光负责草拟批答。关于此事，司马光这样解释："近者藩镇大臣，有言青苗钱不便者，天子出其议以示执政，而介甫遽悻悻然不乐，引疾卧家。光被旨为批答，见士民方不安如此，而介甫乃欲辞位而去，殆非明主所以拔擢委任之意，故直叙其事，以义责介甫，意欲介甫早出视事，更新令之不便于民者，以福天下；其辞虽朴拙，然无一字不得其实者。"意思是说自己叙述事实而已，是希望王安石早日销假供职，改变对百姓不利的法令，以造福天下。

接着，司马光谈到枢密副使的任命，以及自己的请求："光近蒙圣恩过听，欲使之副贰枢府，光窃惟居高位者，不可以无功，受大恩者，不可以不报，故辄敢申明去岁之论，进当今之急务，乞罢制置三司条例司，及追还诸路提举常平、广惠仓使者。主上以介甫为心，未肯俯从。"意思是说自己近日被任命为枢密副使，为报答皇帝的信任，自己提出取消新法等主张，但皇帝没有采纳，根源是在王安石。司马光反对变法，他态度鲜明，即便对王安石，也无半点隐瞒。

然后，是写此信的目的："光窃念主上亲重介甫，中外群臣无能及者，动静取舍，唯介甫之为信。介甫曰可罢，则天下之人咸被其泽；曰不可罢，则天下之人咸被其害。方今生民之忧乐、国家之安危，唯系介甫之一言，介甫何忍必遂己意而不恤乎？夫人谁无过，君子之过，如日月之食，过也人皆见之，更也人皆仰之，何损于明？介甫诚能进一言于主上，请罢条例司、追还常平使者，则国家太平之业，皆复其旧，而介甫改过从善之美，愈光大于日前矣，于介甫何所亏丧而固不移哉？"意思是说皇帝对王安石非常信任，可以说是言听计从，国家安危、百姓忧乐，都在王安石一句话。可是，那些变法的措施，也是王安石极力主张的，所以劝说的结果，可想而知。

司马光再次提到君子的和而不同："光今所言，正逆介甫之意，明知其不合也。然光与介甫趣向虽殊，大归则同——介甫方欲得位以行其道，泽天下之民；光方欲辞位以行其志，救天下之民，此所谓和而不同者也。故敢一陈其志，以自达于介甫，以终益友之义。其舍之取之，则在介甫矣。"意思是说王安石推行新法，目的是造福百姓，自己阻止变法，目的是拯救百姓，都是为天下百姓考虑，所以是和而不同，这大概可算是说服工作的基础。司马光对结果早有预料，之所以还要这样做，是为尽朋友之谊，同时，寄希望于万一，死马当作活马医吧。

司马光写下以下的话，作为这封长信的结束："国武子好尽言以招人之过，卒不得其死，光常自病似之，而不能改也。虽然，施于善人，亦何忧之有？用是故敢妄发而不疑也。属以辞避恩命未得请，且病膝疮，不可出，不获亲侍言于左右，而布陈以书，悚惧尤深。介甫其受而听之，与罪而绝之，或诟詈而辱之，与言于上而逐之，无不可者，光俟命而已。"意思是说自己喜欢实话实说，所以总招人怨恨；如今自己不方便出门，所以也不方便见面；至于王安石怎么反应，是接受还是拒绝，是辱骂还是贬官，自己都欣然接受，司马光做了最坏的打算。

三月初三日，司马光又有《与王介甫第二书》：

> 光以荷眷之久，诚不忍视天下之议论汹汹，是敢献尽言于左右。意谓纵未弃绝，其取诟辱必矣。不谓介甫乃赐之诲笔，存慰温厚，虽未肯信用其言，亦不辱而绝之，足见君子宽大之德，过人远甚也。
>
> 光虽未甚晓孟子，至于义利之说，殊为明白。介甫或更有他解，亦恐似用心太过也。《传》曰："作法于凉，其弊犹贪；作法于贪，弊将若何？"今四方丰稔，县官复散钱与之，安有父子不相见、兄弟离散之事？光所言者，乃在数年之后，常平法既坏，内藏库又空，百姓家家于常赋之外，更增息钱、役钱；又言利者见前人以聚敛得好官，后来者必竞生新意，以朘民之膏泽，日甚一日，民产既竭，小值水旱，则光所言者，介甫且亲见之，知其不为过论也。当是之时，愿毋罪岁而已。

感发而言，重有喋喋，负罪益深。(《传家集》卷六十)

由这封信来看，王安石收到司马光第一封信之后，曾有回信。从司马光此信的内容推断，王安石的回信，应不激烈，相反，很客气，但也坚决；曾提及孟子，但彼此的理解，却大相径庭；又说目前并没有父子不相见、兄弟离散的事情。我们现在知道，司马光的回答，真是一语成谶：数年之后，那些惨状王安石将亲眼看见。

再然后，就是我们熟知的《答司马谏议书》：

某启：昨日蒙教，窃以为与君实游处相好之日久，而议事每不合，所操之术多异故也。虽欲强聒，终必不蒙见察，故略上报，不复一一自辩。重念蒙君实视遇厚，于反覆不宜卤莽，故今具道所以，冀君实或见恕也。

盖儒者所争，尤在于名实。名实已明，而天下之理得矣。今君实所以见教者，以为侵官、生事、征利、拒谏，以致天下怨谤也。某则以谓受命于人主，议法度，而修之于朝廷，以授之于有司，不为侵官。举先王之政，以兴利除弊，不为生事。为天下理财，不为征利。辟邪说，难壬人，不为拒谏。至于怨谤之多，则固前知其如此也。

人习于苟且非一日，士大夫多以不恤国事同俗自媚于众为善。上乃欲变此，而某不量敌之众寡，欲出力助上以抗之，则众何为而不汹汹？然盘庚之迁，胥怨者民也，非特朝廷士大夫而已。盘庚不为怨者故改其度，度义而后动，是而不见可悔故也。如君实责我以在位久，未能助上大有为，以膏泽斯民，则某知罪矣。如曰今日当一切不事事，守前所为而已，则非某之所敢知。无由会晤，不任区区向往之至。(《王荆公年谱考略》卷十六)

昨日来信，今日回复，王安石真是好快！我们可以读出文字背后的剑拔弩张，虽然语气非常平和。彼此的诸多分歧，王安石只概括为一句话："所操之术多异故也"。因此回信的内容，主要集中在辩清名实上，而不是变不变法上。

王安石此信曾被选入中学课本，我们许多人至今可以倒背如流。大多数人对司马光的认识，可能都是通过这封信想象而来的。想象中的司马光顽固、守旧，甚至残忍，因为他竟阻拦王安石变法以强国富民。但今天我们知道，事实并非如此。在人们的思想深处，长久以来有一种根深蒂固的误解，以为凡是变法都是好的。这是个天大的误解。其实变法有好的，也有不好的；前者催生国富民强，后者可能导致国破家亡。

最后，是司马光的《与王介甫第三书》：

> 光惶恐再拜，重辱示谕，益知不见弃外，收而教之，不胜感悚！不胜感悚！
>
> 夫议法度以授有司，此诚执政事也，然当举其大而略其细，存其善而革其弊，不当无大无小，尽变旧法以为新奇也。且人存则政举，介甫诚能择良有司而任之，弊法自去；苟有司非其人，虽日授以善法，终无益也。介甫所谓先王之政者，岂非泉府赊贷之事乎？窃观其意，似与今日散青苗钱之意异也；且先王之善政多矣，顾以此独为先务乎？今之散青苗钱者，无问民之贫富、愿与不愿，强抑与之，岁收其什四之息，谓之不征利，光不信也。至于辟邪说，难壬人，果能如是，乃国家生民之福也；但恐介甫之座，日相与变法而讲利者，邪说、壬人为不少矣。彼颂德赞功、希意迎合者，皆是也。介甫偶未之察耳。盘庚曰："今我民用荡析离居。"又曰："予岂汝威？用奉畜汝众。"又曰："无或敢伏小人之攸箴。"又曰："非废厥谋，吊由灵。"盖盘庚遇水灾而迁都，臣民有从者，有违者，盘庚不忍胁以威刑，故勤劳晓解，其卒也皆化而从之，非谓废弃天下人之言而独行己志也。光岂劝介甫以不恤国事，而同俗自媚哉？盖谓天下异同之议，亦当少垂意采察而已。

幸恕其狂愚。不宣。光惶恐再拜。(《传家集》卷六十)

读这封信我们就会明白，什么叫作见仁见智。司马光的初衷是要说服王安石的，但越到后来他就越明白，那根本无异于与虎谋皮。单向的说服成了双向的辩论。司马光此信，不过是对王安石辩解的反驳。

王安石说："为天下理财，不为征利。"意思说为国家理财是为公，所以不叫取利。王安石变法的目的，是要将民间财富，迅速集中到国家手中，不取利是不可能的。王安石说集中是为了国家，所以不叫取利。实际就是这个实际，叫法不同而已。按照王安石的设计，国家作为经济实体，参与到经济活动中去，国家就是最大的企业。司马光主张无为而治，反对国家参与经济活动，市场的事由市场说了算。

司马光凭借曾经的友谊，语重心长想要说服王安石，可是最后发现根本不可能。政治主张第一，个人友谊第二，为了政治主张可以不要个人友谊，司马光和王安石都是这样的人。变法将在全国全面铺开，司马光所能做的就只有离开。

第六章　司马家风

第一节　司马孚作为起点

关于司马光的祖上，苏轼所作《司马文正公行状》说是西晋安平献王司马孚。司马孚到底是怎样的人物呢？

史书上说，司马孚修养很好，温厚廉让；学问也很好，博涉经史。在汉末的社会大动荡中，兄弟们已经慌慌张张奔走在逃命的路上了，司马孚却读书不辍。司马孚为人开通而宽容，当时有个叫殷武的名士，曾因犯罪遭到处罚，别人都不愿和他交往，而司马孚去拜访他，与他同吃同住。

司马孚曾被天才诗人曹植选为属官。曹植恃才傲物，司马孚痛加规劝，曹植当时觉得扫兴，过后又觉得有道理，就向司马孚认错。后来，升任太子中庶子，

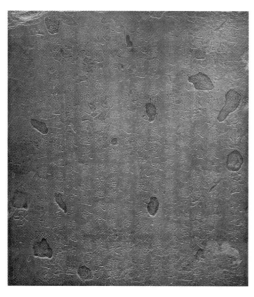

东晋王献之书三国曹植《洛神赋》十三行

辅佐太子曹丕。曹操死的时候，曹丕号啕大哭，不能自持。司马孚劝道：如今先帝晏驾，天下等着您的号令，您该上为宗庙考虑，下为万世国家考虑，怎么能学匹夫行孝呢？过了好一会儿，曹丕终于止住哭，说你讲得没错！众大臣听到皇帝驾崩，一下全蒙了，抱在一起，哭成一团。司马孚厉声道：如今天下震动，应及早安定民心，只是哭有什么用！于是与尚书共同遣散群臣，做好安全工作，接着操办丧事，拥曹丕即位，是为魏文帝。

文帝即位伊始，需要选调一批官员。文帝做太子时的旧臣纷纷说情托关系，文帝就打算任用他们，不再选调其他人了。司马孚说即便英明如尧、舜，也得有稷、契那样的贤臣辅佐才成，您刚即位，正该进用天下英才，唯恐人家不来，怎能只用自己的私人呢？于是另外推选。

当时吴国孙权表示臣服，要送人质前来，并许诺送还被俘的魏国大将于禁。但过了很久，也不见于禁和人质。曹丕问司马孚，司马孚说东吴地处偏远，不能用中原的礼数要求他们，现在我们应该秣马厉兵，静观形势发展，东吴从孙策到孙权，讲的是实力强弱，不在于一个于禁，于禁没有按时到达，一定另有原因。后来，于禁终于到了，是因为路上得病，耽误了行程，但人质始终没有送来。

司马孚财商颇高，精通财政事务。文帝曹丕设立度支尚书，专门负责全国的财政收支，相当于财政部部长。因为国家经常打仗，打仗打的是经济，这个官职就极为重要。魏明帝即位以后，打算让司马孚任度支尚书，询问左右：有其兄司马懿的风范吗？回答说相似。皇帝听后非常高兴，说我有司马家这两兄弟辅佐，还有什么可担心的！

当时诸葛亮数出祁山，关中战事不断。每次诸葛亮攻来，戍边部队不能获胜，等到内地援军赶到，早已贻误了战机。司马孚认为要想打胜仗，就得提前做好准备，既然关中常有战事，不如另选两万军队作为预备，关中连年战争，粮食布帛不足，应该调拨五千壮劳力，去边境屯垦，秋冬训练，春夏生产。从此，关中充足，战事有备。

其后，大将军曹爽专权，司马孚远害避祸，隐退了很长时间，所有事务都不参与。

司马孚军事方面也颇多建树。东吴诸葛恪包围了魏国某城，司马孚督军二十万前去解围。众将都想速战速决，而司马孚说所谓进攻，就是要借人之力，而且要使用计谋和手段，不能强打硬拼。这样滞留了一个多月，才开始进攻。诸葛恪莫测高深，以为遭遇强敌，望风而退。蜀将姜维前来进攻，边将不能抵挡，于是派遣司马孚西镇关中，为总指挥。司马孚命令部将进击姜维，姜维败退。

高贵乡公曹髦遇害，百官都不敢奔丧。魏帝曹髦被杀后，被封为高贵乡公。司马孚却将尸体枕在自己大腿上，痛哭流涕，说曹髦被杀，是自己的罪过。接着又奏请抓捕凶手。太后命令以平民之礼安葬，司马孚与群臣上表，请求以王礼安葬。

司马孚"性至慎"，做事极为谨慎。司马懿掌权后，司马孚谦虚退让。改朝换代，未曾参与。景、文二帝因为司马孚辈分高，也不敢逼迫。

魏国废帝被贬为陈留王，前往金墉城居住，司马孚前去送行，他拉着陈留王的手，感叹唏嘘，流泪不止，说他今生今世，都是魏国的臣子。

西晋建立以后，被封为安平王。司马孚虽受尊宠，但不以为荣，反而常有忧色，长吁短叹。临终，留下遗言："有魏贞士河内温县司马孚，字叔达，不伊不周，不夷不惠，立身行道，终始若一，当以素棺单椁，敛以时服。"意思说他是魏国人，志节坚定，操守方正，修养自身，奉行道义，始终如一，从未改变，丧葬事宜，一概从简。司马孚长寿，享年九十三岁，谥号献王。

司马孚与司马懿是亲兄弟，但彼此为人有天壤之别。兄弟俩形同水火，却没有水火不容。司马孚有自己的操守，他秉持自己的操守做到了最好。司马光念念不忘司马孚，说明在司马孚的身上，有司马光认同的品质。祖上众多提谁不提谁，显示出司马光的价值取向。首先，司马孚是个文臣，这是司马光认同的。宋代对武将采取压制政策，武将是要遭到排斥的，所以司马光基本不提征东大将军司马阳，而念念不忘西晋安平献王司马孚。其次，司马孚学问好是个学者，修养好是个君子，而且具有多方面政治才能，这些都是司马光认同的，也是司马光对自己的期许，它们成为司马家风的重要内容。司马光花十九年编纂《资治通鉴》，不能说没有司马孚的影响。司马孚在司马光的心目中，就是一个榜样，是他希望达到的目标，也成为司马家风遥远的起点。

第二节　父亲的影响

我们知道，父亲的言传身教对子孙家风的养成，有着潜移默化的作用，那么，司马光的父亲司马池是怎样的人呢？

《宋史》上说，司马池字和中，他独立思考，不人云亦云，二十岁不到，就表现出独到的眼光和见解。解州池盐即今天山西省运城市盐湖区盐池所产的盐，现在主要用作工业原料，当时主要还是用作调味品。北宋解州池盐南运，通常是这样的路线：蒲坂（今山西省永济市蒲州镇）—窦津（今山西省芮城县陌南镇）—大阳（今山西省平陆县茅津渡）。当时，人们认为不仅绕远而且路也难走，就开崿（今山西省绛县冷口乡冷口村）盐道，从闻喜（今山西省闻喜县）往东，再经垣曲(今山西省垣曲县)往南，都认为这样方便多了。司马池却说：前人为什么舍近求远呢？恐怕是近道有问题。众人不以为然。当年夏天，山洪暴发，盐车、人、牛，全都被冲进了河里。大家于是叹服。

金代翻刻《重修政和经史证类备用本草》插图，解盐即解州池盐

司马池是个大孝子。司马池幼年失怙，父亲司马炫去世得早，是母亲皇甫氏独自将他养大的。那年，司马池进京赶考，殿试前夕，母亲病故了。朋友们为了不影响他考试，把报丧的家书藏了起来。但似乎有心灵感应，殿试前一天晚上，司马池辗转反侧，就是睡不着，心想母亲一直有病，该不会有事吧？第二天参加殿试，到了皇宫门前，他徘徊良久，跟朋友们讲了，朋友们只说是母亲病重。司马池一下就明白了，他号啕大哭，放弃殿试，当即返乡。

后来进士及第。北宋官员都归中央调度，调度的空间范围是全国。司马池初任河南府永宁县（今河南省洛宁县）主簿，相当于县政府办公室主任。司马主簿出行骑驴，司马池家里不富裕，驴子比马便宜。县令陈中孚是个势利眼，用交通工具来判断人的价值。司马池去找他谈公事，他像皇帝一样面南而坐，对司马池爱搭不理。司马池毫不退让，将陈县令拉到东面主位上坐下，自己则坐在客位上，和他面对面谈公事。县令、主簿都是臣子，交往应遵守基本礼仪，司马池为人正直，对上司也不例外。

后任睦州建德县（在今浙江省建德市东北，睦州州治所在）县尉。

调任益州郫县（今四川省成都市郫都区）县尉。郫县豆瓣天下闻名，县尉负责地方治安，相当于今天的县公安局局长。当时突然有谣言说驻军已哗变，又有谣言说蛮夷即将进犯。富人们纷纷埋藏金银，逃到山里去了。知县借口办公事，跑到州府躲着去了。主簿也自称有病，请了病假。司马池不躲也不闪，他挺身而出，一身兼三任。时间恰好是正月十五上元节，上元节今天叫元宵节。司马池下令城内张灯结彩，然后大开城门，让百姓进城看灯。这样过了三个晚上，谣言不攻自破，人心渐渐安定。

郫县县尉任职期满，获得十三封举荐信，调任郑州（治今河南省郑州市）防御判官。防御判官是州属官，协助处理州内事务。

不久，调任光州（治今河南省潢川县）光山县（今河南省光山县）知县。司马光就出生在光山县。

光山知县任职期满，因翰林学士、光州知州盛度的举荐，调任秘书省著作佐郎、监寿州（治今安徽省凤台县）安丰县（今安徽省寿县南）酒税，相当于县酒类专卖局局长。

不久，又调任遂州小溪县（今四川省遂宁市船山区）知县。

小溪县知县任后，龙图阁学士刘烨出知河南府（治今河南省洛阳市东）兼留守司，召司马池知司录参军事。司录参军事简称司录，是州府属官。

任河南府司录一年多，升任留守司通判，通判是留守司副长官。几天后奉调进京，任群牧判官，即群牧司副长官。一同任群牧判官的还有庞籍，两人的友谊终生不渝。庞籍官至宰相，对司马光的一生影响非常大。

在群牧判官任上，长官曹利用安排司马池，收缴大臣们拖欠的马款，司马池说：命令得不到执行，是因为领导带头违犯。您就欠着不少，如果不先缴清，我怎么向别人催收？曹利用非常惊讶：经办人告诉我都缴清了呀。立即命人缴清了欠款。其他人见此情形，几天之内也都全部缴清。司马池正直，他一心为公，不怕得罪领导。曹利用没有生气，而是闻过即改，也有足够雅量。曹利用被贬官后，依附他的人害怕受牵连，纷纷攻击曹利用，司马池却在朝中公开宣称，说曹利用是被冤枉的。曹利用是得罪宦官下台的，司马池这样做肯定会得罪宦官，但是他不怕，正直的人也勇敢。

宋画《百马图》

章献太后身边太监皇甫继明，兼任群牧司下属估马司的长官，负责给马匹定价并收购，他自称买马有赢利，要求升官。这件事交给群牧司去核实，结果根本没有。其他人害怕皇甫继明的权势，明知他在瞎说，但觉得还是附会算了，只有司马池说不行。明知皇甫继明有权势，却毫不退缩和迁就，司马池威武不能屈。

群牧判官任职期满，被任命为开封府推官，是个不错的职位。可是皇甫继明从中作梗，改为耀州（治今陕西省铜川市）知州。

其后，升任利州路转运使。北宋的路相当于今天的省，利州路管辖范围包括今天四川省东北部加上陕西省南部。转运使主管一路财政并纠察官吏，相当于财政厅厅长兼人社厅厅长。

在利州路转运使任上，公务之余，父亲喜欢带着司马光游览当地名胜。消遣是一方面，另一方面，大概像所有慈爱的父亲那样，他希望通过游历，增长司马光的见识。每到一处，父亲都要作诗，描绘当地的风光景物，以及当时的所思所感。父亲作完诗，将毛笔饱蘸浓墨，把诗句写在墙壁上，诗末郑重署上"君实捧砚"。后来，一位倾慕司马光人品的朋友在利州路做官，把这些题诗全部刻石。

司马池利州路转运使任满，他请求继续留任地方，于是调任凤翔府（治今陕西省凤翔县）知府。

后召知谏院，负责谏净朝政得失，专门负责提意见。但司马池上表恳辞，说谏官不过两条路，或者犯颜直谏以尽臣节，或者保持缄默以图高官；不是招来祸患，就是坏了名节，不能两全。知谏院可以图高官，个人有很好的前途，但是名节与高官，司马池宁愿要名节。宋仁宗感慨万端，对宰相说：人人喜欢升官，唯独司马池不，真是难能可贵。于是，进直史馆，再知凤翔府，等于职称提高职务不变。

此次凤翔府任上，有一宗疑难案件呈报中央后，被大理寺驳回了。这在当时属于重大失误，所以负责办案的官员非常害怕，自责不已。司马池对他说，我是这里的一把手，是我工作做得不好，不怪你们。独自将责任承担下来。承担责任就要接受处罚，为保护属下不避处罚，司马池为人仁厚。所幸朝廷很快有令，此事不予追究。又有"镇巡检"晚上在富人家里喝酒，被手下碰到了。巡检是巡检使的简称，负责训练士兵和巡逻州县，归地方指挥。这在当时是违法的。那个手下以此相要挟，镇巡检被迫承诺以后对该属下网开一面。司马池执法如山，立即将首恶绳之以法，镇巡检也被撤职查办。

后兼任侍御史知杂事，即御史台的副长官。司马池多次上疏，论朝政得失。在御史台，升任工部郎中，相当于副部级。

后历任户部度支、盐铁副使。在三司盐铁副使任上时，"同年"张存奉调回京，任三司户部副使。两人同在三司任职，既是"同年"又是同僚，相似性拉近彼此关系。后来张存成了司马光的岳父。

三司盐铁副使任满，宋仁宗问：是辞谏官的司马池吗？于是升任天章阁待制、知河中府（治今山西省永济市蒲州镇）。

河中知府任满，调任同州（治今陕西省大荔县）知州。

任同州知州一年多，升任兵部郎中，并以此职出知杭州（治今浙江省杭州市）。

后调任虢州（治今河南省灵宝市）、晋州（治今山西省临汾市尧都区）知州。庆历元年（1041年）十一月，在晋州知州任上逝世，享年六十三岁。

父亲司马池思想独立，至孝，重视礼仪，勇于担当，正直勇敢，清廉正直，仁爱宽厚，他像一座大山，既是司马光的精神依靠，也是司马光的人生榜样。司马光从六岁起，父兄开始教他读书，他的启蒙是在家里完成的。父亲教给司马光的不仅是知识，还有为人处世的道理，言传而身教。俗话说有其父必有其子，我们从父亲司马池身上，可以知道司马光诸多好品质的由来，也可以知道司马家风的重要内容。

第三节 《训俭示康》

《训俭示康》是司马光一篇文章的题目。俭就是俭朴，康指儿子司马康。

文章是教诲儿子司马康的，司马光要儿子保持俭朴，并作为家风世代传承。

文章中司马光先说到自己的出身和生性。他说自己出身贫寒，世代相承的家风就是清白做人。生性则不喜欢奢华，还是儿童的时候，长辈给他穿上华美的衣裳，他就羞愧难当满脸通红，继而弃之不顾；二十岁考中进士，皇帝招待进士的闻喜宴上，只有他一个人不戴花，"同年"说这花是皇帝赏赐的必须戴，他才勉强别上一枝；平生穿衣只为御寒，吃饭只为果腹，也不敢故意穿得破破烂烂沽名钓誉，只是顺从自己本性行事而已。

但是司马光时代的社会风尚，不是俭朴而是奢华。文章中说大家都以奢华为荣，他心里却以俭朴为美。别人笑他见识浅薄，他也不以为意，不放在心上，回答他们：孔子有言"与其不逊也宁固（与其不谦虚，宁愿见识浅）"，又有"以约失之者鲜矣（生活俭朴却犯错不断的人很少）"，又有"士志于道，而耻恶衣恶食者，未足与议也（读书人有志探求真理，却以吃穿不好羞愧，就不值得搭话）"。司马光主张俭朴在当时很小众，他由此感叹：古人把节俭作为美德，今人却把节俭当作毛病，真是好奇怪！

司马光又具体说到宋代的奢华：近年来风气尤其奢靡，"走卒类士服，农夫蹑丝履"，当差的人穿戴像读书人，农民都穿绣花鞋。大概当时社会经济相对发达，物质比较丰富，否则也轮不到农民穿绣花鞋。司马光接着回忆了父亲的家宴，他说记得天圣年间，父亲做群牧司判官，家里来了客人，都要摆设酒席，有时斟酒三次，有时五次，顶多不超过七次；酒是从市场上买来的，水果限于梨子、栗子、红枣、柿子之类，菜肴限于干肉、肉酱、菜汤，餐具用瓷器和漆器。宋代请客多在家里，家里条件不具备，才带客人下馆子，这跟今天习惯不同。司马家摆酒设席，下酒的有水果有菜肴，菜肴也不用煎炒烹炸，基本都是现成的，干肉、肉酱该是买来的，现做的只

有菜汤。司马光说当时的士大夫家基本都这样，没人觉得有什么问题，聚会频繁而礼意殷勤，食物较少而感情深厚；可是，近年来士大夫家请客，酒不是按照宫里方法酿造，水果、菜肴不是远方的奇珍异果、美味佳肴，主食不是有很多种，餐具不是摆满了桌子，都不敢邀请客人，往往先要准备好几个月，才敢发出请柬。有人不这样做，非议就接踵而至，说他没见过世

面是个乡巴佬、舍不得花钱是个小气鬼。因此，不跟着习俗顺风倒的人就少了。司马光感叹：风俗败坏成这个样，身居高位的人即便不能禁止，忍心助长吗？

接着，司马光举了几个正面例子。第一个例子是李文靖公：从前李文靖公做宰相时，在封丘门内建宅子，厅堂前仅容一匹马转身，有人说太窄了。李文靖公却笑答：住宅是要传给子孙的，我如今做着宰相，作为我的厅堂，确实是窄了些，可是将来我的子孙，很可能恩荫做个太祝或者奉礼郎这样的小官，作为他们的厅堂，已经十分宽敞了。李文靖公名李沆，宋真宗时宰相，文靖是他的谥号。宋代制度，父祖做某个级别的官，子孙可以不必参加考试直接做官，叫作恩荫；通过恩荫做官，惯例授给太祝或者奉礼郎。第二个例子是鲁公：副宰相鲁公当谏官时，真宗紧急召见他，到了家里人没在，最后在酒馆里找到了，真宗问打哪儿来，他如实回答。宋真宗就批评了：你担任的谏官，属于清望官，级别很高，怎么能在酒馆里饮酒呢？听宋真宗的口气，在酒馆饮酒不体面，是丢脸的事情。鲁公回答：我家里穷，来了客人没有餐具、菜肴和水果招待他，所以就请客人去了酒馆。鲁公不隐瞒，真宗更加器重他。鲁公指鲁宗道，《宋史》上说他为人刚正，疾恶如仇，遇事敢言。第三个例子是张文节：张文节当宰相后，生活和当河阳节度判官时一样，亲近的人就劝他：您现在俸禄不低，生活却这样节俭，您自知是清廉节俭，外人却有讥评，说您就像汉代的公孙弘盖布被子，是欺骗是作秀，您该稍稍从众才好。公孙弘是汉武帝时人，身为丞相俸禄优厚，却盖一床布被子，而不是绸缎被子，当时被指为欺骗作秀。张文节叹道：我今天的俸禄多，全家锦衣玉食，也没什么问题，但是人之常情，由俭入奢易，由奢入俭难，我今天的俸禄哪能常有呢？我不当宰相就没有了，我又哪能常在呢？我也不可能活上一千年，哪天我被免官或者不在人世了，家人习惯了奢侈生活，不能立刻节俭，必定要流离失所，哪比得上我在位和不在位、在世和不在世，生活都保持同一个标准呢？张文节指张知白，宋仁宗时宰相。司马光最后感叹："呜呼！大贤之深谋远虑，岂庸人所及哉！"意思是说大贤做事深谋远虑，不是俗人比得了的。

然后，司马光引用了一句话："俭，德之共也；侈，恶之大也。"这句话出自《左传》。司马光解释：共就是同，意思是说有德的人都由节俭而来。为什么呢？因为节俭就少贪欲：有地位的人少贪欲，就不为外物所役使，不受外物的牵制，可以走正直的道路；平民百姓少贪欲，就能约束自己节约支出，避免犯罪而使家庭富足。所以说"俭，德之共也"。奢侈就会多贪欲：有地位的人多贪欲，就会贪图富贵不走正路，招来祸患；平民百姓多贪欲，就会想方设法搞钱，随意挥霍，最后丧命败家。做官必然贪赃枉法，做百姓必然盗窃财物。所以说："侈，恶之大也。"

接下去，司马光又举了几个例子，正面反面都有。第一个例子是古代的正考父，属于正面例子：古时候正考父以稀粥糊口，孟僖子推知他的后代必有人显达。正考父是春秋时期宋国大夫。第二个例子是季文子，也属于正面例子：季文子前后辅佐三位国君，但小妾不穿丝绸，马不喂小米，有名望的人认为他很忠诚。季文子是春秋时期鲁国人。第三个例子是管仲，属于反面例子：管仲使用刻有花纹的餐具、红色的帽带，住宅有刻着山岳的斗拱、画着水藻的梁上短柱，孔子瞧不起他，说他见识短浅。管仲基本家喻户晓，辅佐齐桓公称霸诸侯。第四个例子是公叔文子，也属于反面例子：公叔文子在家里宴请卫灵公，史鳅预知他会遭遇灾祸，果然到了文子的儿子公孙戌时，就因为富裕而得罪，最后逃亡国外。公叔文子是春秋时期卫国大夫。第五个例子是何曾，同样属于反面例子：何曾每天吃掉一万钱，到了孙辈就因为傲慢奢侈而家破人亡。何曾是西晋开国元老。第六个例子是石崇，还属于反面例子：石崇以奢靡夸耀世人，终于因此死在刑场上。石崇是西晋时人，身份是官员，劫掠往来富商而致富。第七个是寇莱公，也属于反面例子：近年寇莱公的豪华奢侈，在当代堪称第一，但因为他功劳大，人们不敢批评他。可是，子孙习染他的家风，大多已穷困潦倒。寇莱公即寇准，宋真宗时，契丹南犯，寇准力主亲征，促使宋辽订立"澶渊之盟"。

在文章的末尾，司马光说："其余以俭立名，以侈自败者多矣，不可遍数，聊举数人以训汝。汝非徒身当服行，当以训汝子孙，使知前辈之风俗云。"意思是说其他因为节俭而留下好名声、因为奢侈而招致失败的例子还有很多，不能一一列举，以上仅举数例教诲你，你不但自己要身体力行，还要教诲你的子孙，让他们知道前辈的风俗。

司马光真不愧是历史学家，谈起古今人物是如数家珍。一个人对待物质生活的态度，不仅关系到本人的事业成败，而且关系到个人和家庭的生死存亡，所以不可不重视。司马光在文章中，结合自己的亲身经历和切身体会，旁征博引，对儿子进行耐心细致、深入浅出的教诲，他要儿子把俭朴作为司马家风，继承下来，传递下去。因为，有德的人都由节俭而来，节俭是一切德行的基础。

第四节　辞遗赐

宋英宗即位的第十二天，即嘉祐八年（1063年）四月十二日，宫内拿出宋仁宗遗留物，赐给两府、宗室、近臣、主兵官，数量不等。富弼、文彦博当时居丧在家，也派人前去他们家里赐给。

我们清楚，这不过是显示皇恩浩荡的例行赏赐而已。

但当时的国家财政，已是捉襟见肘。十天前，也就是四月初二日，三司奏请内藏库钱一百五十万贯、绸绢二百五十万匹、银五万两，帮助修建宋仁宗陵墓，以及用于赏赐。众所周知，宋代的三司主管全国财政，但内藏库除外，内藏库在宫内。三司都拿不出钱来修建宋仁宗陵墓和发放赏赐，只好奏请从内藏库接济，可见国库空虚到了何种地步。

四月十五日，司马光上《言遗赐札子》（《传家集》卷二十七）。

司马光在札子中说，我看见您以先帝的遗留物恩赐群臣，像我这个级别，得到的就有近千缗，名位越高，所受赏赐也越多，举朝上下，花费何止万万。国家用度向来窘迫，如今又遭遇国丧，几代积攒的财富，基本扫地无遗。听说有的地方官府没钱赏给，就向民间借贷，民间一旦催讨，官府就棍棒相加。这种情况下，群臣怎么忍心接受这些赏赐呢？何况先帝陵墓所需还没有着落，按惯例，契丹等国会派使臣前来吊唁，使臣往返也需要花费，万一再有水旱灾害、外族入侵，不知朝廷将如何应对？必定要向百姓增收赋税，百姓已经穷困不堪，又拿什么缴纳呢？百姓饥寒交迫走投无路，必定铤而走险去做盗贼。这是国家安危的根本，请您一定深思熟虑。我也知道先帝即位之初，曾有这样的先例，但当时赏赐恐怕没有这么多。何况当时国库殷实，如今国库空虚，怎能只循先例不考虑增减呢？身为臣子，理应共图国事，好比是股肱、耳目，和国家本就是一体，安则同安，危则俱危，难道还要等多得些金银珠宝，才肯效忠尽力吗？这恐怕不是对待士大夫的正确方法。如今先帝驾崩，举国哀痛，群臣不必考核，各晋升一级，恩泽已多，实在不忍心再接受赏赐。请您准许侍从近臣，随意进献金帛钱物，帮助修建先帝陵墓。这样，既可以减轻百姓负担，又无损于国家体面。

宋仁宗永昭陵的石人、石马

司马光没有请宋英宗不要赏赐，而是请他同意群臣可以随意捐献，皇帝赏赐下来，群臣进献上去，皇恩浩荡，群臣仁义，看来是个两全其美的解决方案。

然而，宋英宗不同意。

154

四天后，即四月十九日，司马光又给执政大臣们递交了一份如下的《申堂状》(《传家集》卷六十三)，等于一份倡议书：

> 右光今月十五日，曾具札子奏闻，以群臣受大行皇帝遗留物过多，乞许令进金银钱帛，以助山陵之费，至今未闻降出。盖主上谦让，未欲开允。伏望参政侍郎、集贤相公、昭文相公表率百僚，首先进献，以济今日用度之急，抑向去侥幸之源，天下生民，不胜幸甚。谨具状申闻，伏候台旨。

司马光的意思很明白：他发出这样的倡议，是担心宋英宗谦让，不好意思，因此希望执政大臣们带个好头，做个表率，首先进献。至于进献的目的，一是为解决眼前的燃眉之急；二是为断绝将来的侥幸之源，就是让那些总惦记着赏赐的人，干脆断了这样的念头。

又过了两天，到了四月二十一日，司马光再上《言遗赐第二札子》(《传家集》卷二十七)。

从札子中我们得知，前一札子宋英宗没有批复，等于作了冷处理；司马光曾与同僚一起，向有关部门进献钱物，却以没有先例为由，不予接收。司马光有些急了，他在札子中说，如今国家多事，人心不稳，正是朝廷斟酌变通的时候，怎能不问利弊只循先例而已呢？何况今日所赐，比过去多出好几倍，群臣有所进献，怎能又说没有先例呢？圣恩固然是要优厚，而群臣但凡还有些廉耻之心，有什么脸面接受呢？而且，地方官府鞭挞平民逼取钱物以救急，以前可有这样的先例吗？由此可见，虚实缓急时时不同，怎能一味遵循先例不作裁减呢？国丧之后内外困穷，凡是在位的大臣，都应殚精竭虑克己奉公，如果接受这样的超常赏赐，安心占有，毫不羞愧，低级官吏们会说：我们这样辛苦，却收入微薄；大臣安享清闲，却收入丰厚。他们心里怎能不怨恨呢？百姓们也会说：我们剥皮抽髓才交上去的赋税，都浩浩荡荡进了群臣的家里，像泥沙一样毫不珍惜。他们心里怎能不愤怒呢？近的怨，远的怒，为国家打算的人，能不深谋远虑吗？我上奏札想要进献，不是说可以增加国库收入，解决国家用度之急，只是想沟通上下的感情，抚慰远近的人心，堵塞无尽的怨恨，缓和重税的愤怒。希望朝廷留心审察，知道这是安危的根本，不是我要表现自己的小廉洁、小忠心。

司马光可能还有没明说的意思：国家兴亡，匹夫有责，何况是朝臣呢？捐献是有良知的表现；赏赐会使许多人心理失衡，也会产生许多新的矛盾。

可是，宋英宗仍然不许。

《续资治通鉴》卷六十一说：司马光"因固辞，卒不许，光乃以所得珠为谏院公使钱，以金遗其舅氏焉"。就是说司马光请求捐献，可是始终不许，于是坚决不要，可是还是不许，没办法，他最终把所得珠宝充作了谏院的办公经费，而把所得的金银都赠送了舅家。

有位朋友的评论入木三分：当时朝廷这样高调为宋仁宗办丧事，大概因为英宗不是宋仁宗亲生的。如果对先帝的葬礼过于简慢，无疑会落人口实。主持丧事的是宰相韩琦，他应该知道国家的财政状况，但还是坚持要厚葬，给大臣们的赏赐也比往常要多，可能也是从这方面考虑的。司马光提出进献赏赐，这是作为谏官该做的事情，韩琦不予采纳，也是作为宰相该作的决策。在其位而谋其政，如果两人调换一下位置，也许都会觉得对方做得不错吧。

这位朋友的评论可作为背景补充，宋仁宗没有儿子，宋英宗不是他亲生的，所以宋英宗必须厚葬宋仁宗，给大臣们的赏赐也要格外多，都是因为亲情的不足，亲情不足礼仪来凑，这是不得已的，也是必须的。司马光的请求未有批复是必然的，他的倡议未得到响应也是自然的。

另一位朋友评论说：司马光公开表现自己的两袖清风，额外的钱一分也不要，绝非上策。历史上很多被认为很正直、很能干的大臣，对于一些小钱，拿了也就拿了；并不是他们就需要那些小钱，只是人在官场，水至清则无鱼，人至察则无朋。司马光无疑是清高了，但对于一个有雄心振兴国家的人来说，清高是要减分的。

这说得就不对了。我认为，司马光不是要表现自己什么，他恐怕没有什么个人考虑，他不是行为艺术家，并不希望通过捐献的行为艺术，塑造自己廉洁的个人形象。当时他想的大概只是国家，而不是自己，他那样想了，就那样做了，他的内心和行为是统一的，遵循内心，率性而为。当时的政治空气，还没有到好坏不分的地步，就是说当时肯定是有贪污腐败的，但大家都清楚什么是好和坏。这种情况下，大家都认为好的事情，就不会给自己减分。我们注意到，主张捐献的不是司马光一个，去向有关部门捐献的，还有司马光的同僚们，司马光并不孤单；后来的事实也证明，不论是皇帝还是官员，都没有因为司马光"清高"，就认为他不合群而孤立他，当然也没有给司马光减分。

司马光对待钱财的态度就是这样，名正言顺的赏赐他也不要。司马光能够做到这一点，是因为他生活节俭。他教导儿子俭朴，不是说说而已，而是脚踏实地，身体力行。因为俭朴就需要得少，所以他能够放得下，能够看轻钱财。古来多少人锒铛入狱，都是因为经济问题，而贪腐的根源正是奢侈；如果奉行节俭，何来经济问题？又何来贪腐？

第五节　独乐园主人

宋神宗熙宁六年（1073 年），司马光在洛阳尊贤坊北，买田二十亩，辟为"独乐园"。建成以后，司马光写了《独乐园记》。

先来说独乐园的格局。根据司马光这篇文章的描述，格局大致是这样：当中有一堂，藏书五千余卷，取名"读书堂"。堂南有屋一所，名"弄水轩"，有水自南向北，贯穿屋下。屋南，中间是一方形水池，深宽各三尺，水分五股，注入池中，形似虎爪；水池以北为暗流；至屋北阶流出，泻入院内，状似象鼻；从此分为两渠，环绕流经庭院四角，最后在院西北汇合，流出。堂北是一池塘，中央有岛，岛上种竹，岛周长三丈，形似玉玦；挽结竹梢，好像渔夫住的窝棚，取名"钓鱼庵"。池塘以北，东西有屋六间，为避烈日，墙壁和屋顶都特别加厚，门朝东，南北对开许多窗户，凉风习习，前后种了很多翠竹，这是避暑之所，取名"种竹斋"。池塘以东，整地为一百二十畦，杂种各种草药，辨别名称并作标识。畦北为"采药圃"——种竹一丈见方，形似棋盘，弯曲竹梢，遮蔽为屋，又在它的前面种竹，夹道如走廊，又种藤蔓类的草药，覆盖竹上，四周另种木本药，作藩篱。圃南是六栏花，芍药、牡丹、杂花，各二栏；每一品种仅种两棵，辨别形状而已，不求多。栏北为亭，取名"浇花亭"。洛阳城距山不远，但树木茂密，常苦不得见，于是在园中筑台，台上盖屋，以望万安、轩辕、太室等山，取名"见山台"。

当然，这是宋神宗熙宁六年（1073年）独乐园刚建成时的格局。

为什么取名"独乐园"呢？司马光先说到他的"乐"：

> 迂叟平日多处堂中读书，上师圣人，下友群贤，窥仁义之原，探礼乐之绪，自未始有形之前，暨四达无穷之外，事物之理，举集目前，所病者学之未至，夫又何求于人、何待于外哉？志倦体疲，则投竿取鱼，执衽采药，决渠灌花，操斧剖竹，濯热盥手，临高纵目，逍遥徜徉，唯意所适。明月时至，清风自来，行无所牵，止无所柅，耳目肺肠，悉为己有，踽踽焉，洋洋焉，不知天壤之间，复有何乐可以代此也。（《传家集》卷七十一《独乐园记》）

可以看出，司马光的"乐"，主要集中在两件事情上：一是读书，当然还包括著述，即编修《资治通鉴》；二是钓鱼、采药、浇花、剖竹、纵目等等，它们既是快乐的一部分，又是困倦时的休息。以上两项也是司马光在洛阳日常生活的主要内容。

那么，又为什么要独乐呢？司马光解释：

> 孟子曰：独乐乐，不如与人乐乐；与少乐乐，不如与众乐乐。此王公大人之乐，非贫贱者所及也。孔子曰：饭疏食饮水，曲肱而枕之，乐亦在其中矣。颜子一箪食，一瓢饮，不改其乐。此圣贤之

乐，非愚者所及也。若夫鹪鹩巢林，不过一枝，鼹鼠饮河，不过满腹，各尽其分而安之，此乃迂叟之所乐也。(《传家集》卷七十一《独乐园记》)

这是说快乐的性质：既不属于王公大人的快乐，也不属于圣哲贤人的快乐，只是自安其分，自得其乐而已；换句话说，自己既不是什么王公大人，也不是什么圣贤，朴素的快乐不值得他人分享。

然后，司马光又补充：

或咎迂叟曰：吾闻君子所乐，必与人共之。今吾子独取足于己，不以及人，其可乎？迂叟谢曰：叟愚，何得比君子。自乐恐不足，安能及人。况叟之所乐者，薄陋鄙野，皆世之所弃也，虽推以与人，人且不取，岂得强之乎。必也有人肯同此乐，则再拜而献之矣，安敢专之哉。(《传家集》卷七十一《独乐园记》)

当时的君子多以伊、周、孔、孟自比，因此，司马光说自己的快乐，为世人所鄙弃。司马光的言外之意大概是说，自己的快乐在世人看来，太浅薄太庸俗，没有人愿意分享。因此，不得不独乐。

司马光曾为独乐园中的建筑各赋诗一首，成《独乐园七咏》：

《读书堂》：吾爱董仲舒，穷经守幽独。所居虽有园，三年不游目。邪说远去耳，圣言饱充腹。发策登汉庭，百家始消伏。

《钓鱼庵》：吾爱严子陵，羊裘钓石濑。万乘虽故人，访求失所在。三旌岂非贵？不足易其介。奈何夸毗子，斗禄穷百态。

《采药圃》：吾爱韩伯休，采药卖都市。有心安可欺，所以价不二。如何彼女子，已复知姓字？惊逃入穷山，深畏名为累。

《见山台》：吾爱陶渊明，拂衣遂长往。手辞梁王命，牺牛惮金鞅。爱君心岂忘，居山神可养。轻举向千龄，高风犹尚想。

《弄水轩》：吾爱杜牧之，气调本高逸。结亭侵水际，挥弄消永日。洗砚可钞诗，泛觞宜促膝。莫取濯冠缨，红尘污清质。

《种竹斋》：吾爱王子猷，借宅亦种竹。一日不可无，萧洒常在目。雪霜徒自白，柯叶不改绿。殊胜石季伦，珊瑚满金谷。

《浇花亭》：吾爱白乐天，退身家履道。酿酒酒初熟，浇花花正好。作诗邀宾朋，栏边长醉倒。至今传画图，风流称九老。（《传家集》卷三）

每首诗都以"吾爱"开头。司马光喜欢的，都不是泛泛之辈："罢黜百家，独尊儒术"，董仲舒不用介绍，在儒者司马光看来，那当然是很伟大的事业；严子陵早年游学长安，结识了刘秀，刘秀成为汉光武帝后，三次请他，才肯出来，但因谗言，又悄然离去，隐居富春山下，终老于斯，那里有"严陵濑"，相传为当年垂钓之处；东汉高士韩伯休，从山中采药出来，卖到长安的集市上去，三十多年，从来都是一口价，后在集市上被一女子认出，从此避居山中，再不肯出来；陶渊明，"采菊东篱下，悠然见南山"，我们都很熟悉；杜牧之就是唐代诗人杜牧，牧之是他的字；"雪夜访戴"的典故，应该都不陌生，主人公就是王子猷，鼎鼎大名的书法家王羲之是他的父亲，《世说新语》上说王子猷特别爱竹子，即便是临时住所，也要种竹数丛，问他为什么，他指着竹子说："不可一日无此君"；白乐天就是白居易，晚年住在洛阳，诗酒自娱，优游山林。司马光在诗中写到这些人，想到他们的事迹，作为对自己的鼓励或者安慰。

凿地为室的故事，就发生在独乐园中。司马光在一首诗的注释中说："新构西斋中凿地为室，谓之凉洞。"不久，他将这项技术发扬光大，"凉洞"由一个，增加到了四个，而且，四周有花卉垂下。在《酬永乐刘秘校（庚）四洞诗》中，他说：

> 贫居苦湫隘，无术逃炎曦。穿地作幽室，颇与朱夏宜。宽者容一席，狭者分三支。芳草植中唐，嘉卉周四垂。讵堪接宾宴，适

足供儿嬉。……所慕于陵子，欲效蚓所为。微窍足藏身，槁壤足充饥。养生既无憾，此外安敢知。唯祈膏泽布，歌啸乐余滋。岂羞泥涂贱，甘受高明嗤。何言清尚士，善颂形声诗。困剥固未尝，并复敢终辞。(《传家集》卷四)

其实，就是房子里挖的几个大坑。至于凉爽的原理，大概和我们的地下室差不多。

此外，独乐园中，至少还有一井亭。据载，宋代洛阳风俗，春天私家园林开放，任人游玩，但是要收费的，园丁所得"茶汤钱"，按照惯例要与主人平分。一天，独乐园的园丁吕直，把司马光应得的十千钱交给他，司马光拒绝，叫他拿去，吕直说："只端明不要钱？"端明即端明殿学士，指司马光。十多天后，园丁用那笔钱，新建了一井亭。

司马光写了很多诗给独乐园，《次韵和宋复古春日五绝句》：

　　……

　　车如流水马如龙，花市相逢咽不通。独闭柴荆老春色，任他陌上暮尘红。

　　东城丝网蹴红毬，北里琼楼唱石州。堪笑迂儒竹斋里，眼昏逼纸看蝇头。(《传家集》卷十一)

　　……

春天的洛阳城里热闹得很，但司马光却在独乐园里辛苦修书。
又有《送药栽与王安之》：

　　盛夏移药栽，及雨方可种。为君著屐取，呼童执伞送。到时云已开，枝软叶犹重。夕阳宜屡浇，又须烦抱瓮。(《传家集》卷四)

诗里的司马光，更像是一位农夫，准确地说是药农。

在某个初夏，司马光写下《首夏呈诸邻二章》：

> 首夏木阴薄，清和自一时。笋抽八九尺，荷生三四枝。新服裁蝉翼，旧扇拂蛛丝。莎径热未剧，晨昏来往宜。
>
> 爞爞久旱天，飒飒昨宵雨。尘头清过辙，水脉生新渚。岂徒滋杞菊，亦可望禾黍。勿笑盘蔬陋，时来一觞举。（《传家集》卷四）

诸邻指的是张氏四兄弟——名叔、才叔、子京、和叔，他们是独乐园少有的常客。读罢这些句子，那个初夏的种种细节，仿佛就在我们眼前。

又有《独乐园二首》：

> 独乐园中客，朝朝常闭门。端居无一事，今日又黄昏。
>
> 客到暂冠带，客归还上关。朱门客如市，岂得似林间。（《传家集》卷十一）

独乐园里平淡的日子，显然要更多一些。

还有《闲居呈复古》：

> 闲居虽懒放，未得便无营。伐木添山色，穿渠擘水声。经霜收芋美，带雨接花成。前日邻翁至，柴门扫叶迎。（《传家集》卷十一）

想象一下，司马光当日的生活细节，已在眼前。

宋人李格非著有《洛阳名园记》。李格非有个著名的女儿，就是女词人李清照。关于独乐园，李格非记道：

> 司马公在洛阳自号迂叟，谓其园曰独乐园。园卑小，不可与他园班。其曰读书堂，数椽屋；浇花亭者，益小；弄水种竹轩（应为

弄水轩、种竹斋）者，尤小；见山台者，高不过寻丈；其曰钓鱼庵、采药圃者，又特结竹梢蔓草为之。公自为记，亦有诗行于世。所以为人钦慕者，不在于园尔。（《邵氏闻见后录》卷二十五）

在洛阳众多的名园当中，独乐园极小，也极质朴。我们可以横向比较，不能纵向比较：二十亩的私家园林，在今天那是足够奢侈，但一千年前的北宋，人口比今天少得多，二十亩园林稀松平常。李格非说独乐园"卑小"，该是写实不是夸张。独乐园的知名，不是因为园子本身，而是因为园子的主人司马光。

《资治通鉴》是在独乐园里完成的，他在那里编修《资治通鉴》，他也在那里种花钓鱼远眺，那里既是他的工作场所，也是他的生活场所。独乐园固然是简陋的，但《资治通鉴》无疑是奢华的。司马光就在这简陋至极的独乐园里，完成了奢华至极的《资治通鉴》。独乐园符合司马光的原则，也体现着独特的司马家风。

第六节　耆英会与真率会

宋人邵伯温《邵氏闻见录》卷十七说："洛中风俗尚名教，虽公卿家不敢事形势，人随贫富自乐，于货利不急也。"接下来的话是："岁正月梅已花，二月桃李杂花盛开，三月牡丹开。于花盛处作园圃，四方伎艺举集，都人士女载酒争出，择园亭胜地，上下池台间引满歌呼，不复问其主人。抵暮游花市，以筠笼卖花，虽贫者亦戴花饮酒相乐，故王平甫诗曰：'风暄翠幕春沽酒，露湿筠笼夜卖花。'"北宋洛阳人特会享受生活，各种花依序开放，人们去郊游，在盛开的树下野餐、歌唱，和着自然的节奏狂欢，夜幕降临，人们意犹未尽，再游花市，即便穷人也都戴花饮酒，自得其乐。

洛阳民风如此，士大夫自然不甘落后。

宋神宗元丰五年（1082年）正月，兼任西京留守的文彦博，"悉集士大夫老而贤者"，为"洛阳耆英会"，召集了洛阳一些德高望重的老人集会，又命司马光记其事，于是司马光有《洛阳耆英会序》。

从这篇文章中我们得知，此会的蓝本是唐代的"九老会"，它的发起人就是唐代著名诗人白居易；当时白居易在洛阳，与年高德劭的八人交游，时人仰慕，作"九老图"，传于世；入宋以来，洛阳诸公继而为之，已有数次，都在"普明僧舍"画像，那里是白居易旧居；"洛阳耆英会"这个名称，不是与会者自己取的，是当时别人那么叫的；"洛阳耆英会"也画像，但不是在"普明僧舍"，而是在"妙觉僧舍"；司马光当时六十四岁，其他与会者都在七十岁以上；这篇文章写于第一次集会之后，第一次集会的时间是在元丰五年（1082年）正月壬辰；集会的地点不是在发起人文彦博的家里，而是在参与者富弼的家里，因为富弼年龄最大；第一次集会宾主共十一人；王拱臣和司马光是后来才加入的；当时王拱臣写信给文彦博，说我家也在洛阳，官位和年龄也不在诸位之下，只因做官在外就不能参加，感觉特别遗憾，希望能被列入。

"洛阳耆英会"除司马光、王拱臣外，据《洛阳耆英会序》，其余十一个成员分别为：富弼（字彦国，七十九岁）、文彦博（字宽夫，七十七岁）、席汝言（字君从，七十七岁）、王尚恭（字安之，七十六岁）、赵丙（字南正，七十五岁）、刘凡（字伯寿，七十五岁）、冯行己（字肃之，七十五岁）、楚建中（字正叔，七十三岁）、王谨言（字不疑，七十二岁）、张问（字昌言，七十一岁）、张焘（字景元，七十岁）。十三人当中，文彦博当时判河南府兼西京留守司事，王拱臣任北京留守，楚建中、张问、张焘、司马光四人提举嵩山崇福宫，相当于退居二线；其余全部致仕，完全是退休的自由人了。

司马光认为自己是晚辈，不敢与会。文彦博向来看重司马光，以唐代"九老会"中的狄兼谟，当时年龄也不到七十岁，要司马光依此先例参加，并说："某留守北京，遣人入大辽侦事回，云见房主大宴群臣，伶人剧戏，作衣冠者，见物必攫取怀之，有从其后以梃扑之者，曰：'司马端明耶？'君实清名在夷狄如此。"意思是说司马光的清名远播夷狄，他做北京留守那会儿，派人去辽国侦察，派去的人回来说，他见辽国皇帝大宴群臣，演员们表演节目，一人扮作士大夫模样，见东西就揣进怀里，有人从背后用棍子敲他，说不怕司马光知道吗？这个故事我们提到过。它是文彦博亲口讲的。司马光愧谢，推辞。文彦博不听，命人从幕后，悄悄为司马光画了像。

文彦博以自己身为西京留守，是地主，携歌舞女伎、乐工，至富弼家办第一次会。然后大家以年龄长幼为序，依次做东。洛阳多名园古刹，有水竹林亭之胜，"诸老须眉皓白，衣冠甚伟，每宴集，都人随观之"，简直就是神仙会，成为众人关注的焦点。据邵伯温说，曾在"资胜院"建一大厦，取名"耆英堂"，绘像其中，每人赋诗一首。负责画像的是闽人郑奂。

据说"耆英堂"里的画像上面，其他人"或行或坐或立，幅巾杖履，有萧然世外之致"。而司马光"据案握管"，因为当时正编修《资治通鉴》。

由《耆英会图并诗刻石》我们知道，司马光所赋诗就是这首《和潞公真率会诗》：

> 洛下衣冠爱惜春，相从小饮任天真。随家所有自可乐，为具更微谁笑贫？不待珍羞方下箸，只将佳景便娱宾。庚公此兴知非浅，蔡藿终难继主人。

题目说得很明白，这是首和诗，与"真率会"有关。诗的意思是说，我们洛阳的这些士大夫留恋春光，有那些美景已足够愉悦，大家简单备点酒菜就可以了，因为关键不在酒菜，不必多么奢华，奢华难以持久。它似乎是在解释退出耆英会重组真率会的缘由。这样说来，这首诗应是司马光已经退出耆英会，或者已经决定退出之后，才题写在"耆英堂"里的那幅画像上的。

我们今天仍有幸读到耆英会的会约：第一，"序齿不序官"，就是大家在一起，不讲官职高低，只论年龄大小；第二，"为具务简素，朝夕食各不过五味，菜果脯醢之类共不过二十器，酒巡无算，深浅自斟，饮之必尽，主人不劝，客亦不辞，逐巡无下酒时作菜羹不禁"。就是酒菜一定要简单，早晚的主食各不超过五种，副食总共不超过二十盘，饮酒看个人的量，随便，不劝，下酒菜没了，可以做些菜汤，不限；第三，"召客共用一简，客注可否于字下，不别作简"。就是召集共用一个帖子，来不来，标在上头就行了；第四，"会日，早赴不待速"，就是赴会要早到，别让人催；第五，"右有违约者，每事罚一巨觥"。就是违犯以上会约，每犯一条罚酒一大杯。

司马光后来退出了耆英会，另作"真率会"，相约："酒不过五行"，即斟酒不超过五遍；"食不过五味"，即主食不超过五种；"惟菜无限"，即蔬菜不作限制。与耆英会相比，多了酒的限制，也没有再提到果、脯、醢。招待标准明显降低了，这显然是出于节俭。

司马光有诗《二十六日作真率会伯康与君从七十八岁安之七十七岁正叔七十四岁不疑七十三岁叔达七十岁光六十五岁合五百一十五岁口号成诗用安之前韵》：

> 七人五百有余岁，同醉花前今古稀。走马斗鸡非我事，纻衣丝发且相晖。经春无事连翩醉，彼此往来能几家。切莫辞斟十分酒，尽从他笑满头花。

司马光书丹《王尚恭墓志铭》

从诗中我们可以读到司马光的白发，以及他此时简单却真实的快乐。司马光时年六十五岁，由此断定，这次集会应在宋神宗元丰六年（1083年）。参加者共有七人：司马光、司马旦（字伯康）、席汝言（字君从）、王尚恭（字安之）、楚建中（字正叔）、王谨言（字不疑），以及叔达。这个叔达，可能就是宋叔达，他似乎年轻时与司马光相识，但其后四十多年断了联系，后来又定居洛阳，做了司马光的邻居。但真率会不止这七个人。还有范纯仁（字尧夫），范仲淹次子，时任提举西京留司御史台。史书上说范纯仁和司马光，"皆好客而家贫，相约为真率会"。看来他不是普通成员，而是发起人之一。真率会的成员，可能还包括鲜于侁（字子骏），此前他为举吏所累，罢为主管西京御史台，举荐的人不称职，他受连累降了官。他是司马光的老朋友，参加真率会在情理之中。

从司马光留下的诗作来看，真率会每次集会，似乎都是先由主办者寄诗给会员，会员如果不能赴会，就和诗一首说明原因。真率会集会的频率似乎不高，十天甚至月余才聚会一次。

紧随《二十六日》之后的，是这首《别用韵》：

坐中七叟推年纪，比较前人少几多。
花似锦红头雪白，不游不饮欲如何？

我们似乎读出司马光的无奈：前两句从表面上看，只是直叙其事；而后两句突然就说，大家都成了白头翁，除了游玩和饮酒，还能有什么追求？他对这样的处境无可奈何，但好像又心有不甘。

耆英会是雅集，雅集是有传统的，王羲之有兰亭雅集，白居易有九老雅集。雅集是文人雅士的聚会，既有吃喝玩乐，也有诗文唱和，是一种高级的娱乐。人不是专门来世间受苦的，总该有些娱乐。在洛阳十几年里，司马光完成了《资治通鉴》，是受苦也是享乐：等到该书完成时，他已经衰弱至极，所以说著述是受苦；同时他笃好史学，乐此不疲，所以说著述也是享乐。这种受苦式的享乐，毕竟要耗费人的精力。好在司马光除了《资治通鉴》，还有耆英会和真率会。虽然不过是娱乐，司马光也不忘节俭，为方便做到节俭，他退出了耆英会，又组织了真率会。节俭是司马家风的基本内容，司马光自我表率身体力行，点点滴滴方方面面，一丝不苟毫不马虎。

第七节 《温公家范》

温公是温国公的简称，司马光去世后，朝廷赠给他温国公的爵位。家范是治家的规范、法度和风教。《温公家范》十卷共十九篇，系统论述了身心修养和为人处世的道理，形成了独立完整的家庭教育理论体系，堪称家规家训的集大成者。

人类历史上是先有家后有国，人类家庭生活的历史真可谓源远流长。中国人特别重视总结经验，包括家庭生活的经验，历来我国的家规家训类作品非常丰富。不论社会发达到何种程度，家庭成员之间的关系，也不会有多么大的变化，比如父子关系，今天和古代，没有本质不同。古来的家规家训是中华优秀传统文化的重要部分，我们完全可以拿来借鉴，使我们的家庭关系更和谐，避免很多的家庭悲剧。

清代《四库全书·家范》提要说："自颜之推作家训以教子弟，其议论甚正，而词旨泛滥，不能尽本诸经训。至狄仁杰著有《家范》一卷，史志虽载其目，而书已不传。光因取仁杰旧名，别加甄辑，以示后学准绳。首载《周易》家人卦辞、《大学》《孝经》《尧典》《诗经·大雅·思齐》语则，即其全书之序也。其后，自治家至乳母，凡十九篇，皆杂采史传事可为法则者。亦间有光所论说与朱子《小学》。义例差异而用意略同。其节目备具，切于日用，简而不烦，实足为儒者治行之要。朱子尝论《周礼》，师氏云：至德以为道本，明道先生以之；敏德以为行本，司马温公以之。观于是编，其型方训俗之规，尤可以概见矣。"

南北朝颜之推所著《颜氏家训》七卷二十篇，是结合自身经历和处世哲学写成的一部"诫子书"，是我国第一部内容丰富、体系宏大的家训，书中阐述立身治家的方法，内容广泛，强调以儒学为核心的教育观，谈论修身、治家、处世、为学等，常常插叙自身见闻。《四库全书》认为《颜氏家训》

的观点有点驳杂，不是完全出自儒家。司马光学问广博，既是经学家，对儒家典籍如数家珍，又是史学家，对历史事实信手拈来，所以《温公家范》既是纯正儒家，又有很多例证。《温公家范》引证《易经》《诗经》《大学》等诸多儒家经典中的治家修身格言，兼以大量历代治家有方的实例和典范，洋洋洒洒，博大精深。《资治通鉴》用来治国，而《温公家范》用来治家。另外，唐代名相狄仁杰曾著《家范》，可惜没有流传下来，《温公家范》借用了狄仁杰的书名。

《温公家范》书影

《温公家范》卷一开宗明义："所谓治国必先齐其家者，其家不可教而能教人者，无之。"家是最小国，国是千万家；齐家然后治国，治理家庭是个训练，可以为治国积累经验。

我们来说司马光的三首词。

众所周知，宋词和唐诗一样，是中国文学的经典。宋代吴处厚《青箱杂记》卷八，收录了司马光三首词，第一首《阮郎归》：

> 渔舟容易入春山，仙家日月闲。绮窗纱幌映朱颜，相逢醉
> 梦间。松露冷，海霞殷，匆匆整棹还。落花寂寂水溅溅，重寻此
> 路难。

时间是在春天，驾船进山，春游。春游遇女子：雕饰精美的窗子，若隐若现的窗帘，红润美好的容颜。酒不醉人人自醉，与佳人相逢，醉梦间。松露冷，海霞红，匆匆回还。《阮郎归》写春游艳遇。

第二首《西江月》：

宝髻松松梳就，铅华淡淡妆成。轻烟翠雾罩娉婷，飞絮游丝无定。相见争如不见，有情可似无情。笙歌散后酒初醒，深院月明人静。

蓬松的发髻，淡淡的铅华，窈窕的佳人。相见不如不见，有情不如无情，心乱如麻。笙歌散后，酒醒，深院空寂无人，月光清澈如水。《西江月》写与歌姬舞女的感情纠葛。

第三首《锦堂春》：

红日迟迟，虚廊转影，槐阴迤逦西斜。彩笔功夫，难状晚景烟霞。蝶尚不知春去，谩绕幽砌寻花。奈狂风过后，纵有残红，飞向谁家。始知青鬓无价，叹飘蓬宦路，荏苒年华。今日笙歌丛里，特地咨嗟。席上青衫湿透，算感旧、何止琵琶。怎不教人易老，多少离愁，散在天涯。

春末，夕阳西下，狂风卷残红。可叹宦海沉浮，荏苒了年华。笙歌丛里，青衫湿透。人生易老，天涯处处离愁。《锦堂春》既是写韶华易逝，也是写离愁别绪，与琵琶女的离愁。

三首都堪称艳词。词里的形象与我们对司马光的印象，差别很大。后世多否认司马光曾写过这些词，认为不过是别有用心者的伪作。到底是不是呢？

翻遍《司马文正公传家集》，没找到这些词。

我们还有个例证。司马光在并州（治今山西省太原市）的时候，中年丧子。与司马光关系密切的邵伯温记述：在并州，庞籍夫人为司马光买来一妾，大概希望她能为司马光生儿育女，但司马光根本不理睬。司马光夫人怀疑是顾忌自己，就教那妾，说等她走了以后，好好打扮一下，到书院那边去。可是，妾照吩咐到了书院，司马光却非常吃惊，说夫人不在，你怎么能到这儿来！赶紧把她打发走了。

妾在那个时代是合法的，可是司马光对妾不理睬。这个态度不是一时而恐怕是终生：司马光只有一个儿子司马康，还是过继兄长司马旦的儿子。司马光宁愿无后，也不愿亲近合法的妾，更何况是歌姬舞女呢？司马光不会那么做，他表里如一，自然也不会那么写。三首艳词是伪作无疑。

司马光为什么对妾是那样的态度呢？我们来看《温公家范》就明白了。《温公家范》关于妾的内容极少，大概在司马光看来，起码在司马家，妻妾关系不是主要关系。卷十说："妾事女君，犹臣事君也。尊卑殊绝，礼节宜明。"意思是说妻和妾的关系，好比君和臣的关系，彼此地位尊卑悬殊，礼节上也要明确区分。接下去他举了个例子：后唐庄宗不懂礼法，尊生母为太后，而封嫡母为太妃。太妃并不怀恨在心，太后也不敢妄自尊大。二人始终和睦，相处愉快。司马光最后说：这也是近代难能可贵的事。

难能可贵就是稀少，一般人做不到。只有妻子在妾才能在，妻子不在妾就不能在，司马光的意思，他不与妾独处。司马光大概为了防止妾的儿子对妻子不敬，导致妻妾争斗家庭不幸。

兄弟如何相处呢？我们先来看司马光的兄弟关系：熙宁八年（1075年），司马光的哥哥司马旦致仕，就是退休。退休以后的司马旦回到家乡夏县居住。此后的若干年间，司马光每年都要回夏县看望长兄，司马旦也常去洛阳看望司马光。后来司马旦将近八十岁，司马光对他就像伺候老父亲，照顾起来，却像是在照顾婴儿，每天吃饭过不多会儿，就问：饿了没有？天稍微有点冷，就摸摸他的后背，问：衣服不薄吧？显然司马光兄弟关系非常好。

《温公家范》中这样讲兄弟关系：如果连自己兄弟都不能友爱，又怎能友爱他人？自己不友爱他人，他人怎会友爱你？人人都不友爱你，你的生活没有麻烦，那是不可能的。兄弟亲如手足，如果砍下左脚，来延长右手，这有什么好处呢？虺有两张嘴，争夺食物，互相残杀。如果兄弟为了利益互相残害，跟虺又有什么区别呢？

《温公家范》卷七举了隋朝例子：隋朝吏部尚书牛弘的弟弟牛弼酗酒。有一次喝醉，把牛弘驾车的牛，用弓箭射死了。他大概把牛当成猎物，把自己当成猎人，最让人惊奇的是，他醉眼蒙眬中准头还那么好。牛弘回家后，妻子报告说："小叔子射死了咱家的牛。"牛弘听了也没责怪，只说："做牛肉干吧。"牛弘坐下来，妻子又说："小叔子射死了牛，不是小事吧？"牛弘还是镇定自若，说："我知道了。"然后，面不改色，继续读书。

又举了东汉例子：东汉议郎郑钧，他的哥哥当县吏，经常接收礼品，等于收受贿赂。郑钧多次劝告，哥哥不听，郑钧就去做用人。过了一年多，带着挣的钱回来，把钱交给哥哥，说："钱没了还可以挣，可是贪赃枉法，一辈子就完了。"哥哥非常感动，从此清正廉洁。郑钧为人忠厚老实，哥哥去世后，他赡养寡嫂和孤儿，礼数非常周到。

还举了西晋例子：西晋咸宁年间，颍川发生瘟疫，庾衮的两个哥哥都死了，另一个哥哥庾毗，也危在旦夕。正是瘟疫最厉害的时候，父母及几个弟弟都到外面躲瘟疫去了；庾衮独自留在家里，不肯离去。父兄强迫他走，他说："我抵抗力强，不怕传染。"他昼夜不眠，精心伺候哥哥庾毗。其间，他还为两个死去的哥哥守灵，祭祀不断。过了一百多天，瘟疫渐渐过去了，家人也都返回。这时候，庾毗也痊愈了，庾衮安然无恙。乡亲们都说："这人真是不寻常，能守别人不能守的礼节，能做别人做不到的事情，天寒才知道松柏比其他树耐寒，经历过瘟疫才知道瘟疫不会传染给好人。"

有人也许会说我只有姐妹没有兄弟。其实，兄妹、姐弟、姊妹相处，道理同兄弟一样。《温公家范》也讲到姐弟相处的好例子：唐英公李勣贵为仆射，就是宰相；可是姐姐病了，他亲自为她煮粥。宰相大概不常干这个，被火苗烧了胡子和头发。姐姐说：你家奴婢那么多，何必如此辛苦？李勣回答：哪是没人煮粥啊，我只是想，姐姐年纪大了，我自己也老了，就是想天天给姐姐煮粥，也不可能啊！司马光评价：像这样的弟弟，可以说是能够敬爱姐姐了。

《温公家范》里也有姐妹相处的好例子：唐代冀州女子阿足，幼年丧父，没有兄弟，只有个姐姐。阿足嫁给了本县李氏，可是没生孩子，丈夫就死了。阿足当时还年轻，想娶她的人很多。但阿足想到姐姐孤苦伶仃，就发誓不再嫁人，要自己赡养姐姐。其后的二十多年，她白天耕田种地，晚上纺线织布，姐姐衣食所需，都由阿足供给。姐姐去世后，阿足以礼安葬。几年后，阿足也老死在家中。

司马光的《资治通鉴》是用来治国的，《温公家范》则是用来齐家的，它规范了家庭中的各种角色及彼此的关系，规范出司马家风。

第七章　宰辅风范

第一节　辞门下侍郎

元丰八年（1085年）三月初七日，宋神宗驾崩于福宁殿，年仅三十八岁，可谓英年早逝。皇太子赵煦即皇帝位，是为宋哲宗；尊皇太后为太皇太后、皇后为皇太后；一切军国大事，"并太皇太后权同处分"，由于新皇帝尚年幼，一切国家大事暂由太皇太后协助处理。

赵煦不是宋神宗的长子，是第六个儿子，熙宁九年（1076年）十二月七日出生，眼下"甫十岁"，实际九周岁不到，要放在今天，还在上小学。太皇太后姓高，亳州（治今安徽省亳州市）蒙城（今安徽省蒙城县）人，宋英宗的皇后、宋神宗的母亲。暂同处理政事后，一次举行殿试，有关部门请循天圣先例，"帝后皆御殿"，皇帝与太皇太后共同主持殿试，但太皇太后拒绝了。又请受册宝于文德殿，在文德殿接受册封的诏书及印玺，太皇太后说："母后当阳，非国家美事，况天子正衙，岂所当御？就崇政足矣。"意思是说文德殿是皇帝正式听政的地方，母后受封不该在那里，在崇政殿就好。太皇太后行事低调，大抵如此。

三月十七日，司马光离开西京洛阳，前往东京汴梁奔神宗皇帝丧。

司马光的京师之行场面壮观。据史书记载："帝崩赴阙临，卫士望见，皆以手加额曰：'此司马相公也。'所至民遮道聚观，马至不得行，曰：'公无归洛，留相天子，活百姓。'"意思是说，卫士们见司马光到来，都以手加额，向他致敬，说这是司马宰相；所到之处，百姓拦路围观，以致马不能前行，都说先生别回洛阳了，留下来做宰相吧，辅佐天子，拯救黎民。

宋人张淏的叙述更富戏剧性："司马温公元丰末来京师，都人奔走竞观，即以相公目之。左右拥塞，马至不能行。及谒时相于私第，市人登树骑屋窥之，隶卒或止之，曰：'吾非望而君，愿一识司马公耳。'至于呵叱不退，而屋瓦为之碎，树枝为之折。"意思是说，司马光元丰末年到京师，人们奔走相告，争相观看，视为宰相。道路拥堵，马不能行。去当时的宰相府邸拜谒，市井百姓攀上树、爬上房围观。有人制止，回答说：我不是看你家主人，只愿一睹司马先生风采！高声呵斥，不肯下来，屋瓦被踩碎，树枝被压折。

百姓的呼声很高，宋神宗生前也十分看重。据载，元丰四年（1081 年）改革官制，宋神宗先对宰辅说："官制将行，欲取新旧人两用之。"当时改革官制，宋神宗计划改革派与反改革派并用。又说："御史大夫非司马光不可。"要让司马光做御史大夫。元丰七年（1084 年）秋，宋神宗得病，于是有建储之意，对辅臣说："来春建储，其以司马光、吕公著为师保。"师保是官名，主要负责辅佐帝王和教导贵族子弟，有师和保，统称师保。

但老百姓的热情让司马光不安："公惧，会放辞谢，遂径归洛。"就是说司马光很害怕，当时正好允许不辞而别，就径直回了洛阳。而"太皇太后闻之，诘问主者，遣使劳公，问所当先者。"太皇太后听说司马光回了洛阳，就责问有关负责人，又派人去洛阳慰问，并请问治国应以何事为先。

三月二十三日，司马光上《谢宣谕表》。从中我们得知，三月二十二日，太皇太后曾派入内供奉官梁惟简宣谕："邦家不幸，大行升遐，嗣君冲幼，同摄国政，公历事累朝，忠亮显著，毋惜奏章，赞予不逮。"意思是说国家不幸，神宗驾崩了，新即位的哲宗皇帝太年幼，自己不得已暂同理政，先生是元老重臣，特别忠诚刚直，请尽力辅佐。

此后，司马光即连上数章：三月三十日，上《乞开言路札子》；四月十九日，上《进修心治国之要札子》；四月二十七日，上《乞去新法之病民伤国者疏》；四月所上还有《乞罢保甲状》《乞开言路状》等。

四月，以资政殿学士司马光知陈州（治今河南省淮阳县）。五月，诏知陈州司马光过阙入见，召见司马光。当时，"使者劳问，相望于道"派去慰问司马光的人，一拨接着一拨。

元丰八年（1085年）五月二十三日，司马光抵达京师。

此前的四月十一日，朝廷有诏令："先皇帝临御十有九年，建立政事，以泽天下，而有司奉行失当，几于繁扰，或苟且文具，不能布宣实惠。其申谕中外，协心奉令，以称先帝惠安元元之意。"意思是说先帝在位十九年，励精图治，以期泽被天下，但有关部门奉行失当，致使政令繁苛扰民，或者空具条文，不能让百姓得到实惠。今谨晓谕朝廷内外，同心奉令，以称先帝爱护众生之意。五月初五日，"诏百官言朝政阙失，榜于朝堂"就是在官员中征求意见，诏书仅在朝堂上公布。

现在，司马光已经来到京师。太皇太后派人将五月初五日的诏书给他看，司马光于是上《乞改求谏诏书札子》，提出修改意见。

五月二十七日，诏除司马光门下侍郎，司马光被任命为门下侍郎。官制改革后的门下侍郎，相当于过去的参知政事，就是副宰相。司马光接到阁门的通知，是在这一天的晚上。

五月二十八日，司马光即上《辞门下侍郎札子》，以自己年老体衰，精力不济，请太皇太后收回成命。同一天，又上《请更张新法札子》。

隔天，司马光再上《辞门下侍郎第二札子》，谈到熙宁三年枢密副使的任命，说自己贪爱富贵与常人无异，之所以不肯就任，只因所言无足采纳。司马光的意思换句话说，就是意见不被采纳，自己不能有所作为，所以不愿意就任。然后说："未审圣意以臣前后所言，果为如何？若稍有可采，乞特出神断，力赐施行，则臣可以策励疲驽，少佐万一。若皆无可采，则是臣狂愚无识，不知为政，岂可以污高位，尸重任，使朝廷获旷官之讥，微臣受窃位之责？"司马光的意思很明白：如果我的建议还有可以采纳的，那么就请施行出来，我也愿意就任；如果还是没有可以采纳的，那万万不敢从命。

从这个奏疏我们还得知，当天太皇太后派中使梁惟简赐手诏，说："赐卿手诏，深体予怀，更不多免。嗣君年德未高，吾当同处万务，所赖方正之士，赞佐邦国，想宜知悉，再宣谕。前日所奏乞引对上殿讫赴任，其日已降指挥，除卿门下侍郎，切要与卿商量军国政事。早来所奏，备悉卿意，再降诏开言路，俟卿供职施行。"意思是说新皇帝年幼，我暂协同处理政务，急需你来辅佐，你的奏疏内容我都知道了，等你就职后立即施行。太皇太后已经给出肯定的回答，司马光于是不再辞让。

六月初四日，司马光上《乞以除拜先后立班札子》。我们从中知道，五月二十八日，三省、枢密院同奉圣旨，除了知枢密院以外，门下、中书侍郎、左右丞、同知枢密院事，在上朝时的班次等，都以除拜先后为序，就是以任职先后为序。而六月初四日在延和殿，张璪等上奏，请推司马光在上，就是说众人尊重司马光，让他上朝时站在前边，而不是按就职时间站在后边。六月初五日，司马光再上《乞以除拜先后立班第二札子》。司马光已经就任门下侍郎，他在当时众执政心目中地位崇高，而他做人极为低调，请求还是站在后边。

六月，门下侍郎司马光举荐了刘挚、赵彦若、傅尧俞、范纯仁、唐淑问、范祖禹，说这六人"皆素所熟知，若使之或处台谏，或侍讲读，必有裨益"，意思是说这几位他都很熟悉，可以做台谏官员，或者负责为皇帝讲读经史，必定有所裨益。又举荐了吕大防、王存、李常、孙觉、胡宗愈、韩宗道、梁焘、赵君锡、王岩叟、晏知止、范纯礼、苏轼、苏辙、朱光庭，说他们"或以行义，或以文学，皆为众所推，伏望陛下纪其名姓，各随器能，临时任使"，意思是说这几位或者德行好，或者有文学才能，请您记下姓名，授给合适的职务。而文彦博、吕公著、冯京、孙固、韩维等，司马光认为都是国家重臣，阅历丰富，办事稳重，完全可以信赖，如果也让他们各举所知，参

苏轼像

考异同，可使人才不被遗漏。

太皇太后本来已任命范纯仁为左谏议大夫，唐淑问为左司谏，朱光庭为左正言，苏辙为右司谏，范祖禹为右正言，但司马光说自己和范纯仁有亲嫌，吕公著、韩缜也说与范祖禹有亲嫌，就是有亲戚关系应当避嫌。章惇坚持说这种情况按惯例应当回避。司马光说："纯仁、祖禹作谏官，诚协众望，不可以臣故妨贤者路，臣宁避位。"意思是说范纯仁和范祖禹适合做谏官，他不能妨碍他们，他宁愿任别的职位。而范纯仁、范祖禹也请求任别的职位。最后，唐淑问、朱光庭、苏辙三人的任命依旧，改范纯仁为天章阁待制，范祖禹为著作佐郎。

元丰八年（1085 年）五月以后，变法时期遭到排挤的一些官员，陆续被召回京师或者恢复官职：五月初六日，诏苏轼官复朝奉郎、知登州。五月初七日，诏吕公著乘驿传进京。五月初八日，以程颢为宗正寺丞（但六月十五日，程颢去世）。六月十四日，以资政殿学士韩维知陈州；未行，诏兼侍读，加大学士。六月十六日，以奉议郎、知安喜县事、清平人王岩叟，为监察御史。七月初六日，以资政殿大学士兼侍读吕公著，为尚书左丞。九月十八日，以秘书少监刘挚，为侍御史。同月，诏朝奉郎、知登州苏轼，为礼部郎中。

司马光当时给范纯仁写过一封信，信中说：

> 光愚拙有素，见事常若不敏，不择人而尽言，此才性之蔽，光所自知也。加之闲居十五年，本欲更求一任散官，守候七十，即如礼致事；久绝荣进之心，分当委顺田里，凡朝廷之事，未尝挂虑。况数年以来，昏忘特甚。诚不意一旦冒居此地，蒙人主知待之厚，特异于常，义难力辞，黾勉就职。故事多所遗忘，新法固皆面墙，朝中士大夫百人中，所识不过三四，如一黄叶在烈风中，几何其不危坠也？又为世俗妄被以虚名，不知其中实无所有。上下责望不轻，如何应副得及。荷尧夫知待，固非一日，望深赐教，督以所不及；闻其短拙，随时示谕，勿复形迹。此独敢望于尧夫，不敢望

于他人者也。光再拜。(《传家集》卷六十《与范尧夫经略龙图第二书》)

范纯仁字尧夫。这是司马光的求助信，请求范纯仁随时指出错误。从信中我们可以知道司马光原先的打算、当时的身体状况、接到任命后朝中的情形，以及他自己的心理感受。

六月二十一日，吕公著入宫觐见，上奏十件事：一、畏天，二、爱民，三、修身，四、讲学，五、任贤，六、纳谏，七、薄敛，八、省刑，九、去奢，十、无逸。太皇太后派中使宣谕："览卿所奏，深有开益，当此拯民疾苦，更张何者为先？"二十八日，吕公著又有回奏。

七月初一日夜，太皇太后派人将吕公著的奏章送来，要司马光看看其中的利弊，及其人有无兼济之才，合适与否，直书上奏。司马光读过之后，说："臣自公著到京，止于都堂众中一见，自后未尝私相见，及有简帖往来。今公著所陈，与臣所欲言者，正相符合。盖由天下之人皆欲如此，臣与公著，但具众心奏闻耳。"意思是说他和吕公著此前未有沟通，但吕公著所奏正是自己想要说的，大概人心所向如此，他和吕公著不过反映了群众呼声而已。又说："公著一言而天下受其利，可谓有兼济之才；所言无有不当，惟有保甲一事，欲就农隙教习，臣愚以为朝廷既知其为害于民，无益于国，便当一切废罢，更安用教习。"意思是说吕公著确有兼济之才，所说没什么不合适，只有保甲一事，吕公著打算趁农闲时节训练，我以为朝廷既已知其对百姓有害、对国家无益，就应当全部废除。

九月十五日，司马光与吕公著共同举荐了程颐，说："臣等窃见河南处士程颐，力学好古，安贫守节，言必忠信，动遵礼义，年逾五十，不求仕进，真儒者之高蹈、圣世之逸民。伏望圣慈，特加诏命，擢以不次，足以矜式士类，裨益风化。"意思是说程颐学问好，德行也好，都五十多岁了，也不着急做官，希望朝廷破格提拔他，作为读书人的表率。因为司马光、吕公著及韩绛的举荐，十一月二十七日，以乡贡进士程颐，为汝州（治今河南省汝州市）团练推官，充西京国子监教授。

司马光接到副宰相的任命，第一反应是辞，辞了一次不准又辞第二次。《宋史》上说，司马光是听了兄长司马旦的劝说，才同意就任副宰相的。司马光对高官并不热衷，起码不是趋之若鹜。其次，他是有条件的，朝廷同意他的政治主张，他才肯就任副宰相，换句话说，司马光做副宰相，不是为了个人的荣誉，不是为了满足个人的虚荣心，也不是为了优厚的俸禄，而是为了天下苍生的福祉，他的政治主张就是为百姓谋福祉。第三，同僚尊重司马光，推举他上朝时站在前边，他没有大大咧咧往前站，而是再三地谦让。高官厚禄在前他往后退，为百姓谋福祉，得意时保持谦虚，这就是司马光的宰辅风范。

第二节　抱病

宋哲宗即位的次年正月初一日，改元"元祐"。

据说"元祐"的含义是："元丰之法不便，即复嘉祐之法以救之。但不可尽变，大率新、旧并用，贵其便民也。"也就是说元丰新法不好，因此恢复仁宗嘉祐年间的部分旧法，来作为补救，关键要使百姓获益。

宋哲宗元祐元年（1086年）正月十四日，诏司马光、吕公著自即日起，朝会时与执政异班，两拜即可，不必舞蹈。舞蹈是宋代臣下朝见君上时的一种礼节。司马光与吕公著当时年龄都比较大身体又不好，难以完成这样的礼节。

从《谢起居减拜表》中，我们可以知道司马光一年来的身体状况：自去年春天之后，就经常生病；入冬以来，饮食减少；今年春天，顿感体力衰退，拜起极为艰难，朝请几乎尽废。司马光说："欲辞则实所不支，欲受则自知非分，跬踏心悸，战兢汗流。惟仰赖于宠灵，冀有瘳于药物，病庶遄已，礼得如初，期于竭忠，不敢爱死。"意思是说自己很矛盾，想推辞可体力不支，想接受却知道不应该，只希望身体尽快好转，礼节也好恢复如常。我们可以读出司马光的无奈与不安。

正月二十一日，司马光以疾谒告，就是因病请假。

在《三省咨目》里，司马光说："光比日牵强入朝，欲与诸公商议数事，贡其短拙，以求采择。无何，上下马不得，须至在朝假。"意思是说，近来想与各位商议政事，可是身体太差不能上下马，宋代官员骑马上下班，不得已只好请假在家。显然，此咨目的时间已在请假之后。

现在，请假在家的司马光，只能通过书信的方式，与三省诸同僚商议以下六件事：一、关于免役钱。司马光认为如今应最先改革的，就是免役钱，他将上一奏折，如果批转至三省，请诸位合力促成此事。二、关于诸路监司。宋代的转运使、转运副使、转运判官及提点刑狱、提点常平都有监察辖区官吏的职责，统称为监司。如今朝廷整治天下，让百姓休养生息，先须十八路各得好监司一两人。前天草拟的监司资格及委官荐举文字，如可行，请早日进呈施行。三、关于旱情。旱情可怕，如果春天再不下雨，必定出现大饥荒，不可不提前防备。农民是国家根本、衣食之源，宜首先抚恤。要抚恤应趁早赈济，使各安其土，不至流离失所，这样官费既省，百姓不失业，此为上策。四、关于国家的信用。弋俊已被擒获，但没听说赏赐擒获他的人；开封府有巨盗，朝廷悬赏捉拿，原来说赏给官职，今既擒获，却只给赏钱。圣朝政令岂应如此？五、范镇于仁宗末年，首发建储之议，可谓以身殉国之臣，其功不在文彦博、富弼之下。如今文、富获重赏，范镇却没有。请诸公趁便详奏，赏赐从优。六、前日帘前宣布，上封事（古代臣下奏事，用袋封缄，以防泄露，称封事）特等的，宜略加表彰，这是好事。请诸公选择才识出众的，以姓名奏闻，酌加褒奖。

在《密院咨目》里，密院即枢密院，司马光记下他的惆怅："光比日曳病入朝，只为欲与诸公商议数事。于帘前敷奏，终不能得聚厅。今光饮食日减，不能造朝，未知几时复得瞻望颜色，须至具咨目如左。"意思是说自己因病不能上朝，如今饮食又日渐减少，不知何时才能与各位见面。

司马光在咨目中也谈了六件事：一、西夏时而恭敬时而傲慢，只因私市公行，如禁绝私市，不出一年，西夏必定屈服，私市指民间的边境贸易。

二、河东经略司下辖二十余州军，边界千余里，与辽国、西夏接壤，帅府责任重大，吕惠卿恐怕难以胜任，希望早日更换，勿致坏事。三、御史所说保甲停止训练，很恰当，宜采纳。四、沙苑地方狭窄，不能容纳京西路所送母马，而且该处没有公马，养那么多母马干什么。打算让京西路未调发的，全部烙退印还给百姓；已经调发的，让沙苑估价出售。如可取，望早日施行。监牧也不可不早日考察恢复，如今宜先恢复京师附近一二监，因为本来就有旧的基础。五、边官立了小功的，宜勿赏。六、封事基本已按次序排列，子厚欲有取舍，既然难以见面商议，也没有大的利害，请欲舍的舍去，其余进呈，早日结束。子厚指章惇，章惇字子厚，此时知枢密院事，是枢密院的负责人。

此后，司马光的病情日渐加重。当时只有免役法、青苗法、将官法还在，对西夏的策略也悬而未决，司马光叹道："四患未除，吾死不瞑目矣！"于是强撑病体，上疏论奏。

接着，又写信给吕公著：

> 光启，自晦叔入都，及得共事，每与僚寀行坐不相离，未尝得伸悃愊，虽日夕接武，犹隔阔千里也。今不幸又在病告，杳未有展觐之期，其邑邑可知。光平生有国武子之疾，好尽言以招人过，遇庸人时，或妄发以取恨怒，况至交益友，岂敢反怀情不尽乎？晦叔自结发至仕，学而行之，端方忠厚，天下仰服，垂老乃得秉国政，平生所蕴，不施于今日，将何俟乎？比日以来，物论颇讥晦叔慎默太过，此际复不延争，事有蹉跌，则入彼朋矣，愿慎旃慎旃！光诚不肖，岂敢以忧国为己任，然昨日富家之谕，已上闻矣。光自病以来，悉以身付医，家事付康，惟国事未有所付，今日属于晦叔矣。
>
> （《传家集》卷六十三《与吕晦叔简》）

意思是说到京以来，自己和吕公著，一直没有机会单独见面，所以未能深入交换意见；吕公著老来执政，正是施展抱负的时候，可是近来舆论认为，吕公著太过沉默，希望吕公著毫不动摇据理力争；自己得病以来，将健康交付给了医生，将家事交付给了儿子司马康，今日将国事就交付给吕公著。体味信中意味，已似托付后事。

司马光像，此时他已是风烛残年

由正月二十三日的《辞免医官札子》我们得知，连日以来，太皇太后派中使监督医官陈易简等四人，到司马光家里，各诊断留药。司马光听说陈易简本人正请着病假，近来皇太后服药，也不能供奉；可如今却因为自己，特以圣旨督迫，令每日一来，诊断医治。司马光说："臣忝为人臣，实不自安。况臣私家亦须更请一医人，每日诊候调理。其陈易简已知臣脉气病状，欲乞特降圣旨，只令臣每日具病状增减，就易简处取药，更不令易简每日到臣家诊候，庶于体分稍得自安。"意思是说自己很不安，自家正要请个医生，陈易简既然已来诊断过，每天去他那里取药就行了，不用再每天来家里诊断了，这样自己内心稍安。显然，太皇太后对司马光的病情极为重视，甚至超过对皇太后病情的重视，而司马光为人谨慎低调。

正月二十八日，放正谢及恭谢，就是官职晋升以后，本该要正谢和恭谢的，但司马光得病在家，朝廷特免去他的正谢和恭谢。正谢指正式上朝谢恩，恭谢指向先朝帝王肖像谢恩。

此前的元丰八年（1085 年）十二月十一日，因神宗祔庙毕，执政官按惯例晋升，以司马光为正议大夫。子孙附在祖庙里祭祀称作祔庙。史书上说："光及公著凡六奏，讫不许，明年正月，乃俱受命。"就是说司马光和吕公著前后六辞，但朝廷始终不许；次年正月两人才接受。

司马光在《辞放正谢札子》中说："臣伏闻降圣旨在阁门，宰臣执政官近迁转已正谢讫，内有司马光，见患在假，特放正谢，仍免赴景灵宫福宁殿恭谢。"意思是说其他晋升大臣都已正谢，司马光请了病假，特免去他的正谢和恭谢，这是给司马光的一种优待。但司马光说："臣闻命震骇，无地自处。岂有朝廷特迁一官，卧家受之，并不入谢；君降异常之泽，臣无一拜之勤。自古以来，未尝有此，臣虽顽暗，必不敢当。伏望圣慈早赐收还今来指挥，候臣疾患稍痊，只依前来指挥，减拜入谢，及赴景灵宫福宁殿恭谢，庶使贱臣粗能自安。"意思是说这种优待绝不敢当，等自己身体稍好点，就依此前圣旨简化礼节，完成正谢和恭谢。

由《审内批指挥札子》我们得知，司马光的札子进呈之后，当天夜里即有御批：依近降指挥。就是按近日圣旨办理。但司马光检查后发现，近日有三道圣旨：正月十四日的圣旨说，司马光晋升官职，所有将来正谢，特令两拜起居，免舞蹈。群臣每五日随宰相入见皇帝，称作起居，舞蹈是一种礼仪。正月十七日的圣旨说，司马光将来应赴景灵宫恭谢，各殿宜只两拜。二十八日的圣旨说，免去司马光的正谢，及景灵宫福宁殿神御前恭谢。先朝帝王的肖像称作神御。司马光请问御批所说的近降指挥，究竟是指哪一次。内批：依二十八日指挥。就是说司马光辞放正谢的札子，没有批准。太皇太后大概考虑到司马光的身体状况，坚持免去他的正谢和恭谢。

当天稍晚，司马光再上《辞放正谢第二札子》，说："臣承命惊惶，措躬无地。伏念臣忝为人臣，陛下赐之一顾，赐之卮酒，赐之瓜果，臣亦当稽首拜谢，况进以高位，加之宠名，荣动缙绅，泽流苗裔，岂可即安私室，专养沉疴，不造王廷，坐受圭组。"意思是说内心十分惶恐，如果不正谢和恭谢，感觉特别不应该。又说："不独为海内之所共责，有司之所直绳，天威违颜，不出咫尺，陨越毙踣，为圣朝羞。臣虽至愚，粗知自爱，何敢受此自纳于不测之诛。伏望圣慈矜闵，候臣所患稍痊安日，止依十四日、十七日所降指挥，减拜入谢，及于景灵宫福宁殿神御前恭谢，庶使差可自安。其二十八日指挥，臣以死自守，必不敢奉诏。"意思是说自己不正谢和恭谢，就是冒天下之大不韪，二十八日的指挥自己死也不敢接受，等身体稍好即行正谢和恭谢。

二月初，司马光又有《辞放正谢第三札子》。从中我们读到，二月初五日，司马光接到尚书省的札子，说因为他的陈请，二月初二日三省已同奉圣旨，依正月二十八日指挥。就是说因为司马光推辞不已，朝廷命令三省所有新晋升官员，一律按二十八日的指挥执行，全都免去了正谢和恭谢。

司马光在奏札中说："臣闻君待臣以惠，臣奉君以恭，故能上下相亲，道用交泰。陛下念臣衰老抱病，筋力尪羸，特损朝仪，以从私便，陛下之大惠也；臣若不知礼，有靦面目，坐受优恩，曾无辞避，是君有惠而臣不恭，上行施而下无报。臣虽顽昧，心岂敢安。伏望圣慈，如臣前奏，依正月十四日、十七日指挥，庶使微躯有地自处。"意思是说君臣相处，应当君恩惠臣恭敬，这样才能上下和谐，自己重病在身，朝廷特为此简化了礼仪，这就是大恩惠，自己如果不知礼数，泰然接受，那就是不恭敬，还是请收回成命，等自己身体稍好，即行正谢和恭谢。

请假在家的司马光，并没有真的休息。二月，他又接连上《论西夏札子》《乞未禁私市先赦西人札子》《乞先赦西人第二札子》三个札子，阐述对西夏的策略。

此外，又上《论钱谷宜归一札子》。熙宁官制改革以前，除常平仓隶属司农寺外，财政统归三司管辖。其后，废三司而设尚书省六曹二十四司，及九寺三监，将过去三司所掌管的事务散在六曹及诸寺监，户部尚书即相当于过去的三司使，但户部左曹隶属尚书省，右曹不隶属尚书省。司马光举例说："譬人家有财，必使一人专主管支用；若使数人主之，各务己分，所有者多互相侵夺，又人人得取而用之，财有增益者乎？故利权不一，虽使天下财如江海，亦恐有时而竭，况民力及山泽所出有限剂乎？"意思是说国家财政有多个部门管理，互相争权夺利，就会管理混乱，造成不必要的浪费，使国家经济陷入困难。他主张财权统一收归户部，"如此则利权归一，若更选用得人，则天下之财，庶几可理矣"。意思是说这样就责权统一，如果再能用人得当，国家经济可以无忧。

闰二月初六日，诏尚书省立法。司马光的建议被接受了，具体办法由尚书省考虑。

不久，司马光又上《随乞宫观表辞位札子》。奏札中，司马光谈到自己的病情："臣以病羸，拜起及上下马不得，请朝假将治，已及月余。旬日以来，疾大势虽退，饮食亦稍进，然气体疲乏，足踵生疮，步履甚难，策杖而行，不出堂室，况于拜起，固所未易。臣自料度，筋力完复，可以朝趋，近亦数月，远则半年，或过此期，未可前定。"意思是说自己请假一个多月了，康复的具体时间又不可预料。

因此，司马光请求辞去门下侍郎的职务："岂有执政之臣，身居高位，坐受厚俸，既不趋朝，又不供职，宴安偃仰，养病于家？何待人言，独不内愧！臣是用夙宵惶愧，无地自处。今不免有表上渎圣听，乞除宫观差遣一任，以养衰残。窃虑陛下怪其忽有此奏，故别具札子，披沥肝胆。伏望圣慈，早赐开允。"意思是说自己养病在家，不能正常工作，内心惭愧，无地自容，打算辞去门下侍郎，请求一个闲职，希望早日应允。

从《辞位第二札子》我们获知，对司马光的请求，批答不允，朝廷拒绝了，不许他辞职。司马光坚持："伏念臣自结发从学，讲先王之道，闻君子之风，窃不自揆，常妄有尊主庇民之志。不意天幸，蒙陛下误采虚名，擢于间阎之间，寘之庙堂之上，礼遇过优，委任至重。臣非木石，岂不知荷戴天恩，铭心镂骨，愿竭驽蹇，少报万分，眷恋天庭，岂肯轻去。不谓一旦婴此沉痼，累月不愈，害于饮食，不能造朝。今虽疾势渐平，饮食亦进，而肌骨羸瘁，气力疲乏，踵足骭疡，余毒方炽，旬月之间，必未能趋伏阙庭，瞻望天光。端居私家，尸位窃禄，纵陛下宽仁，微臣不知廉耻，中外有识之士，及天下众庶，其谓臣何？伏望圣慈矜察，依臣前奏，除宫观差遣一任，使得自安其分。"意思是说朝廷器重自己，自己知恩图报，不愿意轻易离任，但身体何时痊愈，时间实在难以估计，朝廷宽容自己，但舆论必有批评，希望朝廷允许，好使自己心安。

结果我们都猜得到：仍然不许。

司马光一病就病了一百三十多天，直到五月初二日，才得以销假供职。

司马光不得已请病假在家，朝廷免去他的正谢和恭谢，而司马光推辞再三，坚持要正谢和恭谢，不计代价地维护礼仪；请假在家养病月余，他就提出辞职，毫不贪恋权位，这也是司马光的宰辅风范。

第三节　出任宰相

宋哲宗元祐元年（1086 年）闰二月初二日，正议大夫、守门下侍郎司马光，依前官守尚书左仆射兼门下侍郎，司马光被任命为宰相。同一天，尚书左仆射兼门下侍郎蔡确，以观文殿大学士出知陈州。此前，蔡确遭到台谏官员的连续弹劾。

当天，司马光上《为病未任入谢札子》。从札子中我们得知，当时已有阁门承受范禹臣告报，即前来通知，说已降白麻，任命司马光为尚书左仆射兼门下侍郎，并令当日入宫谢恩，请他接受并进宫表示感谢。宋代任命宰相的诏书，通常用白麻纸书写，所以说已降白麻。此前的正月二十一日，司马光已请病假。司马光说："臣先为久病在假不能朝参，乞一宫观差遣，未奉俞旨；今忽闻制命，超升左辅，俾之师长百僚，岂臣空疏所能堪可！臣方别具恳款辞免，未敢祗受。"意思是说自己才疏学浅，难当重任，将另上奏疏辞免，不敢接受。又说："况臣即今以久病少力，足疮未愈，步履甚艰，拜起不得，未任朝见。乞候臣筋力稍完，入觐宸扆，面陈至诚。"意思是说自己久病乏力，又有脚疮，行走困难，不能行礼，无法朝见，等身体稍好，即入朝觐见，当面陈述缘由。

不久，司马光就上《辞左仆射第一札子》，辞免宰相职位，讲了四条理由：第一，资性愚钝，学术肤浅；第二，近患疾病，久不上朝；第三，朝中人才济济；第四，执政中自己位列第四，按次序也不该轮到自己。

从其后的《辞左仆射第二札子》知道，之前的辞免，没有批准。而且，当月初六日，又有东上阁门副使王舜，直接将任命的告身，送到了司马光家里。告身就是任命书。司马光表示不敢接受，并请将告身暂留阁门。

闰二月稍晚，司马光再上《辞左仆射第三札子》。由此我们得知，当天早晨，又有勾当御药院冯宗道传宣，前来通知，并带来了御批，令尽早接受。御批就是圣旨。司马光在札子中写下他的慌乱："臣上戴天恩，下顾无状，进退维谷，无地自处。"意思是说自己既感激又惭愧，进不得退不得，不知该怎么办。然后再次谈到自己的才能、禀赋、身体状况，以及他的担心："才性长短，敢不自知。赋分于天，朴钝戆直，至于守事君之忠，怀爱民之志，不为欺罔，不涉佞邪，如此数条，臣敢自保；然烛理不明，见事不敏，度量褊隘，关防浅露，若位以元宰，委之机务，分画措置，必有差违。至时虽自纳于刑，亦无所益。臣非敢爱身，实恐误国。况臣之少壮犹不如人，今年齿衰老，目视近昏，事多健忘，目前所为，转首不记，举措语言，动多差失，自近病来，耳颇重听，此皆事实，众所共见，非臣以虚辞文饰如此，岂可首居相位，毗赞万几。"意思是说自己的缺点有好多，年轻时就不如很多人，如今年老多病，更是大不如前，因此，无法胜任宰相职位。

其后，司马光又请以文彦博自代，自己继续任门下侍郎。可是，朝廷不许。

大宋朝廷的意思很清楚：宰相非司马光莫属。这种情况之下，司马光只得接受任命。

司马光出任门下侍郎，是在元丰八年的五月二十七日。从任命为副宰相到任命为宰相，过了才不到一年。

后来邵伯温在京师汴梁，见到位居宰相的司马光，他这样描述："其话言服用，一如在西都时。"并且，"清苦无少异"。司马光说话语气与穿戴用度，与在西京洛阳闲居时完全一个样，守贫刻苦也与过去没丝毫区别。司马光可谓是宠辱不惊。

司马光在《三省咨目》里曾谈及当年的旱情及赈济。宰相司马光在《论赈济札子》里，又专门谈到赈济灾民。

由此札子我们得知，近日已有圣旨，令户部指挥开封府及各路提点刑狱司，调查所属州县，如确实缺粮，即依据现有义仓及常平仓粮食数量，立即赈济，并叮咛指挥所属州县，想方设法抚恤百姓，不许灾民流离失所。司马光说："此诚得安民之要道。"他认为，要使百姓不流离失所，全在县级地方官得人。因此奏请：再令提点刑狱司指挥各县令、佐，认真调查所属乡村，如有缺粮，一面申报上司及本州，一面以本县义仓及常平仓粮食，直接赈贷；按乡村五等人户，各户按人数发给"历头"即凭证，大人每日给二升，小孩每日给一升，根据百姓意愿，或五日或十日或半月一次，持"历头"到县里领取，县里也登记核对；如果本县粮少，就先从下等户开始发给"历头"，有余再发给上户；不愿领取的，听凭自便；将来夏秋成熟、粮食相接时，即按登记簿上所借贷粮食，令随税缴纳，不收取利息；县令、佐如果另有好办法，简易便民、胜过这个办法的，听从；令提点刑狱司经常调查，各县令、佐用心抚恤的，上奏朝廷，奖赏；全不用心赈济，以至灾民多有流离失所的，核实上奏，惩罚。

元祐元年（1086年）的户部，大体相当于今天的财政部。三月十四日，吏部侍郎李常被任命为户部尚书。李常是一文士，擅长诗文，缺少吏干，不擅长做事。有人担心李常不能胜任，就请问司马光，司马光回答："使此人掌邦计，则天下知朝廷非急于征利，贪吏掊克之患，庶几少息矣。"意思是说用这个人掌管国家财政，天下人就会明白，朝廷不急于聚敛，贪吏搜刮之害，大约会稍微减轻。

司马光举荐刘安世（字器之）任馆职，他问刘安世：知道为什么举荐你吗？刘安世答：大概与您交往的时间长吧。司马光说：不是。我闲居时，你问候不断；我做宰相，你却没有书信，这才是我举荐你的原因。司马光主张用人以德为先，他看中的是刘安世的人品。

司马光做宰相时，曾亲书"榜稿"，就是启事，张贴在客位，专门给客人看的，内容如下："访及诸君，若睹朝政阙遗，庶民疾苦，欲进忠言者，请以奏牍闻于朝廷，光得与同僚商议，择可行者进呈，取旨行之。若但以私书宠谕，终无所益。若光身有过失，欲赐规正，即以通封书简分付吏人，令传入，光得内自省讼，佩服改行。至于整会官职差遣、理雪罪名，凡干身计，并请一面进状，光得与朝省众官公议施行。若在私第垂访，不请语及。某再拜咨白。"意思是说各位来访者，若见朝政缺失，或黎民疾苦，要进忠言，请以奏章上报朝廷，我将与同僚们商议，选择可行的进呈圣上，领旨施行，即朝廷准许后施行。如果只以私信告诉我，没什么益处。如果我自己有过失，打算匡正，请以书信交门吏传进来，我将深刻反省，谨遵改正。至于升迁官职，或者洗雪冤屈，凡与自身有关的，都请一律呈状，即提交材料，我将与朝廷众官员公议施行。如果来访我家，请不要谈及。司马光这是要将公事与私事分开，公事公办，家里不提，这样可以避免私人感情左右朝廷公正。

据说，宰相司马光常常询问官员们：俸禄够不够家庭开销呢？有人不理解，司马光解释："倘衣食不足，安肯为朝廷而轻去就耶？"意思是说如果要为生计操心，哪里肯为朝廷效力呢？

司马光在相位时，韩持国（韩维字持国）任门下侍郎，两人旧交甚厚，是老朋友了。司马光父名司马池，司马光避父讳，称呼持国为秉国。当时有武官来中书省汇报，"词色颇厉"，态度不恰当，持国呵斥道："大臣在此，不得无礼！"司马光做惶恐状，说："吾曹叨居重位，覆𫗦是虞，讵可以大臣自居耶？秉国此言失矣，非所望也。"意思是说我等叨居重位，如履薄冰，唯恐出错，怎能以大臣自居呢？秉国此言不对。韩维惭愧不已，叹息良久。从这件事上我们再次看到司马光的低调。

据说司马光有"草簿数枚"，就是记录本，常放在身边，宾客无论贤愚长幼，他都要询问，"苟有可取，随手记录，或对客即书，率以为常"。司马光记性不好，当着客人的面，随手记录下来。司马光主张国家的政策，要符合绝大多数人的愿望，这大概是他此举的目的。

范祖禹曾说："公为相，欲知选事问吏部，欲知财利问户部；凡事皆与众人讲求，便者存之，不便者去之，此天下所以受其惠也。"意思是说司马光做宰相，绝不刚愎自用，也绝不独断专行，而是充分听取各专门部门的意见。

司马光出任宰相后，辽国、西夏使者前来，或者大宋使者前往，两国必定询问司马光的情况。辽国命令边防官："中国相司马矣，慎毋生事，开边隙！"意思是说司马光做大宋宰相了，切勿制造事端，挑起边界纷争。两国大概也都厌倦了战争，司马光的对外政策，他们也极为赞同。

史料记载，元祐时，司马光因久病，羸弱怕风，裁剪黑色粗绸做成包头巾，时人称作"温公帽"。想象一下，司马光的形象仿佛就在眼前。

据说，司马光家有个仆人，三十年来只称司马光"秀才"。一天苏轼来访，教那仆人该如何。第二天，那仆人就改称司马光"大参相公"。司马光惊问原因，那仆人以实相告。司马光说："好好一仆，被东坡教坏了。"仆人被苏轼教坏了。司马光大概挺烦那些头衔，把它们当作奢华的衣裳。

史书记载，司马光执政以后，将王安石、吕惠卿所行新法废除殆尽。有人告诫司马光："熙丰旧臣多憸巧小人，它日有以父子义间上，则祸作矣！"意思是说变法派里小人很多，将来如有人进谗言，您恐怕就会大祸临头。司马光正色道："天若祚宋，必无此事！"如果上天保佑我大宋，一定不会有这种事。我们可以想见司马光的义无反顾，为了国家和百姓，他可以说是奋不顾身。

邢恕曾受到司马光的举荐。元祐废除新法之初，邢恕暗示应为子孙考虑，司马光说："他日之事，吾岂不知。顾为赵氏虑，当如此耳。"意思是说将来的危险他也知道，但为国家考虑，必须得这样。邢恕生气道："赵氏安矣，司马氏岂不危乎？"意思是说国家倒是安全了，司马家子孙却危险了。司马光说："光之心本为赵氏，如其言不行，赵氏自未可知，司马氏何足道哉！"意思是说如果不废除新法，国家都要面临危险，覆巢无完卵，司马家的安危算什么。司马光虑事深远，对日后的事情，绝不缺少预见，但为国家考虑，他把子孙后代的安全，都押上了。

卫尉丞毕仲游曾写信给司马光，说：

> 昔王安石以兴作之说动先帝，而患财不足也，故凡政之可得民财者，无不举。盖散青苗、置市易、敛役钱、变盐法者，事也；而欲兴作、患不足者，情也。盖未能杜其兴作之情，而徒欲禁散、敛、变、置之法，是以百说而百不行。今遂废青苗，罢市易，蠲役钱，去盐法，凡号为利而伤民者，一埽而更之，则向来用事于新法者，必不喜矣。不喜之人，必不但曰不可废罢蠲去，必操不足之情，言不足之事，以动上意，虽致石而使听之，犹将动也。如是则

废罢蠲去者，皆可复行矣。为今之策，当大举天下之计，深明出入之数，以诸路所积之钱粟一归地官，使经费可支二十年之用，数年之间，又将十倍于今日，使天子晓然知天下之余于财也，则不足之论，不得陈于前，然后新法永可罢，而无敢议复者矣。昔安石之居位也，中外莫非其人，故其法能行。今欲救前日之弊，而左右侍从职司使者，十有七八皆安石之徒，虽起二三旧臣，用六七君子，然累百之中存其数十，乌在其势之可为也。势未可为而欲为之，则青苗虽废将复散，况未废乎？市易虽罢且复置，况未罢乎？役钱、盐法，亦莫不然。以此救前日之弊，如人久病而少间，其父子兄弟喜见颜色而未敢贺者，以其病之犹在也。（《续资治通鉴》卷七十九）

"故凡政之可得民财者，无不举"，凡可以搜刮百姓钱财的措施，无不大力推行，毕仲游对王安石新法的批评，真可谓是一针见血。毕仲游的意思主要有两个：第一，各种新法只是标，用度不足才是本，如今废除新法，只是治标，不能治本，要治本，必须使国家财政充裕，然后新法可以彻底废除，否则迟早要死灰复燃；第二，过去新法得以推行，因为朝廷内外，全是王安石的人，现在仅靠二三个旧臣、六七个君子，势必难以办到，新法即便暂时废除，将来也必定要恢复。

史书记载："光得书，耸然。"司马光读了毕仲游的信，吃了一惊。当时司马光的想法，我们无法得知，以他的睿智，当然明白其中的道理。司马光可能认为，积累起来的财富，都是民脂民膏，留用即为不义，而财政困难，根源在冗费；至于人事上，要达到那样的目的，就必须实施大规模清洗，身为仁厚君子，他不可能那样做。所以，司马光只是吃惊，但什么也不能做。

关心民瘼感同身受，公私分明公事公办，宠辱不惊行事低调，充分听取各部门意见，为国家和百姓奋不顾身，一心为公置个人及子孙安危于不顾，这还是司马光的宰辅风范。

第四节　废除免役法

宋代百姓要向政府提供义务劳动，叫作差役。差役法即百姓直接服役，直接参加义务劳动；免役法则由应服差役的百姓出钱，再由政府雇人服役，等于交钱免除义务劳动。

元丰八年（1085年），司马光上《乞罢免役钱状》，提请废除免役法恢复差役法。他说差役由百姓出，钱也由百姓出，现在让百姓出钱雇役，"何异割鼻饲口、朝三暮四"？出钱和服役的都是百姓，贫也罢富也罢都是百姓，免役法和差役法本质上没有区别。又说："凡免役之法，纵富强应役之人，征贫弱不役之户，利于富者，不利于贫者。"就是说免役法对富人有利，对穷人不利。穷人毕竟是大多数，司马光关心大多数。

元祐元年（1086年）正月，司马光再上《乞罢免役钱依旧差役札子》，认为免役法有五害：一、过去实行差役法时，上等户服役年满，可以休息几年，如今却年年出钱，从来不休息；二、下等户原来不用服役，而现在也一律出钱；三、过去实行差役法时，服役的都是良民，各有宗族和田产，行事少有过分，现在实行招募，招来的多是浮浪之人，游手好闲，不务正业，行事往往过分；四、自古农民有的，不过就是粮食、布匹和力气，免役法是取其所无、弃其所有；五、提举常平仓司惟多敛是务，一味聚敛，不择手段。

然后是他的建议："以臣愚见，为今之计，莫若直降敕命，应天下免役钱一切并罢，其诸色役人，并依熙宁元年（1068年）以前旧法人数，委本县令、佐亲自揭五等丁产簿定差，仍令刑部检会熙宁元年（1068年）见行差役条贯，雕印颁下。"意思是废除免役法，恢复熙宁元年前的差役法。废除免役法恢复差役法，这是司马光的基本思路，但他的话还没说完。

司马光继续："诸州所差之人，若正身自愿充役者，即令充役。不愿充役者，任便选雇有行止人自代，其雇钱多少，私下商量，若所雇人逃亡，即勒正身别雇，若将带却官物，勒正身赔填。"意思是说各州应服差役的人，若本人愿意，就让他服役；若本人不愿意，可以雇人自代，价钱多少，自己私下商量，若被雇的人逃走，由雇主另雇，若已造成损失，由雇主赔偿。显然，司马光的方案，吸收了免役法的长处，对富户的情形也有考虑，实际是差役法、免役法并行。

然后说到负担最重的衙前役："数内惟衙前一役，最号重难。向者差役之时，有因重难破家产者，朝廷为此，始议作助役法。然自后条贯优假衙前，诸公库设厨酒库、茶酒司，并差将校勾当；诸上京纲运，召得替官员或差使臣殿侍军大将管押；其粗色及畸零之物，差将校或节级管押，衙前苦无差遣，不闻更有破产之人。若今日差充衙前，料民间陪备亦少于向日，不至有破家产者。若犹以为衙前户力难以独任，即乞依旧于官户、僧寺、道观、单丁、女户，有屋业、每月掠钱及十五贯、庄田中年所收斛斗及百石以上者，并令随贫富，分等第出助役钱，不及此数者，与放免。其余产业，并约此为准。所有助役钱，令逐州椿管，据所有多少数目，约本州衙前重难分数，每分合给几钱，遇衙前合当重难差遣，即行支给。"意思是说过去导致当事人破产的衙前役，后来大部分已改由国家承担，与以往比较，负担大大减轻，不至于再破产了；如果认为衙前役还是过重，就请让官户、僧寺、道观、单丁、女户，其资产达到一定标准的，依旧出助役钱，补助服衙前役的人。这也是保留了免役法的部分内容，作为差役法的补充。

司马光最后说："然尚虑天下役人利害，逐处各有不同。欲乞于今来敕内，更指挥行下开封府界及诸路转运司，誊下诸州县，委逐县官看详。若依今来指挥，别无妨碍，可以施行，即便依此施行。若有妨碍，致施行未得，即仰限敕到五日内，具利害擘画申本州；仰本州类聚诸县所申，择其可取者，限敕书到一月内，具利害擘画申转运司；仰转运司类聚诸州所申，择其可取者，限敕书到一季内，具利害擘画，奏闻朝廷。候奏到，委执政官再加看详，各随宜修改，别作一路一州一县敕施行，务要所在役法，曲尽其宜。"意思是说考虑到各地的情况不同，敕令下达之后，令各县官员斟酌，如有不便，逐级上报，最终作一路、一州，甚至一县的敕令施行。从制度设计上看，应该说已经相当完备，根据司马光的设想，将来各路、各州甚至各县，实行的役法都不同，这个县实行差役法，邻县却可能实行免役法。其中，五日是针对县级官员的限制，但多认为五日太短，遂成为被攻击的焦点。

二月初六日，三省、枢密院同进呈，得旨依奏。朝廷采纳了司马光的意见。之前，蔡确说役法是大事，应当与枢密院共同商议，所以此日三省、枢密院同进呈，就是共同讨论商定。

开封府最先得到诏令。蔡京时任开封知府，即令所辖开封、祥符两个县，五日内，依照旧的差役人数，差一千余人服役。然后，跑去政事堂，向司马光汇报，司马光高兴地说："使人人如待制，何患法之不行乎！"意思是说如果人人都像你这样干，就不用发愁法令不能推行了。当时舆论认为，蔡京不过见风使舵，讨好司马光而已，内心其实并不那样想。

蔡京后来进了奸臣传。司马光的反应，因此多为后世诟病。以司马光的睿智，不该看不出蔡京行为背后简单的目的。或许太过执着于目标，再有智慧的人，也会忽略明显的破绽。

司马光所奏既已施行，章惇又挑出其中疏略未尽凡八处，一一条陈驳奏。章惇是变法派，这是专门挑毛病。章惇又曾与同僚争论："保甲保马，一日不罢有一日害。如役法则熙宁初以雇役代差役，议之不详，行之太速，速故有弊。今复以差役代雇役，当详议熟讲，庶几可行。而限止五日太速，后必有弊。"意思是说当初免役法推行太快，所以弊病百出，如今恢复差役法，应当慎重从事，五日期限太短了。但司马光不以为然。章惇在太皇太后帘前与司马光争辩，以致说："异日难以奉陪吃剑！"意思是说将来必定效果不好。

尚书左丞吕公著说，司马光的建议，"大意已善，其间不无疏略"，就是整体已经很好，但还有地方不够完善；章惇所上文字，虽有可取之处，但大致"出于不平之气，专欲求胜，不顾朝廷大体"，章惇出发点有问题，只是为了占上风；请选近臣三四人，专门议定役法。

二月十七日，抱病在家的司马光再上《乞不改更罢役钱敕札子》，请朝廷"执之坚如金石，虽有小小利害未备，俟诸路转运司奏到，徐为改更，亦未为晚；当此之际，则愿朝廷勿以人言，轻坏利民良法"。司马光的意思，是在实行过程当中，再依据具体情况，逐步加以完善。

二月二十八日，诏："门下侍郎司马光近奏建明役法大意已善，缘关涉事众，尚虑其间未得尽备，及继有执政论奏、臣僚上言。役法利害，若不精加考究，何以成万世良法。宜差资政殿大学士兼侍读韩维、吏部尚书吕大防、工部尚书孙永、给事中兼侍读范纯仁，专切详定以闻。仍将逐项文字抄录，付韩维等。"这是采纳了吕公著的建议，特别选派韩维、吕大防、孙永、范纯仁四人，专门讨论役法。四月初六日，苏轼加入详定役法所，讨论役法的成了五人。但七月初二日，因讨论役法不合，苏轼又请求退出。

闰二月初二日，诏："已差官详定役法，令诸路且依二月初六日指挥定差。仍令州、县及转运司、提举司，各递与限两月体访役法民间的确利害。县具可施行事申州，州为看详保明申转运、提举司，转运、提举司看详保明闻奏。仍令逐州县出榜，许旧来系纳免役钱、今来合差役人户，各具利害实封自陈。"朝廷有以上诏令，是采纳了司马光的意见。

可是，三月初三日，详定役法所上奏："乞下诸路，除衙前外，诸色役人，只依见用人数定差；官户、僧道、寺观、单丁、女户出钱助役指挥勿行。"朝廷准许了。就是说除了衙前役外，全部恢复差役；官户、僧道、寺观、单丁、女户，不再出助役钱。这与司马光的意见，略有出入。

据说，王安石听说废除新法，起初不以为意，不怎么在意，等听说废助役复差役，他惊愕失声，说："亦罢及此乎！"过了好久，又说："此法终不可罢也。"

六月二十八日，司马光上《申明役法札子》，从中我们得知，敕令下达以后，一两个月之内，各州县定差已毕。但不久又有雇募不足、才行定差的指令，既而又屡屡变更，号令不一；有的转运使搞一刀切，一路只许一种办法，不许州县因地制宜。致使州县迷惑不解，无所适从，或已差役人又遣散，或所雇役人已遣散又召回，或依旧用役钱雇人，或不用钱招人服役，朝夕不定，上下纷纭，往往与二月初六日敕令相违背。

司马光重申，最终要"作一路一州一县敕施行，务要曲尽其宜"，就是说一定要因地制宜，各路、州、县实行适宜的役法。然后，针对以上情形，对原奏疏中不明、不尽事项，司马光又特别说明如下：

第一，如旧法人数今日已不可行，即是妨碍，各州县可根据实际情况酌情确定，然后申请依数定差。

第二，如所差人雇人自代，而被雇人漫天要价，官府也应裁定，不得超过此前官府雇钱的数目；州县官员不得指定被雇人，让被差的人自己去雇。

第三，如果此前雇的人有田产、情愿服役的，可依旧保留；另外，曹司这个役种，新旧交替，可适当预留时间，使彼此熟悉业务，限半年内交接完毕。

第四，官户、僧道、单丁、女户出助役钱，可改为第三等以上户出助役钱，第四等以下不出；如本州坊场（即官府开设的市场）、河渡出售所得，可以支付衙前役所需，官户等就不必再出助役钱了。

第五，此前各州募人充长名衙前，招募不足，才差到乡户衙前，这即是旧法；如乡户差补已足，又募到人服役，即从贫下开始，让乡户归农，乡户如果自愿投充长名，听便。

第六，请下令州县，如有谋划恰当，却被上司阻止不肯上报的，县可以直接申报转运司，州可以直接申奏朝廷；并请下令详定役法所，只能依各路州县申报利弊，可取的立为定法，非本职者发高奇之论，不切实际的，不得施行，也不可将一路、一州、一县办法，作通行条文，搞一刀切。

第七，详定役法所议定的办法，如有妨碍难行的，也请各路、州、县斟酌上报，根据实际情况修改。

司马光的以上意见被朝廷采纳。

稍晚，司马光又上《再申明役法札子》。从中可知，当时有的转运司，既不执行熙宁元年（1068 年）以前的旧法，又不采用诸州县的谋划，而是自作主张，制定出一路的役法，然后派官分赴各州县，暗示或者威逼，使作各州县的谋划，立法申奏，州县稍有违背，即严加责备。"以此多不依应得逐处利便，不合民心"。又各路州县见朝廷设立了详定役法所，以为是要另外制定役法，往往等候观望。司马光请特降诏旨下各州县，除旧法妨碍难行，迅速据实申报外，其余都依旧法执行；看详役法所据各处申报，如果适当，立即奏请施行。

据说，司马光"临终床簀萧然，惟枕间有《役书》一卷"，所谓《役书》，就是关于差役的规章制度。司马光一直在努力完善差役法。

司马光废免役复差役，给自己招来了很多反对，有些反对甚至来自他的支持者。

范纯仁与司马光交情深厚，当时他对司马光说："治道去其太甚者可也。差役一事，尤当熟讲而缓行，不然，滋为民病。且宰相职在求人，变法非所先也。愿公虚心以延众论，不必谋自己出；谋自己出，则谄谀得乘间迎合矣。设议或难回，则可先行之一路，以观其究竟。"意思是说新法不必一概废除，只废除太过分的就行了；至于恢复差役一事，应当充分讨论；太快了，将为害百姓；宰相的职责是发现人才，变法不是顶着急的事；希望您虚心听取大家意见，不必自己出主意；自己出主意，逢迎拍马的人就会乘机迎合；如果差役法势在必行，可先在一路试行，看效果如何。司马光不听，持之益坚，更加坚定。范纯仁叹道："以是使人不得言尔。若欲媚公以为容悦，何如少年合安石以速富贵哉？"意思是说这是叫人都不要讲话，如果有人要溜须拍马，跟年轻官员投合王安石以求富贵，没有区别啊。

中书舍人范百禄曾对司马光说："熙宁免役法行，百禄为咸平县，开封罢遣衙前数百人，民皆欣幸。其后有司求羡余，务刻剥，乃以法为病。今第减助苗钱额，以宽民力可也。"意思是说免役法实行之初，很多百姓都很拥护，但后来有关部门刻意搜刮，才生出种种弊端，现在只要适当减少助役钱，减轻百姓的负担，就可以了。司马光也不听。

史书上说，苏轼也认为免役法有弊端，不该在雇役实际所需费用之外，多向老百姓收钱；如果量出以为入，不向老百姓多收钱，也足以利民。他曾对司马光说："差役、免役，各有利害。免役之害，掊敛民财，十室九空，敛聚于上而下有钱荒之患。差役之害，民常在官，不得专力于农，而贪吏猾胥得缘为奸。此二害轻重，盖略等矣。"意思是差役与免役各有利弊，两者弊端基本相等。司马光问："于君何如？"就是你意下如何？苏轼答："法相因则事易成，事有渐则民不惊。三代之法，兵农为一，至秦始分为二，及唐中叶,尽变府兵为长征之卒。自尔以来,民不知兵,兵不知农,农出谷帛以养兵,兵出性命以卫农,天下便之。虽圣人复起,不能易也。今免役之法,实大类此。公欲骤罢免役而行差役,正如罢长征而复民兵,盖未易也。"意思是说突然恢复差役恐怕不行,应在免役法的基础上,循序渐进更改。司马光不以为然。苏轼又至政事堂陈述,司马光生气了。苏轼说:"昔韩魏公刺陕西义勇,公为谏官,争之甚力,韩公不乐,公亦不顾。轼昔闻公道其详,岂今日作相,不许轼尽言耶?"意思是说韩琦做宰相时,您请求停止征召陕西民兵,与韩琦据理力争,如今您做了宰相,却不许我把话说完吗?司马光听后,微笑,致歉。

宋人邵伯温说:"吴、蜀之民以雇役为便,秦、晋之民以差役为便,荆公与司马温公皆早贵,少历州县,不能周知四方风俗,故荆公主雇役,温公主差役,虽旧典亦有弊。"意思是说各地情况不同,吴、蜀百姓喜欢雇役,而秦、晋百姓喜欢差役,司马光、王安石做地方官的经历都不够丰富,因而不能周知南北情况,所以王安石主张雇役,而司马光主张差役。

章惇、范纯仁及苏轼,都主张作循序渐进的更改,这一点在司马光,可能很难接受,他大概认为,百姓已经水深火热,根本容不得慢慢来。至于范百禄所说情形,司马光或许认为,随着衙前役的大大减轻,当初人们感到欣喜的因素,已经基本消失。司马光始终认为差役比免役好,而王安石恰恰相反。邵伯温的说法可以解释这种倾向的不同。大概南方相对富庶,百姓手里有钱,喜欢交钱了事;而北方相对贫穷,百姓手里缺钱,因而愿意出力。

司马光废免役复差役,从初衷来看,他是真心觉得差役好,不是对他自己好而是对百姓好,对百姓有益的事情,司马光坚定不移,用今天的话来说,就是人民利益至上,这是司马光的宰辅风范;司马光早年为官南方,本身又是北方人,所以他对南北情况,应该是都了解的,他主张恢复差役法,又以免役法为补充,在他的理想中,一州甚至一县,都可以因地制宜,实行适宜的役法,南北兼顾视野广阔,这也是司马光的宰辅风范。

第五节　西夏如何相处

治平四年（1067年）十月，北宋统帅种谔诱降了西夏将领嵬名山。宋夏开战，从此开始。

元丰四年（1081年）六月，西夏发生政变，国主秉常被囚禁。七月，北宋朝廷命令李宪出熙河，种谔出鄜延，高遵裕出环庆，刘昌祚出泾原，王中正出河东，分道并进，大举讨伐西夏。又诏令吐蕃首领董毡，出兵助战。宋军先后夺得兰州（今甘肃省兰州市）、米脂（今陕西省米脂县）、通远军（即环州，治今甘肃省环县）。十月，又几乎夺得灵州（治今宁夏回族自治区吴忠市北），但统帅贻误了战机，"围城十八日，不能下"，灵州久攻不下；夏军决黄河七级渠灌营，又截断粮道，宋军士卒冻溺而死，损失殆尽。其他几路也因大雪、粮草不继，伤亡惨重。

元丰五年（1082年）八月，采用延州知州沈括（就是《梦溪笔谈》作者）的建议，筑城永乐，赐名银川寨（今陕西省米脂县西北），派兵万人留守。九月，夏军攻陷永乐，宋方"将校死者数百人，丧士卒、役夫二十余万"。

沈括《梦溪笔谈》书影

对西夏用兵以来，宋军共夺得葭芦、吴堡（今陕西省吴堡县北）、义合（今陕西省绥德县东）、米脂、浮图、塞门（今陕西省志丹县东北）六堡，而灵州、永乐战役，"官军、熟羌、义堡死者六十万人，钱谷银绢不可胜计"。宋方付出的代价也相当大。史书上说，听了奏报，"帝临朝痛悼，为之不食"。

元丰六年（1083年）二月，夏军数十万围兰州，宋军出奇兵，以少胜多。不久，西夏又分道进犯，多被各路击败。五月，西夏进犯麟州（治今陕西省神木市北）神堂寨（今神木市东南），知州亲自督战，击败夏军。闰六月，西夏国主秉常不堪战争重负，请求通好如初，恢复和平关系。又遣使来贡，请求归还被占领土。诏令："夏之岁赐悉如其旧，惟乞还侵疆不许。"就是说恢复给西夏的岁赐，恢复和平关系，但被占领土不还。

元丰七年（1084年）春正月，西夏又进犯兰州，步兵、骑兵号称八十万，包围了兰州，加紧进攻，十天十夜，可是攻不下来，粮食没了，才退兵。不久，又进犯延州（治今陕西省延安市）、德顺军（治今宁夏回族自治区隆德县）、定西城（今甘肃省定西市东南）及熙（即熙州，治今甘肃省临洮县）河（即河州，治今甘肃省临夏市）各堡寨。九月，西夏军队又包围定西城，但被熙河守将击败。

从以上的情况来看，北宋与西夏基本属于拉锯战，互有胜败，互有损失，谁也无力消灭对方。

元丰八年（1085年）十月以来，西夏主动示好，北宋朝廷也有回应：

十月初三日，"夏国遣使进助山陵马"，即西夏派使者前来进献马匹，帮助修建神宗皇帝陵寝。

十月二十六日，"以夏国主母丧，遣使吊祭"，即西夏皇太后去世了，北宋朝廷派使者前去吊祭。

十二月，"夏人以其母遗留物马、白驼来献"，即西夏派使者前来，进献去世皇太后的遗物马匹、白骆驼。

元丰八年（1085年）十二月初四日，司马光上《请革弊札子》，其中谈到宋夏战争："臣观今日公私耗竭，远近疲弊，其原大概出于用兵。"意思是说国家财政困难，根源在对西夏的战争。又说："夫兵者，凶器，天下之毒、财用之蠹；圣人治暴定乱，不得已而用之耳。"意思是说战争很烧钱，往圣先贤不得已时才使用。从中我们还可以知道，宋哲宗即位之初，"首戒边吏，毋得妄出侵掠，俾华夷两安。"就是说宋哲宗即位后，北宋朝廷采取守势，停止主动出击。

元祐元年（1086年）正月，"罢陕西、河东元丰四年后，凡缘军兴增置官局。"也就是说陕西、河东两路，凡是元丰四年（1081年）以后，因宋夏战争而增设的机构，一律撤销。由此判断，北宋朝廷有意结束战争。

二月初三日，门下侍郎司马光又上《论西夏札子》。

其中，司马光首先谈到米脂等寨，说："臣窃闻此数寨者，皆孤僻单外，难于应援，田非肥良，不可以耕垦，地非险要，不足以守御，中国得之，徒分屯兵马、坐费刍粮，有久戍远输之累，无拓土辟境之实，此众人所共知也。"意思是说米脂等寨地处偏远，易攻难守，土地贫瘠，不能耕种，只是白费粮草，有开疆之名，无拓土之实。又说："臣闻此数寨之地，中国得之虽无所利，虏中失之为害颇多，何则？深入其境，近其腹心，常虑中国一朝讨袭，无以支梧，不敢安居，是以必欲得之，不肯弃舍。"意思是说米脂等寨，对我方没什么益处，对西夏却害处多多，因为深入西夏腹地，西夏唯恐遇袭，所以不肯舍弃。

打仗是个烧钱的事，而且必然有伤亡。从双方的战绩来看，宋方似乎稍占优势，夺得部分军事堡寨；但也损失惨重，代价不小。司马光的意思大概是：既然不能彻底消灭西夏，花那么大的代价，做些细枝末节的争夺，意义就十分有限。

然后，司马光又谈到去年西夏使者的请求，以及朝廷的答复："其前则云，所以兴举甲兵，本欲执取罪人救拔幽辱，非有意侵取疆场土地而已；其后乃云，止将已得些小边土，聊示削罚，岂可更有陈乞还复之理。"意思是说西夏派使者请求归还领土，北宋朝廷先是答复：发兵是为拯救秉常，并非有意侵夺领土；而后又答复：取你那点小地方以示惩罚，哪有再要回去的道理。司马光说："王者以大信御四海，羌戎虽微，恐未易以文辞欺也。"意思是说西夏虽属蛮夷，但也不那么好哄骗。果然此后，正旦（正月初一日）、生辰（帝、后生日），乃至宋哲宗即位，西夏都没有派使者祝贺。

去年西夏四次派使者前来，司马光认为意图有三：第一，仍然希望朝廷赦免它，归还被占领土；第二，表面恭顺，使我麻痹，暗地窥探，伺机入侵；第三，西夏贫乏，派使者往来，得些赏赐，并借机贩卖。但朝廷听之任之：

"彼来则迎送馆穀,以宾客待之,不来则一无所问。"意思说西夏派使者来就招待,不派使者来就不问。司马光说:"彼怨毒欲仇报之心、窥窬欲乘衅之意,日夜不忘,若渴者不忘饮、盲者不忘视也。"意思说西夏怀恨在心,时时准备报复,好像渴了想喝水,好像盲人想复明。这种情况就好比,"有虎狼在屋侧,垂头熟寝",人怎能见它不动,就去逗它,摸它的头,踩它的尾巴呢!

司马光认为当下只有两个办法:一、归还被占领土;二、禁止边境贸易。

所谓归还被占领土,我们引用司马光的原话:

陛下诚能于此逾年改元之际,特下诏书,数其累年不来贺正旦、生辰及登宝位等不备之礼,嘉其吊慰、祭奠、告国母丧、进遗物之勤,旷然推恩,尽赦前罪,自今以后,贡献赐予,悉如旧规;废米脂、义合、浮图、葭芦、吴堡、安疆等寨,令延、庆二州,悉加毁撤,除省地外,元系夏国旧日之境,并以还之。其定西城、兰州,议者或谓本花麻所居,赵元昊以女妻之,羁縻役属,非其本土,欲且存留,以为后图,犹似有名御夷狄者,不一而足,俟其再请,或留或与,徐议其宜,亦无所伤。至于会州,尚在化外,而经略司遽称熙河兰会,虏常疑中国更有辟境之心,不若改为熙河岷兰经略司。如此则西人忽被德音,出于意外,虽禽兽木石,亦将感动,况其人类,岂得不鼓舞抃蹈,世世臣服者乎。

司马光大意是说,趁宋哲宗新即位,对西夏以往行为,该表扬的表扬,该批评的批评,然后赦免它的罪过,归还它的领土,从此宋夏进入和平时代。此为上策。

司马光提到可能的反对:"议者或曰,先帝兴师动众,所费亿万,仅得数寨,今复无故弃之,此中国之耻也。"意思是说,米脂等寨是宋神宗千辛万苦得来的,如今无缘无故放弃,是我国的耻辱。他举了个例子,汉元帝放弃珠崖,下诏说:"朕日夜惟思议者之言,羞威不行,则欲诛之;通于时变,则

203

忧万民。夫万民之饥饿，与远蛮之不讨，危孰大焉？"珠崖在今海南省。汉元帝的意思是说，远方蛮夷不服，征讨必然花费不菲，百姓必然遭受困穷，蛮夷不服与百姓困穷相比，蛮夷不服就无足轻重了。于是毅然放弃。司马光说："此乃帝王之大度、仁人之用心，如天地之覆焘、父母之慈爱，盛德之事，何耻之有？"意思是说为民生而放弃，是有德的表现，一点不可耻。

然后是他的担心："国家方制万里，今此寻丈之地，惜而不与，万一西人积怨愤之气、逞凶悖之心，悉举犬羊之众，投间伺隙，长驱深入，覆军杀将，兵连祸结，如向日继迁、元昊之叛逆，天下骚动，当是之时，虽有米脂等千寨，能有益乎？不唯待其攻围自取固可深耻，借使虏有一言不逊而还之，伤威毁重，固已多矣，故不若今日与之之为美也。"意思是说如果不趁早解决这个问题，万一西夏攻取或者出言不逊，我国就会很尴尬：要么被迫应战，要么颜面扫地。

所谓禁止边境贸易，我们还是引用司马光的原话：

> 陛下诚能却其使者，责以累年正旦、生辰及登宝位皆不来贺，何独遣此使者，拒而勿内，明敕边吏，严禁私市，俟其年岁之间，公私困敝，使自谋而来，礼必益恭，辞必益逊，然后朝廷责而赦之，许通私市，待之如初。

西夏经济以畜牧业为主，东、西、北三面的邻国，情形和它差不多；贸易对象只有宋，以羊、马、毡毯等交换茶叶、丝绸及百货。很明显，西夏在经济上对宋有依赖。所谓"禁其私市"，就是通过经济封锁，迫使西夏屈服，朝廷再批评它，然后赦免它，达到与前一条相同的目的。此为下策。

司马光认为后一条实施起来很困难，除非立重法，且边帅得人，因此，"不若前策道大体正，万全无失也"，下策不如上策，上策万无一失。

从内容来看，司马光《密院咨目》的时间，应在请病假之后、上《论西夏札子》之前。我们从中得知，"禁其私市"最初由吕大忠提出，当时，他正要赴任边关。司马光认为"此策大善"，请枢密院召见吕大忠，并详细询问。

《与三省密院论西事简》的时间，应在《论西夏札子》之后：

> 不和西戎，中国终不得高枕。光所上乌茒（应指《论西夏札子》），果有可采否？纵未欲遽以侵地归之，且下一诏，数其不贺正旦、生辰及登宝位，臣礼不备；谕以天子新即位，务崇宽大，旷然赦之，自今贡奉赐予，宜皆复旧规，但不责其必来献地、分画疆界而已。令保安（即保安军，治今陕西省志丹县；当时与西夏接壤）牒与。如此则彼此相弥缝，且有名，又不失大体。不乘此际为之，万一彼微为边患，或更出不逊语，愈难处置。愿诸公算其多者。

司马光认为改元是个比较体面的台阶，也是个不错的机会；疆土可以稍后再说，先批评和表扬，赦免西夏。

二月十一日，"禁边民与夏人为市"。朝廷采取的是下策。

二月十二日，司马光上《乞未禁私市先赦西人札子》。

其中，司马光说："今窃闻执政用臣下策，止令禁私市，又立法不严，边帅未尽得人。若边吏拘文，获一漏百，私市滔滔如故；或此路禁绝，而彼路放行，如堤防一存一亡，将何所益？如此适足以激怒西人，使益发悖心，安肯屈服？万一微犯边境，或表牒中形不逊语，至时朝廷转难处置，悔之无及。不若用臣上策，早相弥缝；纵未欲还其侵地，且下诏书，责而赦之，使彼此安心。时难得而易失，不可忽也。况本欲因天子继统，荡涤其罪，今日行之，已为太晚，若更迁延，则赦之无名。兹事系国安危，若俟执政论议佥同，恐失机会，误国大事。伏望圣意独断行之，勿复有疑，天下幸甚。若有执政立异议，乞令其人自入文字；若依从其议，他日因此致引惹边事，当专执其咎。"司马光的意思很明白，希望朝廷选择上策，放弃下策，抓住时机，机不可失，时不再来。

二月十六日，司马光又上《乞先赦西人第二札子》，说："臣之愚意，以为封内未安，未可图外，故欲急行臣前策，以羁縻西人，且可数年边鄙无事，朝廷得休息戎兵、安养百姓。待国力完备，家给人足，然后奋扬天威，讨贰柔服，何所不可？若行臣前策，可以万全；行臣后策，有得有失。岂可弃上策而用下策、舍万全而就有失也？"司马光希望朝廷选择上策，放弃下策，上策万无一失，下策有得有失；上策可保边境几年安宁，正好休养生息，几年后国力强盛，再对西夏开战。

二月二十一日，西夏派使者前来进贡。

四月初四日，司马光再上《乞抚纳西人札子》。由札子我们得知，各位执政一直存在分歧，司马光的建议遂被摒弃。近来西夏已有"关报"，将遣使贺登宝位，西夏将派使者前来，祝贺宋哲宗即位。司马光再次敦请朝廷不要错失良机，他说："臣愚欲为国家消患于未萌，诚惜此机会，夙夜遑遑，废寝忘食！陛下若俟询谋金同，然后施行，则执政人人各有所见，臣言必又摒弃。凡边境安，则中国安，此乃国家安危之机。伏望陛下察臣所言，甚易行而无后害，可使华夷两安，为利甚大；断自圣志，勿复有疑。"意思是希望朝廷当机立断，不必等候意见一致，上策简单易行，可使宋夏平安。

五月初四日，夏国贺登宝位进贡使鼎里、旺裕勒宁等见于延和殿。西夏祝贺宋哲宗即位的使者已经到来。

六月十六日，夏国遣间使春约讹罗聿进贡，由刑部郎中杜纮，负责接待。此前西夏已曾遣使，"直求侵地，指陈兵端，辞意侵慢"，西夏使者的态度，很不客气。

在《乞不拒绝西人请地札子》中，司马光认为，目前这种情况下，此前所提赦免诏书，已不可下，不能再赦免西夏了。机会已经失去，答复西夏使者，也变得困难：如果一概答应，西夏会更加骄横；如果一概拒绝，边患将由此而起。权衡利弊，"今就二者之中，宁为百姓屈己，少从所请，以纾边患，不可激令愤怒，致兴兵犯塞，以困生民。"就是说在这种情况下，宁可为了百姓，自己受点委屈，可以答应它的部分请求，以缓解边患，不要刺激它，致使发兵进犯，那样百姓要受罪。

司马光解释："所以然者，灵夏之役，本由我起，新开数寨，皆是彼田，今既许其内附，岂可犹靳所侵地，而不与彼？必曰我自天子新即位，卑辞厚礼，以事中国，庶几归我侵疆，今犹不许，则是恭顺无益，不若以武力取之。彼小则上书悖慢，大则攻陷新城。当是之时，不得已而与之，其为国家之耻，无乃甚于今日乎？"意思是说米脂等寨本属西夏，如果我们拒绝归还，西夏会认为恭顺没用，下一步可能就是发兵攻打，到时不得已再归还，我们就会颜面尽失。然后司马光打了个比方："以小喻大，譬如甲夺乙田，未请而与之，胜于请而后与，若更请而不与，则彼必兴斗讼矣。"意思是拿小事作比方，比如甲夺去了乙的田产，没来讨要就还给，强过讨要了才还给；如果讨要了还是不还，下一步就该打架、打官司了。

据史书记载，当时西夏派使者前来，请求归还兰州、米脂等五寨，司马光力主归还，但反对的人很多，只有文彦博赞同司马光。太皇太后打算恩准。司马光要连熙州、河州也一同放弃。安焘争辩说："自灵武而东，皆中国故地，先帝有此武功，今无故弃之，岂不取轻于外夷邪？"意思是说兰州、米脂等都曾归属唐朝，宋神宗好不容易才攻取的，如果无故放弃，岂不要被西夏小瞧？司马光召来礼部员外郎、前通判河州孙路询问，孙路打开地图，指给司马光看，说："自通远（今甘肃省环县，时为环州州治所在）至熙州，才通一径，熙之北已接夏境，今自北关（即北关堡，今甘肃省临洮县北，当时在黄河东岸）濒大河，城兰州，然后可以捍蔽，若捐以予敌，一道危矣！"意思是说如果放弃兰州，整个地区都会很危险。"光乃止"。司马光接受了反对意见。

司马光主张与邻国和平相处。就当时的形势来看，这也是最明智的选择。历史学家认为，宋朝与南北朝非常相像：宋朝与西夏、契丹，彼此旗鼓相当，势均力敌，无论是谁，都无力灭掉另外两个，实现统一。这种情形之下，最明智就是和平相处，彼此相安无事。司马光谙熟历史，他对这样的形势，有清醒的认识。司马光对西夏的思路，应是以这样的判断为基础，他的对外政策很务实。

对外政策以形势判断为基础，既然无法实现天下一统，不如睦邻友好和平共处，与邻国互相尊重友好相处，这同样是司马光的宰辅风范。

第六节　废除青苗法

司马光在《论赈济札子》中，主张无息借粮食给贫民，这已经涉及青苗法的废除。

由司马光《乞罢提举官札子》我们知道，宋仁宗天圣（1023—1032年）中，除河北、陕西因"地重事多"，设转运使两名之外，其余各路只有转运使一名；景祐（1034—1037年）初，开始设立提点刑狱；后又增设转运判官，但很快撤销；王安石执政以来，为推行新法，各路另设提举常平广惠农田水利官，后来每事又各设提举官，都可以按察官吏，职责、权力与转运使相同，又增加转运副使、判官等的人数。

从札子中我们还可以知道，此前已有诏令，令青苗钱不得"抑配"，即不准强行摊派，"免役宽剩钱"不得超过两成。但司马光听说各路提举官及州县官吏，仍有人于开春之际，"抑配"青苗钱；他们逼迫百姓签订情愿状，并巧立名目，多收取"免役宽剩钱"。司马光认为，正是提举官阻碍了朝廷诏令的执行："臣闻去草者绝其本，救水者回其原，提举官者，乃病民之本原也。"意思说提举官是为害百姓的源头。

司马光因此奏请：各路提举官全部撤掉，转运使除了河北、陕西、河东，其余各路只设转运使一名、判官一名，提点刑狱分两路的合为一路，共派文臣两名，并明确分工："凡本路钱谷财用事，悉委转运司；刑狱、常平、兵甲、贼盗事，悉委提点刑狱管勾"，就是说转运司主管财政，提点刑狱司主管司法；并选"知州以上资序、累历亲民差遣、所至有政迹、聪明公正之人"出任，就是说转运使、转运判官、提点刑狱，要从知州及以上官员中遴选，必须办事公正百姓满意；提举官多年来积攒的钱粮财物，全部充作常平仓钱物，由提点刑狱全权接收主管，依照常平仓法，并留意粮价变化，贱籴贵粜，及准备灾荒时赈贷，其余不得支用。

元祐元年（1086年）闰二月初八日，"诏诸路转运使，除河北、陕西、河东外，余路只置使一员，副使或判官一员，其诸路提举官并罢。提点刑狱，分两路者合为一路。共差文臣两员，本路钱谷财用事，悉委转运司，刑狱、常平、兵甲、贼盗事，悉委提点刑狱司管勾。其转运使、副、提刑，今后选一任知州以上"。同一天，"诏提举官累年积蓄，尽椿作常平仓钱物，委提点刑狱交割主管，依旧常平仓法"。显然，司马光的建议被采纳了。

从司马光《乞趁时收籴常平斛斗白札子》我们知道，元祐元年（1086年）的宋朝各路，除部分州军遭遇水灾外，丰收的地方还有不少。司马光奏请朝廷特诏令各路提点刑狱司，趁有籴本，令丰收州县的官吏，在市价基础上，"多添钱数，广行收籴"，就是以高于市价的价格，大量收购粮食。

我们从中又读到常平仓法："以丰岁谷贱伤农，故官中比在市添价收籴，使蓄积之家无由抑塞农夫，须令贱籴；凶岁谷贵伤民，故官中比在市减价出粜，使蓄积之家无由邀勒贫民，须令贵粜。物价常平，公私两利。"就是说丰年粮价过低，政府就以高于市价的价格收购，使富户无法剥削贫民；灾年粮价过高，政府就以低于市价的价格出售，使富户无法刻剥穷人。司马光认为"此乃三代之良法也"。至于过去执行中出现的弊病，"此乃法因人坏，非法之不善也"，不是法不好，而是人不对。

针对那些弊病，司马光设计应对方案如下："令州县各勒行人，将十年以来，在市斛斗价例比较，立定贵贱，酌中价例，然后将逐色价分为三等，自几钱至几钱为中等价，几钱以上为上等价，几钱以下为下等价，令逐处临时斟酌加减，务在合宜。既约定三等价，仰自今后，州县每遇丰岁，斛斗价贱至下等之时，即比市价相度添钱，开场收籴；凶年斛斗价贵至上等之时，即比市价相度减钱，开场出粜；若在市见价，只在中等之内，即不籴粜。更不申取本州及上司指挥，免有稽滞失时之患。"意思是说各州县参考十年以来的粮价，将所有价格按贵贱分为上、中、下三等，州县每遇丰年，粮价低至下等价，即适当提价收购，灾年粮价贵至上等价，即适当降价出售，粮价在中等，不购也不售；不再向州及上司请示，以免延误时机；此外，司马光还制定了相应的奖惩方案。

五月二十九日，监察御史上官均上奏："今之议者，必以为往时之散青苗钱，出于抑配，故有前日之弊；今则募民之愿取者，然后与之，而有司又不以多散为功，在民必以为优。臣以为不然……故臣愿行闰二月八日诏书，罢去青苗法，复常平昔年平粜之法，兹万世之通利也。"显然，监察御史上官均是司马光的支持者。从他以上表述来看，对于废除青苗法、恢复常平仓法，当时朝中仍然存在异议。

七月初十日，刘挚上奏："……朝廷患常平之弊，并用旧制，施行曾未累月，复变为青苗之法，其后又下诏切责首议之臣，而敛散之事，至今行之如初……"很明显，刘挚也是司马光的支持者。由以上内容判断，当时常平法与青苗法的争夺，相当激烈。

起初，同知枢密院范纯仁以国家财政困难，奏请重新发放青苗钱。可能因此，四月二十六日朝廷有旨意，准许发放青苗钱。当时司马光已请病假，所以没有参与。之后台谏官员都认为那样不对，但未有批复。

八月，司马光上《乞约束州县不得抑配青苗白札子》，得到朝廷准许。

在札子中我们可以读到四月二十六日的圣旨："昨于四月二十六日，有敕命令给常平钱谷，限二月或正月，只为人户欲借请者，及时得用；又令半留仓库、半出给者，只为所给不得辄过此数；至于取人户情愿、不得抑配，一遵先朝本意。"意思是说四月二十六日诏令贷出常平仓钱粮，只限正月、二月，为使需要借贷的人家，及时能用；又令一半留存仓库，一半贷出，贷出钱粮不得超过这个比例；至于全凭人家情愿，不得强行摊派，尽遵先朝本意。这等于又临时恢复青苗法。

在札子中，司马光说："检会先朝初散青苗钱，本为利民，故当时指挥，并取人户情愿，不得抑配。自后因提举官速要见功，务求多散，讽胁州县，废格诏书，名为情愿，其实抑配，或举县勾集，或排门抄札，亦有无赖子弟，谩昧尊长，钱不入家，亦有他人冒名诈伪请去，莫知为谁，及至追催，皆归本户。"意思是说神宗朝发放青苗钱，本意是为了方便百姓，全凭情愿，只是提举官急功近利，力求多发放，才出现强行摊派等弊病。

然后，司马光说到四月二十六日的旨意："虑恐州县不晓敕意，将谓朝廷复欲多散青苗钱，广收利息，勾集抑配，督责严急，一如向日置提举官时。今欲续降指挥，下诸路提点刑狱司，告示州县，并须候人户自执状结保赴县，乞请常平钱之时，方得勘会，依条支给，不得依前勾集抄札，强行抑配。仍仰提点刑狱，常切觉察，如有官吏，似此违法骚扰者，即时取勘施行；若提点刑狱不切觉察，委转运司、安抚司觉察，闻奏。"意思是说他担心各州县不明白朝廷意图，以为又要多发放，又要催逼，一如从前，因此请朝廷再下一道诏令，约束州县官员，一定保障确属自愿。

不难看出，此时司马光支持重新发放青苗钱，起码不反对。

其后，苏轼奏请彻底废除青苗法，他说："熙宁之法，未尝不禁抑配，而其为害也至此。民家量入为出，虽贫亦足，若令分外得钱，则费用自广。今许人情愿，是为设法罔民，使快一时非理之用，而不虑后日催纳之患，非良法也。"意思是说先朝并非不禁止强行摊派，结果也造成那样大的危害；百姓量入为出，虽然穷点，也能自足，要让他额外得钱，花费自然就多了；现在准许自愿借贷，是设法欺骗百姓，使图一时之快，胡乱花费，而不考虑日后的催讨，这样的法不是好法。当时王岩叟、朱光庭、王觌等也纷纷上奏，请求停止发放青苗钱，司马光"始大悟"，于是，"力疾入朝"，强撑病体上朝。

八月初六日，司马光上《乞罢散青苗钱白札子》：

> 昨于四月二十六日降指挥，令于正月、二月支散常平仓钱谷，窃虑州县多不晓朝廷之意，将谓却欲广散青苗钱，多收利息，严行督责，一如未罢提举官时。勘会青苗钱，利民甚少，害民极多，臣民上言，前后非一。今欲遍行指挥下诸路提点刑狱司，自今后，其常平仓钱谷，只令州县依旧法趁时籴粜，其青苗钱更不支俵，所有旧欠二分之息，尽皆除放，只令提点刑狱，契勘（宋公文用语，审核）逐州县元支本钱，随见欠多少，分作料次，令随税送纳。（《传家集》卷五十六）

司马光的札子很快得到朝廷批准。

至此，青苗法才彻底废除。

史书上说，当时司马光在帘外，平静读完以上札子后，说："不知是何奸邪劝陛下复行此事？"意思说不知是哪个奸贼劝陛下这样做的。我们前边说过，范纯仁曾以国家财政困难奏请重新发放青苗钱。范纯仁正好在场，闻之色变。

司马光主张废除青苗法，出发点是要有利于农民，我们再次看到，他将农民利益放在首位，作为自己的行动指南，用今天的话说，就是人民利益至上，这就是司马光的宰辅风范；人非圣贤孰能无过，司马光也会犯错，但他绝不将错就错，而是彻底改正，位高权重却勇于改正错误，这同样是司马光的宰辅风范。

第七节　鞠躬尽瘁

元丰八年（1085年）九月十七日，奉圣旨对《资治通鉴》重行校定。这项工作一直持续到元祐元年（1086年）的十月十四日：当日，奉圣旨《资治通鉴》下杭州镂板。宋代主要还是雕版印刷，镂板就是雕版；北宋杭州印刷业发达，是全国的出版中心。

与此同时，另一部书《稽古录》也在撰写中。元祐元年（1086年）三月十四日，司马光请将已编讫的《稽古录》二十卷，送秘书省正字范祖禹等，令抄写并进献宋哲宗；并请将来经筵读祖宗《宝训》毕，取《稽古录》进读。又请特差校书郎黄庭坚，与范祖禹、司马康一起，共同校定《资治通鉴》。司马光以上请求得到朝廷批准。

由《乞令校定〈资治通鉴〉所写〈稽古录〉札子》中我们知道，《稽古录》共二十卷，是在《历年图》及《国朝百官公卿表》的基础上续修而成的。《历年图》五卷，上起周威烈王二十三年（前403年），下讫周世宗显德六年（959年）；《国朝百官公卿表》上起宋太祖建隆元年（960年），下讫宋英宗治平四年（1067年）。此次的续修部分，上起伏羲，下至周威烈王二十二年。司马光说："臣闻史者，今之所以知古，后之所以知先，是故人主不可以不观史，善者可以为法，不善者可以为戒。"意思是说皇帝应该读点历史，可以知古鉴今。《稽古录》实际是一部通史简编，相当于儿童读物。宋哲宗现在不满十周岁，读《资治通鉴》有点费劲，《稽古录》应该是专门为他编的。

从《乞黄庭坚同校〈资治通鉴〉札子》中我们知道，去年九月十七日的圣旨，是令秘书省正字范祖禹、司马康用副本对《资治通鉴》重行校定；近日又有圣旨，令据已校毕的定本，陆续送国子监镂板。司马光认为《资治通鉴》"卷帙稍多"，而范祖禹此前差充修《神宗皇帝实录》检讨官，有他的本职工作，"虑恐日近，校定不办，有妨镂板"，担心会影响到校定的进度。"臣窃见秘书省校书郎黄庭坚，好学有文，即日在本省，别无职事"，黄庭坚正好有空闲，因此司马光请特差黄庭坚，令与范祖禹、司马康共同校定《资治通鉴》，"所贵早得了当"。司马光似乎有点着急，他大概希望在有生之年，见到此事的完成，但终于还是没能等到。

当时，秘书少监刘攽等奏："先与故秘书丞刘恕同编修《资治通鉴》，恕于此书立功最多；及此书成，编修属官皆蒙甄录，惟恕身亡，其家独未沾恩，子孙并无人食禄。请援黄鉴、梅尧臣例，除一子官。"意思是说司马光的助手中间，刘恕对《资治通鉴》的贡献最大，但不幸早逝，没有得到任何褒奖，请让刘恕一个儿子为官。主编司马光接着也为刘恕奏请。七月初六日，朝廷准许刘恕一个儿子为官，官阶是郊社斋郎。

在《乞官刘恕一子札子》里，司马光对这位助手给出极高的评价后，又说："所以攽等众共推先，以为功力最多。不幸早夭，不见书成。未死之前，未尝一日舍书不修。今书成奏御，臣等皆蒙天恩，褒赏甚厚，独恕一人不得沾预，降为编户，良可矜悯。欲乞如攽等所奏，用黄鉴、梅尧臣例，除一子官，使其平生苦心竭力，不为虚设。"

元祐元年（1086年），司马光又有《徽言》，序中说："余少好读书，老而不厌，然昏耄日甚，不能复记。暇日因读诸子史集，采其义与经合者，录而存之。苦于秉笔之劳，或但撮其精要，注所出于其下，欲知其详，则取本书证之，命曰《徽言》。置诸左右，时取观以自儆，且诏子孙。涑水迂叟，时年六十八。"又在书末题写："余此书类举人钞书，然举子所钞猎其词，余所钞覆其意；举人志科名，余志道德。迂叟年六十八。"从序和跋来看，这是司马光元祐元年（1086 年）的读书笔记。看来，司马光处理政务之余，仍然读书不辍。据说，《徽言》共计三百一十二条，内容涉及《国语》等六部书，全用小楷书写，书法端正谨严。

宋仁宗嘉祐年间司马光曾论继嗣，谈皇帝的继承人问题。当时的殿中侍御史陈洙，也上奏请选宗室中贤者，立以为后，奏状发出后，他就对家里人说，我今天上了一奏状，谈社稷大计的，若是得罪，重则处死，轻则贬官，你们要有思想准备。但送奏状的人还没返回，陈洙就突然得急病去世了。

司马光在《乞官陈洙一子札子》中说："臣时为谏官，亲闻见此事；窃怜其亡身徇国，继之以死，而天下莫之知。近见故职方员外郎张术，亦以当时乞建储贰，子申伯特补太庙斋郎。伏望圣慈依张术例，除一子官，以旌忠义。"请求朝廷给予陈洙褒奖。

八月初八日，司马光上《荐王大临札子》。司马光在郓州时曾负责州学，王大临当时在州学就读，司马光特别器重他。王大临后来一直没有做官，是一"处士"；但他"通经术，善讲说，安仁乐义，誉高乡曲，贫不易志，老不变节"。就是说这个人学问不错，口才也好，安于仁，乐于义，在乡里声望很高，他不因贫穷改变志向，不因年老放弃操守；过去朝廷曾有征召，王大临坚辞不起，朝廷要授给他官职，但他拒绝了。司马光奏请将他召至京师，任为学官，就是国子监的老师，以为读书人的表率。八月十二日，诏以郓州处士王大临为太学录。但可惜的是，王大临已经去世了。

本年的四月十四日，诏执政大臣各举可充馆阁者三人。北宋有昭文馆、史馆、集贤院以及秘阁、龙图阁等，掌管图书经籍和编修国史等，通称馆阁。四月二十四日，司马光上《举张舜民等充馆阁札子》，说："臣窃见奉议郎张舜民，材气秀异，读书能文，刚直敢言，竭忠忧国；通直郎孙准，学问优博，文辞宏赡，行义无缺，久淹下僚；河南府左军巡判官刘安世，才而自晦，愿而有立，力学修己，恬于进取。其人并堪充馆阁之选。"举荐了三个人：张舜民、孙准和刘安世。又说："如后不如所举，臣甘当同罪。"如果名不副实，情愿受罚。六月十六日，"诏候过明堂，令学士院试；其在外者，召赴阙"。让学士院组织考试，在外地的召至京师。

不久，孙准出了问题。八月二十六日，司马光上《所举孙准有罪自劾札子》，说："臣举通直郎孙准，近闻孙准与妻赵氏，因争女使，与妻兄赵元裕相论，诉状内有虚妄事，罚铜六斤。臣昧于知人，所举有罪，理当连坐，乞赐责降。"孙准因为小妾，与妻子发生争执，到后来与大舅子打起了官司，孙准最后被判有罪，罚铜六斤。孙准是司马光举荐的，孙准有罪，司马光请求责罚。

宋哲宗批示："准缘私家小事罚金，安有连坐？"意思是说孙准因为家庭琐事被罚款，与你无干，用不着连坐。

司马光在《所举孙准有罪自劾第二札子》中说："臣先举孙准行义无缺，堪充馆阁之选，如后不如所举，甘当同罪。近闻准与妻家争讼，罚铜六斤，臣奏乞连坐责降，伏蒙圣慈批还云，孙准为家私小事罚铜，安有连罪。伏缘臣举状，称准行义无缺，今准阃门不睦，妻妾交争，是行义有缺，于臣为贡举非其人，臣不敢逃刑。况臣近奏十科，或有不如所举，其举主从贡举非其人律科罪，虽见为执政，朝廷所不可辍者，亦须降官示罚。臣备位宰相，身自立法，首先犯之，此而不行，何以齐众？乞如臣所奏，从贡举非其人律施行，所贵率厉群臣，审慎所举。"意思是说自己举荐孙准的时候有言在先，如果举荐的人名不副实，自己甘愿连坐受罚，自己现为宰相，也应当降官以示惩罚，法是自己立的，又首先违犯，如何要求他人。司马光这是要拿自己开刀。

朝廷不准。后来，仅诏令孙准不再召试馆职。

八月十二日是个沉重的日子。

当天司马光疾病发作，不得不提前离开"都堂"，就是宰相办公的地方，于是请假。从此，再没能回来。

在稍后的《后殿常起居乞拜札子》里，司马光说："臣窃以人臣见君，礼无不拜，文彦博年龄位望，皆远逾于臣，每后殿起居，犹须拜伏，独臣一人，恩旨不拜，忝为臣子，实不自安。"就是说司马光有病在身，朝廷特免他行礼，可是司马光很不安。因此奏请："今后遇文彦博入朝，与之同班，不入朝，即别为一班，依群臣例常起居。"就是说请求今后上朝，如果文彦博在，自己就和他一班，文彦博不在，就独自一班，和群臣一样行礼。他似乎对自己的身体很有信心："况臣自揣，近日筋力微增，若得臣男扶掖，其常起居四拜，殊不为难。"他自我感觉良好，说如果有儿子司马康搀扶，行礼并不困难。这可能就是人们常说的回光返照。

八月二十一日，司马光辞明堂大礼使。

在《辞大礼使札子》中司马光不无遗憾地说："臣先奉敕差充明堂大礼使。伏缘臣自去冬以来，脚膝无力，拜起艰难；至今正月下旬，全妨拜起，遂请朝假；至今首尾八个月，若无人扶掖，委实独自拜起不得。每次朝见，幸蒙圣恩许男扶掖，将来飨明堂，在上帝前不可使人扶掖，又随皇帝陟降拜伏，必恐未能一一如礼。欲望圣慈矜悯，别赐差官充大礼使。"明堂大典上不许人搀扶，可是，没有人搀扶实在无法行礼，司马光深表遗憾，请求辞去明堂大礼使。

八月二十四日，司马光辞明堂宿卫。

在《辞明堂宿卫札子》里，司马光表达了自己的惭愧："臣先奉圣旨，将来明堂特与免侍祠、摄事、导驾及称贺陪位、肆赦立班，止令宿卫。在于人臣，恩礼优厚，无以复加，捐生陨命，不足酬报，然臣日近患左足，掌底肿痛，全然履地不得，跬步不能行，未知痊愈之期，所有将来明堂宿卫，亦恐祇赴不得。伏望圣慈，特赐矜免。乞恩不已，惭惧无地。"明堂大典期间，宰相按惯例要宿卫，就是值宿守卫。司马光有病在身，朝廷只让他宿卫。司马光惭愧万分，说自己近来左脚底肿痛，完全不能下地，半步也走不了，也不知何时痊愈，请求辞去明堂宿卫。

然后，辞提举修《神宗皇帝实录》。

在《辞提举修实录札子》中，司马光已经很茫然："臣先奉敕，差提举修《神宗皇帝实录》。臣自受命以来，以衰羸多病，罕曾得到局供职；日近又患左足肿痛，不能履地，日甚一日，未有痊愈之期。所有修《神宗皇帝实录》，伏乞别赐差官提举。"先皇实录按惯例由宰相负责编纂，司马光说自己受命以来，疾病缠身，很少能够供职，近来又左脚底肿痛，不能下地，一天重似一天，恐怕不会痊愈了，因此请求另派他人负责。

以上三道札子好像晚会结束前的频频谢幕；但要结束的不是晚会，而是司马光的人生。明知司马光是古人，但笔者仍不由一震，有如天空响过一声惊雷。

元祐元年（1086年）九月丙辰朔，即九月初一日，尚书左仆射兼门下侍郎司马光，"薨"于西府，享年六十八岁。

《宋史·司马光传》记载，司马光出任大宋宰相以后，眼见朝廷对自己言听计从，于是决定以身殉国，他不顾自己病重的身体，处理宰相政务不遗余力，常常是夜以继日。门客们见他身体衰弱多病，又这样玩命地工作，就劝他："诸葛孔明二十罚以上皆亲之，以此致疾，公不可以不戒。"意思是说当年诸葛亮就是因为操劳过度，才一病不起的，先生不能不引以为戒。司马光说："死生，命也。"意思是说生死就听天由命吧，完全把生死置之度外。工作更加努力，终于一病不起。司马光弥留之际，意识已经模糊不清，口里仍念念有词，像是在说梦话，可内容都是朝廷天下大事。苏轼所作《司马文正公行状》记载，司马光逝世以后，他的床席空空如也，只有枕头边有《役书》一卷。《役书》是关于如何服劳役的规章制度，病床上的司马光仍在坚持工作。司马光真可谓：鞠躬尽瘁，死而后已！

对于作为政治家的司马光，南宋朱熹评价说："温公可谓知、仁、勇。他那活国救世处，是甚次第。其规模稍大，又有学问，其人严而正。"意思是说司马光智、仁、勇兼备，他救国救世，格局颇大，又有学问，谨严刚正。智、仁、勇即智慧、仁德、勇敢，又称"三达德"，是儒家认为君子必须具备的三种德行。

明代学者方孝孺评价司马光："儒者之泽，大行于民，伊、周以来，惟公一人。"意思是说能将儒家的主张施行出来、惠及百姓的，伊尹、周公以后，就只有司马光一个。伊尹辅佐商汤建立了商朝，周公辅佐周武王建立了周朝；伊尹和周公都是古圣先贤，孔子对他们推崇备至。司马光既是儒家学者，又官至宰相，他将儒学付诸实施。方孝孺对政治家司马光的评价，可以说是无以复加。

第八章　鸣条岗上温公祠

第一节　大臣李纲的奏章

首先需要说明的是，温公祠有狭义也有广义，狭义仅指温公祠堂，广义既包括温公祠堂，还包括余庆禅院、涑水书院、墓园、碑楼等等。

题目是鸣条岗上温公祠，我们却不得不从大臣李纲的奏章说起；而要说大臣李纲的奏章，又不得不从"靖康之耻"说起。

宋钦宗靖康二年是 1127 年，大宋的两位皇帝——当了一年多太上皇的宋徽宗赵佶和他的大儿子、当了一年多皇帝的宋钦宗赵桓——全部沦为俘虏，被掳掠去往金国。一同被掠去的还有在汴京的皇家宗室、妃嫔宫女、文武百官、工匠艺伎等共计 14000 余人。北宋就此结束。此年发生的事情令大宋臣民备感耻辱，这就是著名的"靖康之耻"。

此前一年，即宋钦宗靖康元年（1126 年），大宋帝国的都城汴京（又称汴梁，今河南省开封市），已在风雨飘摇之中，本该是喜庆的新年，可是人们根本无心过年，人心惶惶，不可终日：

正月初三日，濬州（治今河南省浚县）失守，消息传到宫里，太上皇赵佶肝胆俱裂，当即命蔡攸为行宫使、宇文粹为副使，以去亳州（治今安徽省亳州市）太清宫烧香为名，当夜仓皇出通津门，逃往东南，宦官童贯率领胜捷军，扈从前往。

正月初四日晨，大宋君臣在延和殿议事，多数朝臣主张迁都襄（治今湖北省襄阳市）、邓（治今河南省邓州市），以避敌锋；兵部侍郎李纲力主抵抗，于是任命李纲为尚书右丞、东京留守。宋钦宗对李纲说："朕今为卿留，治兵御寇，专以委卿。"意思说我是为你李纲才留下的，我的命就交给你了，你可要尽力啊！

正月初五日晨，宋钦宗却已收拾停当，准备随时出发。李纲据理力争，宋钦宗终于醒悟，再次决定留下。李纲传旨对皇帝身边的人说："上意已定，敢复有言去者，斩。"李纲大概担心那些人再次怂恿皇帝逃跑，所以对他们预先提出警告。

李纲像

正月初六日，金兵到达汴京城外，攻打宣泽门，被李纲击退。

正月初十日，金兵统帅狮子大张口，提出退兵条件：需金五百万两、银五千万两、牛马万匹，割让太原（治今山西省太原市）、中山（治今河北省定州市）、河间（治今河北省河间市），并以宰相、亲王作人质。

正月十八日，各路勤王兵陆续赶到汴京，总数约有二十余万。

二月初一日夜，宣抚司都统制姚平仲夜袭金营失败。次日晨，李纲出景阳门，与金兵鏖战幕天坡，大获全胜，斩获甚众；金兵攻我中军，李纲亲率将士，以神臂弓将其射退。姚平仲夜袭失利，宰相及台谏官员交相弹劾，故意夸大事实，说亲征行营司的兵马，已被金人全歼。宋钦宗听后大惊失色，立即将李纲免职。

二月初五日，太学生陈东率诸生数百人，跪伏在宣德门外上书，说李纲奋勇当先，勇于任事，是社稷之臣；陛下任李纲为执政，朝廷内外额手相庆；胜败乃兵家常事，岂可轻免任事之臣；"罢命一传，兵民骚动，至于流涕。"

听到李纲被罢免的消息，军民情绪激动，甚至痛哭流涕；请求恢复李纲的职位。军民数万人聚集在宣德门外，登闻鼓被擂破，喧闹声震天动地。宋钦宗派人传旨，说已经宣李纲进宫。内侍宦官朱拱之宣李纲稍迟，"众脔而斫之"，宦官被揍成了肉酱，愤怒的军民又杀死内侍宦官数十人。李纲惶恐不安，请求死罪，宋钦宗却恢复他的职位，并要他充任京城四壁守御使。李纲坚辞，钦宗不许。李纲当众宣谕，众人这才散去。

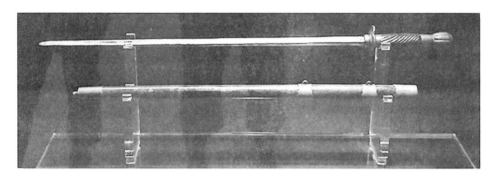

福建博物馆藏李纲锏

二月二十日，就在风雨飘摇之中，大宋朝廷宣布：赠司马光太师，解除对元祐学术、党籍的禁令。

陈东上书之后，即有以上诏书。宋钦宗是否有所悔悟决心拨乱反正整理朝政呢？危难时刻总能让人辨清形势，准确判断谁对国家真的有益。可是，诏书来得太晚了。靖康元年（1126年）距离司马光逝世，已经整整四十年；司马光逝世后，朝廷为他立了"忠清粹德之碑"，后来这碑又被推倒了，靖康元年（1126年）距离此碑的倒下，也已有三十三年。

所谓对元祐学术、党籍的禁令，是指宋徽宗崇宁元年（1102年）九月，蔡京列司马光等一百二十人罪状，称作"党籍"，请御书刻石于端礼门，就是请宋徽宗亲自书写，然后刻石立碑，凡是被列入党籍的，其子孙居住、为官，都会受到限制；崇宁二年（1103年）九月，又诏令于各州县立元祐党人碑，有以元祐学术聚徒传授者，罚无赦，传授元祐党人观点的，也要受到处罚。可是，在各州县立党籍碑时，长安（今陕西省西安市）有一石匠安民，受命刻字，他说："民愚人，固不知立碑之意，但如司马相公者，海内俱称其正直，今谓之奸邪，民不忍刻也。"意思说我不是个聪明人，不知道朝廷立此碑的意图，但像司马相公，全天下认为他正直，现在却把他当作奸邪，刻碑我实在不忍心。办事人员要治他的罪，安民被逼无奈，流着眼泪说："被役不敢辞，乞免镌'安民'二字于石末，恐得罪后世。"意思说公家的差使我不敢推辞，那么碑末就请别刻我的名字了，我怕被后世人唾骂。"忠清粹德之碑"被推倒了，换成了各州县的党人碑。政界风云变化无常，百姓看法最为公正。（清·顾栋高《司马温公年谱》卷后）

宋徽宗崇宁五年（1106年），蔡京罢相，宋徽宗下诏，毁党人碑，放宽党籍，党人碑全部销毁，放宽对所谓党人的限制。

《宋史》卷三百五十八《李纲传（下）》记载，南宋高宗绍兴五年（1135年），大臣李纲在给皇帝的奏章中，再次提到司马光："元祐大臣，持正论如司马光之流，皆社稷之臣也，而群枉嫉之，指为奸党，颠倒是非，政事大坏，驯致靖康之变，非偶然也。"元祐是宋哲宗的年号。李纲的意思是说，司马光等人正直，全心全意为国家着想，却被说成奸党；是非颠倒，黑白不分，大宋政界已经糜烂不堪，靖康年间发生那样的变故，绝非偶然。

李纲的奏章对南宋王朝来说，还是有意义的，毕竟亡羊补牢，为时未晚；可是对司马光来说，已经没有什么意义，他早已长眠地下，而且那片土地，都已经属于金国。

第二节　九百年前的盛大葬礼

让我们来一次穿越，回到九百年前的夏县涑水乡，叙述一场盛大的葬礼。葬礼的细节记载在不同的史籍当中。

苏轼所作《司马文正公神道碑》记载，宋哲宗元祐元年（1086年）九月，人们从大宋的四面八方出发，像潮水一般涌向夏县，汇聚到涑水河以南的鸣条岗。最终到达鸣条岗的有数万人。他们大多是些普普通通的百姓，甚至有来自岭南封州（治今广东省封开县东南）的父老乡亲。如果我们从空中俯瞰，起初看到的就是三三两两或者三五成群的移动，因为距离太远，人看起来像蚂蚁那么小，看不出明确的移动方向；渐渐地，三三两两汇集成几十成百人的群体，人流的方向也清晰起来，都流向一个地方，像是车轮的辐条指向轮毂，那个轮毂的所在就是夏县鸣条岗。这是大宋罕见的人口大流动，这些人口不是接到了朝廷调发前去戍边，这年的大宋也没有发生大范围的水旱灾害，所以也不是外出乞讨的流民。人们只是听说了司马光逝世的消息。这些人在哭，即便是在赶路的时候。哀痛是相同的，念叨的方式却不同，都是用的方言，如果仔细听，就会听到不同方言说出的司马光，福建闽南话、浙江越剧腔、湖南花鼓调等等，广东的父老乡亲当然讲粤语，听起来像是今天的香港流行歌曲。人潮中很多是从京师汴梁跟随司马光灵柩前来的。

此前的元祐元年（1086年）九月初一日，司马光在大宋京师汴梁逝世。逝世前他的职务是尚书左仆射兼门下侍郎，也就是我们常说的宰相。他担任这个职务的时间不长，只有八个月；连同之前担任门下侍郎即副宰相的时间，总共才十八个月，就是一年半。在这一年半、十八个月当中，他有一半时间是在生病，工作又加重了他的病情。

实际上，之前的宋神宗元丰七年（1084年）《资治通鉴》完成的时候，司马光的身体状况已经十分糟糕。《司马文正公传家集》卷十七《进〈资治通鉴〉表》是司马光写给宋神宗的奏章，其中说："臣今筋骸癯瘁，目视昏近，齿牙无几，神识衰耗，目前所为，旋踵遗忘。臣之精力，尽于此书。"意思是说自己已经憔悴不堪，看东西模糊不清，牙齿也所剩无几，精力消耗殆尽，刚才做的事情转眼就忘个精光，自己被这部书耗尽了。

宋人李焘《续资治通鉴长编》卷三百八十七记载，司马光逝世的时候，朝廷正在准备明堂大典。这是每年一度的重大祭祀之一，祭祀五帝、神州、日、月、河、海等神祇，以及已故皇帝的灵魂，这种祭祀被认为关乎国家的命运，所以非常重要。听到司马光逝世的消息，太皇太后哭得非常伤心，年轻的宋哲宗也十分伤感，感叹唏嘘，流泪不止。明堂礼毕，太皇太后与宋哲宗，亲临司马光的灵堂祭奠致哀，然后宣布暂停上朝，表示哀伤过度，无法处理政务；赠太师、温国公，"襚"以一品礼服，赠谥"文正"，又赠银三千两、绢四千匹，并赐给"龙脑""水银"入殓。"太师"是官职，正一品。"温国公"是爵位，司马光被称为司马温公，温公是温国公的简称。向过世的人赠送衣服称"襚"。"文正"是文官赠谥的最高品级，北宋得到这个赠谥的只有三个人。龙脑是蒸馏龙脑树的树干得到的类似樟脑的东西，有清凉气味，可制香料，也可入药；水银即汞，易挥发，有剧毒；古人认为龙脑和水银有利于保持尸体不腐。然后，命令户部侍郎赵瞻、内侍省押班冯宗道，护送灵柩回夏县安葬。户部侍郎是户部的副长官，内侍省押班是内侍省长官之一。又准许司马光的十个族人不必经过考试即可进入仕途。宋哲宗亲笔书写了碑额"忠清粹德之碑"。"忠清"是忠诚廉正，"粹德"是德行纯一；碑额的意思是说司马光既忠诚廉正又德行纯一。国家给司马光的评价和礼遇都是最高的。

宋代李焘著《续资治通鉴长编》书影

　　百官也赶来吊唁。宋人张端义《贵耳集》卷上记载，当时主持丧事的是著名理学家程颐，可是著名文学家苏轼本来也想主持，为此苏轼很不满意。宋人邵博所著《邵氏闻见后录》卷二十记载，程颐主持丧事全用古礼。苏轼、苏辙兄弟二人前来吊唁，遭到程颐阻拦，程颐说孔子有言："子于是日哭则不歌"，你们刚参加完明堂大典，明堂大典是吉礼，你们不能进去。苏轼不以为然，说只听过"哭则歌"，没听过"歌则哭"。说完径直闯入。因此之故，以苏轼为首的"蜀党"和以程颐为首的"洛党"产生矛盾。

　　据《宋史·司马光传》记载，司马光逝世的消息传开，京师汴梁百姓纷纷停下手中的营生赶去吊唁，有人甚至为购买祭品而卖掉自己的随身衣物。

做生意的关门歇业一日，打零工的请假休息一天，他们要去吊唁司马光。要知道当时已经深秋，卖掉随身衣物是要挨冻的，可是人们心甘情愿。京师百姓把司马光的画像刻版、印刷，家家都要请一幅，开饭之前必先祷告。全国各地也纷纷托人前来京师求购司马光画像。司马光画像的需求量是如此之大，竟然有画工因此而致富。

宋代司马富所作《修太师温国公坟记》记载，司马光主张薄葬，卧病家中的时候，对儿子司马康有交代：死后装殓，给他穿上古时士大夫家居所穿的"深衣"，再盖上平常睡觉用的布被子就行了。可是，司马光逝世的次日，朝廷下诏说："余之荩臣尽瘁国家，以损厥寿，朕甚愍焉。其从官葬，以报其力。"意思是说司马光为国家鞠躬尽瘁，折损了寿命，皇帝很过意不去，司马光的丧事由国家负责，以答谢他的尽心竭力。司马光的儿子司马康婉辞说："陛下之先臣实有俭德，平生屡敕子孙以薄葬，自为终制书尚存也。今朝廷之制，盛大崇广，上费县官，下劳民力，惧非先臣之本意也，臣敢固辞。"意思是说父亲临终交代要薄葬，官葬规模盛大，与先父本意不符，所以拒绝官葬。可是朝廷又有诏书："若尔，何以报臣之忠且勤者？予自答乃父，此非乃所得辞也。"意思是说如果那样，又如何报答忠臣呢？我和你父亲说吧，这个不构成推辞的理由。皇帝说要亲自跟司马光解释，司马光已经逝世了，不知道皇帝打算怎么跟司马光解释。不管怎么解释吧，司马康只能答应："臣奉先人之训，不敢以不闻先臣之志。若此，陛下以君命夺之，无不可者，敢不惟陛下之令。"意思是说先父有遗训，不敢不上奏；但陛下既然有令，自然无所不可，怎敢不唯命是听。

此后的三四个月里，夏县鸣条岗上的司马氏祖茔，俨然成了一个大工地。

据《修太师温国公坟记》记载，当时朝廷征调了夏县所在的陕州（治今河南省三门峡市陕州区）及附近的解州（治今山西省运城市解州镇）、蒲州（治今山西省永济市）、华州（治今陕西省渭南市华州区）军卒，从宋哲宗元祐元年（1086年）十月开始挖掘墓穴，又选皇家御用工匠制作棺木等葬具。十一月，朝廷诏令司马光的侄子司马富为总负责。司马富是司马光兄长司马旦的儿子。十二月，墓成。总共用工一万八千九百三十三个，比原计划减少用工九千九百三十八个。按照当时的官葬制度，墓穴必须用石门，棺木之外还有仪椁，就是外棺。内供奉李永言对司马康说："敕葬之制虽旧章，其未安者小损益之可也。窃惟丞相之志，好实用而恶虚饰。彼石门难得，仪椁华靡，为费甚大，是二物者足以当其余百数十品矣，而实于葬无用也，或能省之，可以减县官之费十五六，而民不病，若何？"意思是说官葬规制稍作修改也是可以的，司马丞相喜欢实用不喜欢虚饰，石门比较难找，仪椁花费很大，对丧葬却没什么用处，如果省去，费用可以减少五六成，百姓负担也会减轻不少，问司马康是什么意见。司马康表示赞成。于是石门改为柏木门，仪椁则撤去不用。因此工程按计划完成了。司马富最后说："于是役也，富实与总莅，惟叔父之忠而勤事，圣主之仁而报功，叹息感泣，不能自已。又使者将命，敏而从宜，费少而民安，工省而事集，上足以副圣君优贤恤民之志，下足以慰忠臣好俭爱物之心，不可以莫之记也。"意思是说整个工程他是总负责，过程中大臣忠诚鞠躬尽瘁，君主仁义竭力报答，让他十分感动；内供奉李永言等人又能因地制宜，花费不多，工程顺利，各方面都很满意。

宋哲宗元祐二年（1087 年）正月，司马光的棺木在夏县涑水以南晁村的司马氏祖茔下葬。此前，司马康已将母亲张氏的棺木起出，此时与父亲司马光合葬一冢。随后，朝廷诏令翰林学士苏轼作司马光神道碑碑文。

苏轼所作《司马文正公神道碑》记载，奉命护送司马光灵柩的户部侍郎赵瞻及内侍省押班冯宗道，"瞻等既还，皆言民哭公哀甚，如哭其私亲"。赵瞻等回京之后向太皇太后及宋哲宗汇报，说百姓哭司马光非常伤心，就像哭自己的亲人一样。

据宋代司马桂《忠清粹德碑楼记》所载，宋哲宗元祐三年（1088 年），刻碑立石于墓地东南。接着，朝廷诏令内侍李永言、司马光从孙司马桂，监督统率将作监的工匠，并调来军卒招募民工建造碑楼。我们前文已领略李永言的办事风格，此时仍然一脉相承："即裁省浮华，损约制度，使无侈前人，无废后观。"意思是说少花钱多办事，既节省又体面。碑楼建设历时七个月，所用土木金石泥瓦诸工，总计一万六千多个，而节省的也基本是这个数目。

碑楼的形制是这样的：高四丈五尺，分上下两层，上有四扇门，每扇门有两扇窗，下有两扇门，每扇门外有台阶。碑的四周有阁子，阁子有回廊环绕。碑楼四周有围墙。

司马光的葬礼规模盛大，数万人赶来为他送葬，持续时间也长，从宋哲宗元祐元年（1086 年）持续到宋哲宗元祐三年（1088 年）。这些都不是司马光决定的，因为他已经逝世；然而这些又都是司马光决定的，因为葬礼本质上是对死者的评价。

司马光安葬后，儿子司马康依照礼制，为父亲守孝。宋代范祖禹所撰《直集贤院提举西京嵩山崇福宫司马君墓志铭》记载，司马康"庐于墓"，就是住在墓地附近临时搭起的简易棚子里。我们知道，这种时候，人的情绪会比较低落，加上晚上就睡在地上，吃得又很简单，只吃一些素食，人家劝他吃肉，他坚决不肯，结果身体抵抗力骤然下降，得了腹疾。从此落下了病根。几年以后，病情逐渐加重。太皇太后与皇帝专门下旨召一位很有名的叫李积的医生给他诊治。当时这位老中医已经有七十岁了，行动很不方便，而且早已退休，很久不给人看病了。乡民得知此事，纷纷跑来劝说："百姓受司马公恩深，今其子病，愿速往也。"意思是说司马光对我们恩深似海，现在他的儿子病了，希望你早点动身给他诊治！来的人络绎不绝，甚至晚上都有，搞得这位退休的老中医应接不暇，也相当感动，收拾药箱准备破例出诊。可是为时已晚。宋哲宗元祐五年（1090 年），司马康英年早逝，享年四十一岁。司马康去世后，依序葬在司马光墓的南边。

第三节　司马光要求薄葬

司马光要求薄葬，这种想法不是灵机一动临时想到，他对身后事早有定见。

宋神宗元丰七年（1084 年），司马光写下著名的《葬论》。在这篇文章中司马光回忆了祖辈及父亲安葬时的情形。他当时可能对自己生命的即将终结，已经有了某种预感。

从文章中我们得知，当时阴阳之说盛行，以为子孙后代的贵贱、贫富、寿夭、贤愚，都与父辈、祖辈安葬的时日、坟地的山川地形密切相关，非此地、非此时，不可葬。因此，往往亲人去世很久，也不安葬，问他，回答没到吉时，又说没有吉地，又说游宦远方不得回乡，又说无力置办棺椁等葬具；以致有人终身累世不葬，最后，连亲人的尸骨和棺木，都找不到了。

司马光认为："葬者，藏也。孝子不忍其亲之暴露，故敛而藏之。赗送不必厚，厚者有损无益。"意思是说葬就是藏，孝子不忍心亲人的尸体暴露，所以埋藏起来；陪葬不必多，多了有害无益。又说："人之贵贱、贫富、寿夭系于天，贤愚系于人，固无关预于葬。就使皆如葬师之言，为人子者方当哀穷之际，何忍不顾其亲之暴露，乃欲自营福利邪？"意思是说人的贵贱、贫富、寿夭都是天注定的，是贤是愚则由自己决定，都跟安葬无关；即便真的有关，身为人子，正当哀痛之际，怎么忍心不顾父母遗体的暴露，只为自身打算呢？

文中，司马光回忆了多位先祖的葬礼："昔者吾诸祖之葬也，家甚贫，不能具棺椁。"意思是说诸位先祖下葬时，家里很穷，都买不起棺椁。棺是内棺，椁是外棺，外棺套着内棺。然后是父亲的："自太尉公而下，始有棺椁，然金银珠玉之物，未尝以锱铢入于圹中。"意思是说先父以后才有棺椁，但金银珠宝之类的陪葬，半点也没有。司马光接着说，安葬先父时，族人们都讲，丧葬大事，怎能不问"葬师"？肯定不行。葬师就是阴阳先生。我哥没办法，就说：那就问问好

司马光祖父司马炫墓碑

了，哪儿有好葬师啊？族人说：邻村有一张生，是好葬师，周围各县都用他。我哥召来张生，许钱两万。张生是个乡野村夫，世代做葬师，一般农民家请他，报酬不过千钱，一听大喜。我哥说：你若能按我的意思办，就给你做；不能，将另请高明。张生表示：唯命是听。于是我哥自定岁月日时，以及墓穴的深浅宽窄、出殡的路线，一切为求方便。然后，叫张生拿葬书解释，说大吉，示族人，族人都很高兴，无异议。今年我哥七十九，以列卿致仕，我六十六，忝列侍从，宗族中从仕者二十三人。司马光自信地说："视他人之谨用葬书，未必胜吾家也。"意思是说严格按照葬书办理的，未必胜过我司马家。

接着，又说到妻子的安葬："前年吾妻死，棺成而敛，装办而行，圹成而葬，未尝以一言询阴阳家，迄今无他故。"意思是说前年老伴去世，丧葬事宜根本没问过阴阳先生，至今未见有任何异常。

最后，司马光说："今著兹论，庶俾后之子孙葬必以时。欲知葬具之不必厚，视吾祖；欲知葬书之不足信，视吾家。"意思是说今天之所以写这篇文章，只是希望子孙能够及时安葬。要知道葬具不必贵，看我先祖就可以；要知道葬书不可信，看我家就可以。

司马光所说的子孙，当然包括儿子司马康。他当时一定想到了自己的身后事，写下这篇文章，预先对后事作出安排，他要求薄葬。

稍早的宋神宗元丰六年（1083年）十一月，司马光还写过一篇《序赙礼》。所谓"赙"，就是赠人钱物，以助丧葬。

从文中我们得知，司马光的家乡夏县，有个叫刘太的人，其父去世的时候，司马光兄弟俩曾"赙以千钱"，并写信给他，说："礼凡有丧，他人助之珠玉，曰含，车马，曰赗，货财，曰赙，衣服，曰襚。今物虽薄，欲人之可继也。"意思是说家有丧事，他人赠以钱物，于礼各有专名；礼物虽薄，希望事主借此渡过难关。后来，刘太要将司马光的书信刻石立碑，以广流传，"使民间皆去弊俗而入于礼"。

司马光又在文中谈到当时夏县的五位贤人：第一位就是刚刚提到的刘太，居父丧三年，不饮酒，不吃荤。第二位是刘太的弟弟刘永一，孝敬父母，友爱兄弟，清廉谨慎，过于常人。宋神宗熙宁初年，巫咸水入夏县城，溺死者数以百计；刘永一手执竹竿站在门口，有别人的东西漂进来，他就拨出去。有一和尚在他家存钱数万，不久和尚却上吊死了；刘永一把和尚存的钱，全部还给他的弟子。同乡欠他钱久不归还的，刘永一就干脆毁掉字据，让欠钱的人感到羞愧。第三位是周文粲，他的哥哥嗜酒，靠文粲养活，有时哥哥喝醉了就殴打文粲，邻居为他鸣不平，安慰他，文粲却生气地说："吾兄未尝殴我，汝何离间吾兄弟也！"意思是说我哥根本没打我，你怎么离间我们兄弟！第四位是苏庆文，对继母很孝顺，曾对自己媳妇说："汝事吾母，小不谨，必逐汝！"意思是说服侍我娘，稍有不敬，就休了你。继母年轻守寡，没有儿女，一辈子就生活在他家里。第五位是个画工名叫台亨。宋神宗元丰年间，朝廷修建景灵宫，调各地画工到京师。完工以后，诏令选试其中杰出者，留在翰林院供职，授给官禄。夏县人台亨名列第一，却以父亲年老坚辞，于是回乡奉养老父。

司马光对刘太的志向表示赞赏，但认为那封信不值得刻石；他记下五位贤人的事迹，希望刘太将五人事迹刻石，"庶几使为善者不以隐微而自懈焉"，意思是说也许可以使做善事的人，不因为默默无闻而有所懈怠。

司马光晚年住在洛阳，却对夏县保持着关注，五位贤人的事迹他说来如数家珍。刘太要将司马光的信刻石，司马光却要他将五位贤人事迹刻石，大概在司马光看来，葬礼不重要，德行才重要。与刘太的这段交往，缘于刘太父亲的去世，这段交往可能成了个引子，引出司马光对死亡的思考，毕竟他的身体每况愈下，死亡似乎已经越来越近；对死亡的思考大概直接导致他写下《葬论》。

我们前文提到，司马光临终有交代，入殓时盖上平常用的布被子。这床布被子大有来历，宋人范祖禹所作《布衾铭并序》有详细记载。

当时，有人写过一篇《布衾铭》：

> 藜藿之甘，绨布之温，名教之乐，德义之尊，求之孔易，享之常安；绮绣之奢，膏粱之珍，权宠之盛，利欲之繁，苦难其得，危

辱旋臻。取易舍难，去危就安，至愚且知，士宁不然？颜乐箪食，
万世师模；纣居琼台，死为独夫。君子以俭为德，小人以侈丧躯。
然则斯衾之陋，其可忽诸？

衾，被子。藜藿，藜草和豆叶，泛指粗劣的食物。绮，平纹底上起花的
丝织物。绣，绣花的衣服。孔子的弟子颜回，箪食瓢饮，自得其乐，万世景
仰；商纣王身居琼台，享尽荣华富贵，短命早死。简单的快乐易得且长久，
奢华的快乐难得且短暂。人生在世，是追求简单的快乐还是奢华的享受，不
同的人会有不同的选择。

宋神宗元丰年间（1078—1085 年），司马光住在洛阳，老朋友范镇从
许昌来看望他，送他一床布被子。司马光很喜欢那篇《布衾铭》，就把它写
在这床布被子的被头上，这样入睡前醒来后都会看到，司马光是把它当作
座右铭。这床布被子既代表了司马光所追求的简朴生活，同时也是他与老
朋友范镇持续一生友谊的象征。司马光临终交代儿子，入殓时盖上这床布
被子。

司马光要求薄葬，作风一如生前，简朴贯穿始终。

第四节　司马氏墓园

第一位安葬在夏县司马氏家族墓地的，是司马光的远祖、征东大将军司
马阳。光绪版《夏县志·舆地志》"古迹"记载，大将军司马阳墓位于司马
光墓东南半里许，清代光绪年间还遗存有石兽等。

征东大将军司马阳是晋安平献王司马孚的裔孙。

史书上说，司马孚的祖先是高阳帝的儿子重黎。重黎曾经做过掌管火的
官职，经过唐、虞、夏、商，世代都任这个官职。到了周朝，改做司马这个
官职。后代子孙中有个程伯休父，在周宣王的时候，因为平定徐方这个地方

的叛乱有功，周宣王特别准许他们以官职作他们的族姓，司马从此就成了姓氏。秦末，司马卬为赵将，与诸侯一起攻打秦国。秦亡以后，司马卬被项羽封为殷王，都城在河内。到了汉代，以河内为郡。于是子孙就在这里住下来了。司马卬的八世孙中，出了个征西将军司马钧，字叔平。司马钧生豫章太守司马量，字公度。司马量生颍川太守司马俊，字元异。司马俊生京兆尹司马防，字建公。司马孚就是司马防的第三个儿子。司马孚往上的世系，都记载在《晋书》卷一《帝纪第一·宣帝》里。当然，他们没有葬在夏县。

大将军司马阳葬在了夏县，司马氏就开始在这里繁衍生息：司马阳生司马林，司马林生司马政，司马政生司马炫，司马炫生司马池，司马池生司马光。司马光的高祖司马林、曾祖司马政都因为五代社会不安定而隐居不仕，"皆以气节闻于乡里"，就是说他们以良好的人格操守闻名乡里。如今，他们都安息在这里，但因为年代久远，他们的墓已无法分辨。

宋初社会秩序渐趋安定，这个家族重新有人进入仕途。司马光的祖父司马炫考中了进士，做过耀州富平县（今陕西省富平县）知县。从历史记载来看，他并不缺少政治才干，主政富平期间，"境内大治"。但他没有做过更高的官职。可能因为他考中进士的时间比较晚，而去世的时间又比较早的缘故。司马光祖父司马炫的墓碑尚存，此碑石质特殊，细点密布，状似鱼卵，俗称"鱼子碑"；但因年深月久，剥落严重，漫漶不清，不可卒读。从残存的碑文来看，大略可以知道，此碑是司马光的父亲司马池所立，司马炫英年早逝，享年四十八岁。

需要捎带提及的是，到了司马光堂伯父司马浩的时代，随着人口繁衍，原来的家族墓地，已经狭窄不堪，又无力置办新的墓地，后死者无处可葬。据司马光所作《宋故赠卫尉卿司马府君墓表》记载，以至于"尊卑长幼前后积二十九丧，久未之葬"。有二十九位死者无处安葬。司马浩是位有能力的家族领导人，他在祖墓以西另购一块地皮作为新的墓地，并按各家财力大小，将二十九位死者全部安葬，这就是西墓。

我们前边说过，司马光的父亲司马池也是进士出身，历仕真宗、仁宗两朝，做过转运使、侍御史知杂事、盐铁副使，历知凤翔、河中、同、杭、虢、晋六州，以清直仁厚闻名天下，号称一时名臣。父亲司马池于宋仁宗庆历元年（1041年）十一月，在晋州（治今山西省临汾市尧都区）知州任上逝世，享年六十三岁。母亲聂氏于宋仁宗康定元年（1040年）逝世。司马光与兄长司马旦泣护灵柩回到家乡夏县，宋仁宗庆历二年（1042年）八月，将父母合葬在鸣条岗祖茔。司马光和父亲司马池都葬在西墓，父亲司马池与母亲聂氏合葬墓，位于司马光与妻子张氏合葬墓东北。当年父母安葬后，司马光兄弟又请父亲生前好友庞籍撰写了隧道（墓道）碑。此碑已佚，但碑文保存在《县志·艺文》中。此外，祠堂杏花碑亭内存《司马晋州待制哀辞》碑一通，系太常博士、通判延州军州事马端所撰，是一篇悼念文章。马端做过司马池的幕僚。

司马氏祖茔中还安葬着司马光的兄长司马旦，此人也不简单。

司马池有子三人：司马旦、司马望、司马光，司马望早夭。司马旦字伯康，比司马光大十三岁。

《宋史》上说司马旦"清直敏强，虽小事必审思，度不中不释"，意思是说他清廉正直，精明能干，做事认真，即便是小事，也毫不马虎。司马旦通过"恩荫"走上仕途。"恩荫"是一种制度，官位达到一定级别时，子孙不必参加科举，即可进入仕途。但这并不表明他在政治上平庸。

在郑县（今陕西省渭南市华州区，宋代华州州治所在）主簿任上，发生了三件事，颇能说明司马旦的政治才能。第一件，当时有个案子拖了十年，是一寡妇状告某人强夺田产。案情并不复杂，复杂的是被告上下活动，买通了证人和官吏。司马旦上任伊始，取来案卷，三下五除二，就结了案。强夺寡妇田产的人被抓被罚自不必说，被牵连查办的胥吏就有十几个。第二件，郑县当时有个地头蛇，横行乡里，欺压百姓，过去的官吏都不敢惹他。司马旦却不怕他，逮捕归案，绳之以法。当时司马旦很年轻，起初别人都不把他当回事，从此对他刮目相看，这是位勇敢的青年。第三件，某年郑县发生蝗灾，胥吏也积极参与捕蝗，按说这是件好事，可是有人就巧立名目，向农民收取类似辛苦费、补助金之类的费用。司马旦发现后，说蝗虫让百姓自己去捉就好，至于胥吏，接收就行了。后来这条就形成法令。以上治蝗经历可能使他明白，制定政策的人无论初衷有多好，执行过程中都可能变形走样，人性如此，无法避免。

司马旦任祁县（今山西省祁县）知县时，当地大旱，穷人走投无路，有人就铤而走险，成群结伙，四处抢劫，做了盗贼。富户为了自保，纷纷建立保安团之类的组织。司马旦的做法显示出高级的政治智慧：他将富户们召集起来，给他们上课，讲清利害。富户们于是争相把囤积的粮食降价出售。穷人们有了粮食，盗贼也就逐渐消失了。

司马旦任宜兴（今江苏省宜兴市）知县时，常州（治今江苏省常州市）知州刚好是王安石，北宋宜兴归常州管辖，司马旦因而得以领略这位改革家的脾气秉性。当时，王安石主持开凿运河，向各县征调民工。司马旦说工程太大，时间也紧张，百姓恐怕吃不消，工程没准要流产；不如让各县轮流出工，一年一个县，这样时间长点，但竣工没问题。王安石不听。结果到了秋季，大雨不断，民工叫苦不迭，许多人上吊自杀，工程不得不中止。

关于司马旦的私德也有两件事：第一件，宋英宗即位时，按照惯例，官员的亲属可以上朝祝贺得官，表示祝贺就可以做官；当时司马旦的孙辈中还有人没做官，但他把机会让给了堂兄的儿子。第二件，有个同僚被开除公职，收入断绝，穷困潦倒。司马旦从自己的官俸里，拿出一部分，定期周济他。这个不容易做到，一次两次还可以，长年累月就困难。那个同僚大概觉得受人之恩无以为报，主动提出愿意让自己的女儿，做司马旦的小妾。司马旦听后非常吃惊，坚决拒绝，随后，让妻子为那个女孩，准备了一份嫁妆，去嫁别人。

司马旦一生为官十七任，官至从四品的太中大夫。退休以后，回乡养老。他做官时雷厉风行，退了休却十分低调，都看不出他是做过官的人，这种态度很是难能可贵。

司马旦与司马光，兄友弟恭，相处融洽。司马光晚年住在洛阳，每年都要回乡看望兄长司马旦，而司马旦也会时常去洛阳小住。

司马光晚年被任命为门下侍郎，即副宰相，起初他不接受，经司马旦

《元寓贤归张二公墓碑序》碑

一番劝说，才终于接受下来。当时，大家都担心司马光不肯复出，这时候都高兴地说：真是长者之言啊！司马旦对司马光的影响很大，他们的勇敢正直是一致的，对待金钱名利的态度也是一致的。

司马旦长寿，宋哲宗元祐二年（1087年）去世，比司马光晚一年，享年八十二岁。

司马氏墓园中安葬的并非全姓司马。墓园中有一碑：《元寓贤归张二公墓碑序》，碑文上说，元代有一大贤名叫归阳，因倾慕司马光为人，不远千里来到夏县，住在司马光墓的附近，他至死不忍离去，死后就葬在司马光的墓侧。同时又有一大贤名叫张谦，此人被归阳的行为深深打动，死后又葬在了归阳的墓侧。

第五节　忠清粹德碑

前文我们说过，宋哲宗元祐三年（1088年），刻碑立石于司马光墓地东南，名曰"忠清粹德之碑"。

司马光自复出到逝世的十八个月里，尽废熙丰新法，朋友们担心日后如果变法派重新执政，司马氏就要大祸临头了，司马光听了以后，说如果上天保佑大宋，肯定没有这种事情，又说我的出发点是为国家，如果不这样做，国家就会有危险，国家都危险了，司马氏的安全也就无从谈起。

司马光的朋友们真是不幸言中：在北宋剩余的岁月里，这个茔祠，特别是"忠清粹德之碑"，几乎成了大宋政治斗争的晴雨表。

宋哲宗元祐八年（1093年），宋哲宗亲政，次年正月初一日，改年号为"绍圣"，任命变法派人物章惇为宰相。御史周秩首先发难，说司马光诬蔑诽谤先帝，尽废其法。章惇、蔡卞紧随其后，请求掘司马光坟墓，斫棺暴尸。只有门下侍郎许将沉默不语。蔡卞等退下后，宋哲宗单独留下许将，问："卿不言，何也？"意思是说你刚才为何沉默不语。许将答："发人之墓，非盛德事。"意思是说刨人坟墓太缺德。宗哲宗表示赞同："朕与卿同。"皇帝也觉得那样做太不地道。因此就没有批准，只令追夺赠谥，推倒所立"忠清粹德之碑"。（明·马峦《司马温公年谱》卷五）

宋人所著《孙公谈圃》记载："公（司马光）隧碑绍圣初毁磨之际，大风走石，群吏莫敢近。独一匠士挥斤而击，未尽碎，忽仆于碑下而死。"意思是推倒"忠清粹德之碑"的时候，忽然飞沙走石，都不敢近前；一个工匠逞强，他挥锤击碑，碑未全碎，工匠却忽然倒地身亡。这可能是巧合：当日天气刚好变坏，那个工匠刚好有旧病，当日他刚好旧病复发。但宋人郑重记下当时的情形，大概因为他们坚信：正直如司马光，上天自会垂佑。

宋哲宗绍圣四年（1097年）二月，因为章惇等人不断奏请，又追贬司马光为清远军（今广东省清远市）节度副使。司马光已经逝世，贬得再远他也不用赴任，另外官职对他来说，也已经没有任何意义。据说变法派野心勃勃打算追废太皇太后高氏，但显然那个困难非常大，绝非轻易能够办到。接着，蔡卞授意太学正录薛昂、林自奏请销毁《资治通鉴》刻版，太学博士陈瓘闻讯，曲折表达了此书是神宗皇帝亲自作序的。林自假装吃惊地问："此岂神考亲制耶？"问那篇序是不是宋神宗亲自写的。陈回答："谁言其非也。"回答谁敢说不是。林自争辩："亦神考少年之文尔。"意思说不过是宋神宗少年时写的而已。陈驳斥："圣人之学得于天性，有始有卒，岂有少长之异乎？"意思是说少年皇帝也是皇帝。林自听了哑口无言，回头报告给蔡卞。

蔡卞也没办法，只好密令太学，将《资治通鉴》刻版，束之高阁。我们今天还能读到《资治通鉴》，真得感谢宋神宗作的序，它成了《资治通鉴》的护身符。(《三朝名臣言行录》卷十三)

宋哲宗元符三年（1100年），宋哲宗驾崩，宋徽宗即位；四月，以故相韩琦之子韩忠彦，为尚书右仆射兼中书侍郎，不久转为左仆射，即宰相。韩忠彦奏请重新起用元祐旧臣，史称"小元祐"。五月中旬，诏令恢复司马光的官职太子太保，并追还致仕遗表恩，就是归还之前被剥夺的赠谥等。可是重立"忠清粹德之碑"，始终未能提上日程。

宋徽宗崇宁元年（1102年），韩忠彦罢相，变法派重新上台。诏追贬司马光为正议大夫，子孙不得在京为官。九月，蔡京列司马光等一百二十人罪状，称作"党籍"，请御书刻石于端礼门。司马光后人果然受到牵连，朋友们担心的事情终于发生了。如果"小元祐"时期重立了"忠清粹德之碑"，此时恐怕也要被再次推倒。宋徽宗崇宁二年（1103年）九月，诏于各州县立元祐党人碑；有以元祐学术聚徒传授者，罚无赦。"忠清粹德之碑"换成了党人碑，政界风云真是无常。(清·顾栋高《司马温公年谱》卷后)

宋徽宗崇宁五年（1106年），蔡京罢相，宋徽宗下诏，毁党人碑，放宽党籍，就是党人碑全部销毁，放宽对所谓党人的限制。

宋徽宗靖康元年（1126年）二月，金人兵临汴京城下，朝廷又赠司马光太师，追还"文正"赠谥，解除党籍学术的禁令。

此时，北宋行将结束，转年，宋徽宗、宋钦宗两位皇帝即被掠去金国，没有时间重立"忠清粹德之碑"了。

司马光在异国受到特殊礼遇：北方的金国对司马光，尊崇备至。金皇统八年（1148年）八月，夏县县令王庭直到任。王县令在《重立司马温公神道碑记》中说：上天眷顾有德者，恐怕后世不知残碑所在，特于碑座龟趺之侧，生出杏树一株。此杏树"螭枝蟠屈，周映交围，春花笼以锦帐，夏实络以金銮，翠幄羞其秋阴之青苍，虬绕让彼冬枝之屈曲，异于天下之怪木，虽画工之巧，有不能传会落笔于其间者"。这株杏树不同寻常，它春华秋实，花特别多，杏特别黄，枝干虬曲盘绕。王县令感慨道："噫！碑座之龟，为杏所护惜覆密如此之怪，盖神物守持，要后世骇龟杏之殊，而问碑所存之自也。"意思是说上天生出这株杏树，是为保护司马光神道碑的碑座，而杏树与龟趺，都是为标记残碑所在。听了余庆禅院僧人圆珍具道始末，王县令感叹道："斯文不重摹，何以洗士民之污？斯碑不再立，何以慰人鬼之泣？！"他发誓要重立"忠清粹德之碑"。可是这样的大工程，一个县的财力无法办到。最终只好将残碑断而为四，摹刻苏轼所作碑文，加上碑额和跋，总共是六块碑。余庆禅院僧人圆珍又出私帑，就是自掏腰包，在禅院法堂之后，创建"温公神道碑堂"，堂中设司马光像，周围置朱龛，立碑其中。

关于那株杏树，祠内还有一碑，碑名《温公墓碑老杏图诗》。此碑立于明正德十五年（1520 年），立碑人是夏县知县荣察。碑文说，金代王县令将残碑移走之后，那株杏树继续存活。一百多年后，杏树已成古树，有位叫白云的老人，与它比邻而居，对它爱护有加，并绘成图画。元皇庆元年（1312年），老人在京城为官，向人展示老杏图。一个叫程文海的人为图作序，并赋诗一首：

> 吾闻精诚可以贯金石，谁谓草木真无情。
> 君看穹龟涑水公，老杏布护数百龄。
> 风枝雨叶拥幢盖，阴森若有神物凭。
> 涑水先生三代士，青春行天和且平。
> 问学深探古人颐，德化直与元气并。
> 苏公雄文照四海，比较当世谁重轻。
> 丰碑俯仰漫兴废，百仆不夺二老名。
> 由来宋祠圮中叶，已在绍圣非崇宁。
> 夏耋大夫独好事，异国肯与扶颠倾。
> 古祠香火今几载，大字深刻罗轩屏。
> 何人卜居占此土，白云老子今疑丞。
> 摩挲往事起惆怅，表显更为图丹青。
> 乃知天地崇至诚，陈根断石犹宠灵。

此心岂有古今异，遗迹试向天人征。

诗中回顾了"忠清粹德之碑"的倒下、杏树对残碑的维护、司马光的学问与品德、苏轼的文章与才气，以及王县令重立神道碑、白云老人为杏树绘图，最后得出结论：天地崇尚至诚，古今没有不同，遗迹就可证明。元代人对司马光，可以说是尊崇有加。

南宋高宗建炎年间，诏以司马光配飨哲宗庙廷。

南宋理宗宝庆二年（1226 年），司马光的画像被请进昭勋崇德阁，就是功臣阁。

南宋度宗咸淳元年（1265 年），以司马光从祀孔子庙廷。

元至正十二年（1352 年），还是金代的四块碑，也还是苏轼的文章，但碑末多了一行字："大元至正岁次壬辰七月吉日，山东顺德路唐山县孙安重刊。"就是说在那一年，有个叫孙安的人，在金代碑的基础上，将碑文重刻加深。

时光荏苒，眨眼一百七十年过去。

明嘉靖元年（1522 年），侍御史、山西巡抚朱实昌，来到司马温公祠，他将重立"忠清粹德之碑"。《朱御史修复宋温国公司马先生碑祠记》中说："御史朱君士光巡按河东，至则先适夏县鸣条岗之涑水乡，谒温公墓及其世家，拜于祠下。"朱御史名实昌，字士光。朱御史视察河东，第一站先到夏县涑水乡，谒司马光墓，拜司马光祠。

朱御史要办的第一件事，是重修祠堂。

朱御史办的第二件事，就是重立"忠清粹德之碑"："乃命访石于绛之稷山，获奇珉焉，紫润坚铿，砻且成长溢二丈，厚二尺有五寸，阔三，其厚有七寸，百牛所难移也，况自稷违夏二百余里，中复阻以汾、涑。乃檄解州判官牟景孝、绛州判官戴麒迟，冬深禾刈，涂冻河杀，农隙客筏停积，又可桥梁，乃济。"朱御史命人在当时的绛州稷山寻访，得到好石头一块，它色泽紫润坚硬铿锵；经打磨，长逾二丈，厚二尺五寸，宽三尺；这样一个庞然大物，一百头牛也拉它不动，而稷山离夏县有二百多里，中间还隔着汾河、涑

238

水两条河；但朱御史有办法，他行文当时的解州判官牟景孝、绛州判官戴麒迟，趁深冬农闲河流封冻，调发民工铺路架桥，将巨石运到了夏县。"遂摹旧篆于额，重勒苏子文，以竖于原趺之上，□若元祐□年之所建也。"宋代毁磨"忠清粹德之碑"的时候，碑额因为是宋哲宗的亲笔，遂得以保存。此处所谓"遂摹旧篆于额"，应该是在原篆的基础上加深，毕竟过去了好几百年，字迹已经漫漶不清。此次重刻还是苏轼所作原文，但书丹换成了朱御史，就是说字是朱御史写的。"忠清粹德之碑"在

明版"忠清粹德之碑"碑楼

原龟趺上重立，形制都是按照宋代初立时的。"仍作亭以居之，亭四柱，柱高三丈有五尺，四面皆横桴，而洞虚悬达，视司马桂之碑楼，亦无孙焉。功始去年秋七月，凡五月而告成。"又重建碑亭，亭有四柱，柱高三丈五尺，四面悬空，与当初司马桂的碑楼相比，也毫不逊色。工程始于明嘉靖元年（1522年）七月，历时五个月。

碑文中介绍："夫士光名实昌，江西高安人，正德戊辰进士，素志温公之为人。"王安石是江西人，朱实昌也是江西人；朱实昌御史向来仰慕司马光的为人。让我们记住朱实昌这个名字。

这就是今天墓道前碑楼内的明版"忠清粹德之碑"。

明嘉靖二年（1523年）朱御史修祠树碑之后，"以迄于今，若而年矣。历日县长，浸以颓敝"。时间又过去将近百年，祠堂碑楼逐渐颓坏。明万历三十六年（1608年），司马温公祠有过一次较大规模的维修。（韩爌撰《宋太师司马温国文正公祠碑》）

第六节　余庆禅院

余庆禅院的创建时间很早。

禅院内现有碑《敕赐余庆禅院》，碑文是尚书省下给陕州夏县余庆禅院的公文，当时夏县隶属陕州管辖。行文时间是宋神宗元丰八年（1085 年）八月二十八日，而司马光任门下侍郎的时间是同年五月二十七日。公文的内容大致是说，已任门下侍郎的司马光曾向国家礼部提出申请，说祖上的坟墓都在夏县，请于祖茔附近创置一所寺院，使寺僧代为洒扫先茔，寺院名称就叫"余庆禅院"；在此禅院没有建成之前，暂令本县崇胜寺僧人行照负责一切事宜，每年剃度行者一名，请允准依照惯例，剃度本寺行者，等到禅院建成之后，再划拨给禅院。礼部将司马光的申请，汇报给上级主管部门尚书省，尚书省又上奏皇帝，皇帝最终批准了申请。

此碑是余庆禅院的建院依据。但有人提出质疑。

我们还记得，明嘉靖元年（1522 年）至二年（1523 年），朱御史曾重修祠堂重立神道碑，此外，他还建坊碑一座，匾额"司马故里"，朱实昌撰《司马故里坊碑记》中说："然惟先生有言，'佛氏微言不能出吾书，其诞吾不信'。今余庆禅院乃得依其祠墓，《县志》谓'公之初意'，予则以为非信笔也，且无他据。意者子孙既迁，怀德之民以此葺香火耳。否则，托名赐额以幸存，未可知也。"朱御史对余庆

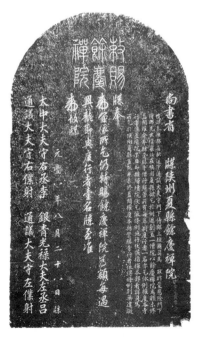

《敕赐余庆禅院》碑

禅院的正当性很是怀疑，依据是司马光曾说过："佛氏微言不能出吾书，其诞吾不信"。司马光的确说过这些话。司马光是大儒，他排斥佛教和道教。余庆禅院的设立究竟是不是司马光的本意呢？这个不大好判断。司马光给礼部的申请文件，《司马文正公传家集》未有收录。未收录不等于没有。众所周知，文集收录文章是有选择的，不是所有文章照单全收。《县志》中记载余庆禅院的设立，是司马光的本意，但朱御史认为这样的记载不可信。有这样一座余庆禅院，朱御史认为，要么是司马光的后裔西迁、南迁以后，百姓建立以维持司马光坟墓的香火；要么就是僧人伪造《敕赐余庆禅院》碑，并凭此建寺。《敕赐余庆禅院》碑是否伪造呢？这个不好说。我们先循着碑文的记载，来看禅院的建立时间。

金皇统九年（1149年）六月，夏县县令王庭直所撰《重立司马温公神道碑记》中说："圆珍稽首作礼，面公之坟，焚香正色，誓而告庭直曰：'当出私帑，于坟院法堂之后，特创一堂，中设公像，周围置朱龛以立之。一以报温公之恩遇，一以报祖师之传法，一以报信友协助之赐，一以报县令劝成之力，专署巨碑，号曰温公神道碑堂，乃圆珍之用心也。'"据此可知，至迟在金皇统九年（1149年），司马温公祠中已有一座守坟寺院，至于是不是余庆禅院，碑文没有说。

余庆禅院又有碑《谒司马温国公墓诗并序》，此碑立于元至元四年（1267年）。碑文是一个叫范庸的人拜谒司马光坟墓之后所作的诗及序。碑文中说："予到官之五日，拜司马温国文正公墓，顾瞻良久，而有是诗。"范庸可能是当时的夏县县令，到任第五天，就来拜祭司马光。范庸所作诗中有这样的句子："考古询寺僧，怀贤心未已。"可见，当时的司马温公祠中，有寺院，有僧人。碑末有"余庆禅院尊宿僧行选立石"字样。由此推断，祠中的寺院就是余庆禅院，寺中有个法名"行选"的僧人，应是该寺住持。

余庆禅院的建立时间较早，这是确切无疑的。

近翻清人顾栋高所作《司马太师温国文正公年谱》，"遗事一卷"中有这样的记载："温公之任崇福，春夏多在洛，秋冬在夏县。每日与本县从学者十余人讲书……温公先陇在鸣条山，坟所有余庆寺。公一日省坟，止寺中。"

司马光提举嵩山崇福宫，是在退居洛阳的十五年间。司马光祭扫坟墓，在余庆寺中休息。这样说来，余庆禅院的建院时间就更早，在元祐元年（1086年）以前，当年司马光离开洛阳去到汴梁，出任门下侍郎即副宰相。年谱说此条根据马永卿《懒真子录》。马永卿是司马光的学生，这样的记载可信度很高。

元代以后，余庆禅院屡废屡修。

由《临济宗序赞》碑我们知道，明弘治五年（1492年），本院僧人临潭曾募化重修。读此碑我们还可以知道，余庆禅院所传佛教，是禅宗五派之一的临济宗，临济宗创派人名叫义玄，是六祖慧能的第六代传人。

清乾隆年间，又重修。乾隆十一年（1746年）卢赞撰《重修余庆禅院碑记》中说："金、元及明初，供司马公扫除者，只僧人耳，故昔有'云礽已尽犹香火'之叹。是余庆禅院大有功于先贤，而迥不侔于他寺也。"云礽，后裔。僧人为司马光扫墓数百年，因此禅院有功于先贤，与其他寺院不同。从碑文中我们得知，此前，明隆庆元年（1567年），在绍兴的司马光后裔迁回夏县居住；至此已繁衍至第二十二世孙司马衍。司马衍学问扎实，品行端正，有乃祖遗风，但他的经济状况一般，仅够一家人糊口。眼看余庆禅院日渐颓坏，"衍念禅院系文正公请建，数百年来，僧人又供司马诸公香火，何忍坐视倾倒，而不早为之计乎？"于是与僧人商议，每年拨麦数石，加上佛殿香火钱，总有一天能凑足修葺所需资金。僧人本立表示同意。数年下来，所拨麦子粜得白银五十余两。司马衍又经营数年，凑足百两，交付僧人动工，并请德高年劭者监工。可惜工

《临济宗序赞》碑

程不到一半，司马衍与本立相继去世。本立的徒孙续兴、体元继其事。此时有人陆续出银五百余两，禅院前后的树木又卖得一百两，佛殿及通向墓园的门遂告完成。佛殿后原有观音一尊，正好面对温公祠堂，显然这样不合规格。于是又在原金刚殿的旧地基上建观音阁，将观音像移入。这一系列整修工程，直到清乾隆十一年（1746年）前后，才竣工。

神殿重修之后，又募化金妆佛像。清乾隆十一年（1746年）卢赞撰《金妆余庆禅院佛像众神记》说："不惟神殿重新，而神像亦焕然生光彩矣。"神殿、神像全都焕然一新。又说："工始于乾隆五年四月，工竣于八年九月，费金七十三两二钱零。"金妆神像从募化到施工，前后耗时三年零五个月。

民国三年（1914年），余庆禅院再次重修。马毓卯撰《重修余庆寺记》中说："至戊寅大祲之后，内无住持经理，兼以戊戌风雹过甚，榱摧瓦解，殿宇精舍，敝漏倾圮，诚不堪以栖神焉。"戊寅是光绪四年，即1878年。祲，妖气，所谓阴阳相侵形成的不祥云气。碑文说得模糊，当年究竟发生了什么？也许是瘟疫吧，住持死于瘟疫。戊戌是光绪二十四年，即1898年。光绪二十四年，皇帝变法失败，被慈禧太后囚禁，随即变法派遭屠戮，山西闻喜人杨深秀死难，同时被杀的共有六人，史称"戊戌六君子"。1898年，夏县大风冰雹，经过风雹的洗劫，余庆禅院破败不堪。居士杨德新、杜春发寓居寺中，首倡修葺，居士吉星辉继之。此次重修，始于清光绪三十一年（1905年）孟冬，讫于民国三年（1914年）季秋，前后历时约九年。

《重修余庆禅院碑记》碑

《重修余庆寺记》碑

243

第七节　僧人创立温公祠

狭义的温公祠堂，是余庆禅院僧人出钱创立的。

我们说过，金皇统九年（1149年）六月，王庭直撰《重立司马温公神道碑记》中说："圆珍稽首作礼，面公之坟，焚香正色，誓而告庭直曰：'当出私帑，于坟院法堂之后，特创一堂，中设公像，周围置朱扆以立之。一以报温公之恩遇，一以报祖师之传法，一以报信友协助之赐，一以报县令劝成之力，专署巨碑，号曰温公神道碑堂，乃圆珍之用心也。'"当时的夏县县令王庭直将残碑分而为四，并摹刻苏轼所作神道碑文。王县令然后问"守坟僧"圆珍：重刻的神道碑安放在哪儿？圆珍因此有以上慷慨表示，他计划自己出钱，修建"温公神道碑堂"。这座碑堂就是狭义温公祠的前身。

我们又说过，明嘉靖元年（1522年），侍御史、山西巡抚朱实昌视察河东，第一站就到夏县涑水乡，谒司马光墓，拜司马光祠，然后他办了两件事，第一件就是重修温公祠堂。

当时祠堂有二：一为祭祀司马光和父亲司马池；一为祭祀司马光的儿子司马康。大概随着时间推移，僧人创立的碑堂中增加了父亲司马池塑像，另外不知何人又创立祠堂，专门祭祀司马光的儿子司马康。但是，"祠皆卑隘，而余庆禅院又前障之，士光弗是也。"祠堂都低矮狭小，余庆禅院又挡在前边，朱御史觉得不对头。"乃遵诏例，命夏令荣察鼎建其祠为一宇，正堂三楹，撤东旧祠附以材作两庑，庑皆三楹。"楹，屋栋。庑，堂下周围的廊屋。朱御史参照有关规定，命夏县县令荣察，重建祠堂三间；将东边的旧祠堂拆掉，拆得的旧材料在新祠堂两侧修廊屋，廊屋均为三间。"庑南作应门，扁曰：'崇贤'。……则止断寺殿之北楠用广门，除又辟路于院西埔之外为先门，扁曰：'仰德'。改西祠为士夫谒憩之所，扁曰：'诚一堂'。自门而堂，东转而祠，皆有垣墙，始不混于佛室也。"应门，正门。扁，同"匾"。楠，屋檐。

广，扩大。墉，墙。廊屋南边建正门，匾为"崇贤"。将余庆禅院大殿北檐缩短，以扩大祠堂的正门。又于禅院西墙外修路，建祠堂的前门，匾为"仰德"。改西祠为休息室，匾为"诚一堂"。周围又修围墙，祠堂自成一体。接着，"又与其乡前刑科都给事中马君骙，考求其家世应祀者。于是，坐待制于祠中南向，坐公之兄太中大夫旦于左西面，坐公于右东面，坐正言于太中之后迩窔，坐公之犹孙兵部侍郎朴于公之后迩奥，父子祖孙，萃于有庙，弗相庚也。"犹孙，从孙。庚，违反。窔，屋子的东南角。奥，屋子的西南角。祠堂内坐像的安排是这样：司马光的父亲司马池，在正中间，面南而坐；司马光的哥哥司马旦，在司马池的左手，面向西；司马光自己，在司马池的右手，面向东；司马光的儿子司马康，坐司马旦之后，在祠堂的东南角；司马光的从孙司马朴，坐司马光之后，在祠堂的西南角。

《朱御史修复宋温国公司马先生碑祠记》碑

　　清乾隆三十九年（1774年），前夏县知县李遵堂撰《移建宋太师司马温国文正公坟祠记》说："因相度地势，移祠基于坟、寺两界之间"，过去的祠堂在余庆禅院后面，创建于金代，明代嘉靖年间增修，李知县将祠堂西移，位于坟墓与禅院之间，乾隆三十九年（1774年）春，"大殿讲堂"已成。

　　清乾隆四十三年（1778年），"钦差巡按河东督理盐课监察御史贵阳后学刘子章"，修复司马温公祠堂。刘子章撰《重修温国司马文正公祠堂碑记》中说："问其祠宇，则兵燹之后，化为榛莽矣。"经过战火，祠堂无存。"为堂三楹，既壮且丽；崇墉屹□，缭于四周。"祠堂还是三间，四周建起了围墙。

后　记

我研究司马光，大约始于2003年。

转眼十九年过去。十九年当中，我在中国发展出版社出版了《司马光：自信不疑的保守派》，又在中国青年出版社出版了《重说司马光》，同类作品还有几部。与十多年前相比，这一版无疑是最好的，我的真实感受是：更加地融会贯通，更加地深入浅出。

如果要概括对司马光的理解，我会说他既简约又丰富，既简单又复杂。学生刘器之曾向司马光请教做人做学问的真谛，司马光的回答只有一个字："诚"；学生又问：那我该如何开始呢？司马光回答：自不说假话开始。司马光还说过：我没什么过人之处，只是平生所作所为，没有不能对人说的。他的回答很简约，修行方法也很简单；可是他又是丰富和复杂的。《资治通鉴》是我国第一部编年体通史，司马光凭借这部书跻身"史界两司马"。司马光退居洛阳十五年，声望却与日俱增，他在宰相任上逝世，赶来送葬的有数万人。司马光把简单和简约做到了极致，他的简单和简约蕴含着丰富和复杂。

当今这个时代，短视频风行天下：只要一部智能手机，随时随地可以开直播，主播与粉丝零距离。相比之下，书的作者和读者也许近在咫尺，却似乎相隔万里。距离会产生美，但也会造成阻隔。在每本书的后记里，我都喜欢留下联系方式：留过雅虎邮箱，留过新浪博客，还留过QQ邮箱，这些联系方式见证了人们交流方式的变迁。现在我多用微信，我的微信号：13593156113，请加我好友吧，把您的阅读感受发来，我渴望深入的交流。

2022 年 02 月 09 日
写毕于山西太原袖手观花馆

参考文献

1.〔宋〕司马光:《司马文正公传家集》,商务印书馆 1937 年。

2.〔宋〕司马光:《涑水记闻》,中华书局 1989 年。

3.〔宋〕司马光等:《资治通鉴》,中华书局 1997 年。

4. 李裕民校注:《司马光日记校注》,中国社会科学出版社 1994 年。

5.〔唐〕房玄龄等:《晋书》,中华书局 1974 年。

6.〔宋〕马永卿（辑）、〔明〕王崇庆（解）:《元城语录解》,中华书局 1985 年。

7.〔宋〕方勺:《泊宅编》,中华书局 1983 年。

8.〔宋〕王辟之:《渑水燕谈录》,中华书局 1981 年。

9.〔宋〕叶梦得:《石林燕语》,中华书局 1984 年。

10.〔宋〕孙升:《孙公谈圃》,中华书局 1991 年。

11.〔宋〕庄绰:《鸡肋编》,中华书局 1983 年。

12.〔宋〕朱弁:《曲洧旧闻》,中华书局 2002 年。

13.〔宋〕吴处厚:《青箱杂记》,中华书局 1985 年。

14.〔宋〕宋敏求:《春明退朝录》,中华书局 1980 年。

15.〔宋〕李焘:《续资治通鉴长编》,中华书局 1990 年。

16.〔宋〕沈括:《元刊梦溪笔谈》,文物出版社 1975 年。

17.〔宋〕苏辙:《龙川略志》,中华书局 1982 年。

18.〔宋〕邵伯温:《邵氏闻见录》,中华书局 1983 年。

19.〔宋〕邵博:《邵氏闻见后录》,中华书局 1983 年。

20.〔宋〕陆游:《老学庵笔记》,中华书局 1979 年。

21.〔宋〕周辉撰、刘永翔校注:《清波杂志校注》,中华书局 1994 年。

22.〔宋〕孟元老(撰)、邓之诚(注):《东京梦华录注》,中华书局 1982 年。

23.〔宋〕范镇:《东斋记事》,中华书局 1980 年。

24.〔宋〕洪迈:《容斋随笔》,上海古籍出版社 1978 年。

25.〔宋〕赵彦卫:《云麓漫钞》,中华书局 1996 年。

26.〔宋〕蔡绦:《铁围山丛谈》,中华书局 1983 年。

27.〔宋〕魏泰:《东轩笔录》,中华书局 1983 年。

28.〔元〕马端临:《文献通考》,中华书局 1986 年。

29.〔元〕脱脱等:《宋史》,中华书局 1977 年。

30.〔明〕李濂:《汴京遗迹志》,中华书局 1999 年。

31.〔明〕陈邦瞻:《宋史纪事本末》,中华书局 1977 年。

32.〔清〕毕沅:《续资治通鉴》,上海古籍出版社 1987 年。

33.〔明〕马峦、〔清〕顾栋高撰:《司马光年谱》,中华书局 1990 年。

34.〔宋〕詹大和等撰:《王安石年谱三种》,中华书局 1994 年。

35.钱穆:《国史大纲》,商务印书馆 1996 年。

36.谭其骧主编:《中国历史地图集》(宋·辽·金时期),中国地图出版社 1982 年。

37.何红艳主编:《中国地图册》,地图出版社 2007 年。

38.包伟民主编:《宋代社会史论稿》,山西古籍出版社 2005 年。

39.伊永文:《行走在宋代的城市》,中华书局 2005 年。

40.张邦炜:《婚姻与社会(宋代)》,四川人民出版社 1989 年。

41.宋衍申:《司马光传》,北京出版社 1990 年。

42.杨明珠:《司马光茔祠碑志》,文物出版社 2004 年。

43.陈光崇:《通鉴新论》,辽宁教育出版社 1999 年。

44.尚恒元等:《司马光轶事类编》,山西人民出版社 1992 年。

45.李昌宪:《司马光评传》,南京大学出版社 1998 年。

46.顾奎相:《司马光》,黑龙江人民出版社 1985 年。

47.赵冬梅:《司马光和他的时代》,生活书店出版有限公司 2014 年。

图书在版编目（CIP）数据

司马温公 / 李金山著 . -- 北京：作家出版社，2022.9
（典藏古河东丛书）

ISBN 978-7-5212-1957-9

Ⅰ.①司… Ⅱ.①李… Ⅲ.①散文集—中国—当代
Ⅳ.① I267

中国版本图书馆 CIP 数据核字（2022）第 121128 号

司马温公

作　　者：李金山
责任编辑：丁文梅　朱莲莲
装帧设计：鲁麟锋
出版发行：作家出版社有限公司
社　　址：北京农展馆南里 10 号　　　邮　　编：100125
电话传真：86-10-65067186（发行中心及邮购部）
　　　　　86-10-65004079（总编室）
E-mail:zuojia @ zuojia.net.cn
http://www.zuojiachubanshe.com
印　　刷：唐山嘉德印刷有限公司
成品尺寸：170 × 240
字　　数：251 千
印　　张：17.25
版　　次：2022 年 9 月第 1 版
印　　次：2022 年 9 月第 1 次印刷
ISBN 978-7-5212-1957-9
定　　价：54.00 元